U0024604

官商鬥法

第二輯

之2

神奇第六感

目錄 CONTENTS

第一章

爆發點

唐政委接著說：「有點政治智慧的人都知道，孟森是一個還沒爆發開來的毒瘤，他遲早是會爆發開的，只是現在還沒到那個爆發點罷了，所以聰明人絕對會對孟森敬而遠之。就像市裏一些領導對孟森採取的方針是一樣的。」

第二天，傅華為丁益和林珊珊送行。

酒桌上的氣氛很輕鬆，談判達成的條件令丁益很滿意，他回去可以跟丁江交代了，因此心情很愉快。

林珊珊也是，馬上她就可以到海川跟情郎相會，慰藉相思之苦，心情自是大好。三人本都是談得來的人，喝起酒來也沒什麼拘束，很快就有些酒酣耳熱之感了。

這時，林珊珊突然想起了昨晚孫守義問她的「相不相信宿命」那句話，就笑笑說：「傅哥，你是有學問的人，我問你個問題啊，你覺得世界上存在宿命這東西嗎？」

傅華笑說：「珊珊，你怎麼突然問這麼高深的問題啊？這可不像你的為人啊？」

林珊珊笑笑說：「是啊，我可不會去想這麼深的問題，不過，昨晚有一個朋友突然問了我這個問題，當時弄得我一愣一愣的，不知道該怎麼回答。剛才突然又想起這問題來，就想要問傅哥一下。」

傅華沉吟了一下，說：「這個嘛，我想是應該有的吧。」

丁益在一旁說：「傅哥，我從來都不知道你還會相信這種東西，你可是受過高等教育的人，怎麼會相信這種命運由天定的東西呢？」

傅華笑了笑說：「丁益，有些時候由不得你不信，你平心靜氣的想一想，人是不是都有宿命呢？」

丁益搖搖頭說：「我不相信，我覺得命運是掌握在自己手中的。」

傅華說：「這很難說，你看，人一生包括性別、個性、家庭環境等等，都是生來就決定了的，基本上這些就決定了你這一生要走什麼樣的路，這不是宿命是什麼？」

丁益說：「那傅哥你呢，你的人生跟你的父母有什麼關係嗎？」

傅華笑笑說：「我這種人特殊一點，算命的說我這是父母緣薄，不能得到他們的幫助。有件事我從來沒在別人面前講過，那就是我來北京做駐京辦主任，事先是有一個算命先生幫我算過的，他說我一定會來北京做這個駐京班主任的。」

傅華就講起了他在大廟市場遇到那個老者追著要給他算命的事。

講完之後，他看了看丁益，說：「這可以證明人是有宿命的了吧？」

丁益卻笑了起來，說：「傅哥，枉你那麼聰明，這點小伎倆也能騙住你啊？」

傅華愣了一下，說：「你說那個老人是騙我的？不會的，後來的事實證明他說的是真的啊？」

丁益笑笑說：「這就是算命的技巧所在了。傅哥，你有沒有從另一個角度想過，也許你正是受了那個算命老人跟你說的那些話的暗示，你才會接受駐京辦主任這個職務的。這是一種心理暗示，成功學上也是有這種運用的。」

傅華說：「我還真是沒從這方面考慮過這個問題呢，難道我真是被那個算命老人影響了嗎？可是那個老人並沒有從我這裏得到任何好處，他暗示我幹什麼啊？」

丁益笑笑說：「這我就不知道了。」

林珊珊說：「傅哥，也許那老頭就是跟你鬧著玩呢？」

傅華瞪了林珊珊一眼，說：「別瞎說，你以為什麼人都跟你一樣，喜歡跟人鬧著玩啊！」

傅華嘴上這麼說，心裏卻泛起了嘀咕，他這些年之所以始終相信駐京辦主任是最適合他的工作，很大一方面就是因為當初那個老人跟他說的那番話，現在丁益說那可能只是一種心理暗示，林珊珊更說那個老人是跟自己鬧著玩的，那自己這些年堅守在駐京辦這個位置上，不就是一場鬧劇嗎？難道自己真的被那個老人耍了？

晚上，鄭莉看傅華眉頭老是皺著，關心地說：「怎麼了老公，什麼事讓你這麼不開心啊？」

傅華就說了中午丁益和林珊珊討論那個老人給他算命的事。

傅華看著鄭莉的眼睛，說：「小莉，你說，當初那個老人說的那一切，真的只是跟我鬧著玩的嗎？」

鄭莉不禁失笑說：「你鑽這個牛角尖幹嘛啊？」

傅華懊惱地說：「我也知道這樣很傻，可是我的腦子老是在想這個問題，小莉，你說，我這幾年究竟是宿命的安排，還是像林珊珊說的那樣，只是一場鬧劇啊？」

鄭莉認真地說：「我覺得這是宿命的安排，如果不是這樣，你怎麼會遇到我啊？我們的姻緣就是天定的，這點我是堅信不移的。」

傅華笑了，他已經得到了這輩子最好的東西了，從這方面講，他寧願相信這一切是宿命中早就注定了的。

傅華把鄭莉擁進了懷裏，動情地說：「你是上天給我最好的禮物，我真的沒必要去想那些無謂的問題了。」

第二天，中天集團一行人到達了海川。

這一次因爲林董並沒有隨行，接待的規格也隨之降低，孫守義並沒有出面接待，只由王尹出面宴請了中天集團一行人。

這也讓林珊珊和孫守義的膽子大了起來，當晚，孫守義就偷偷跑去了林珊珊的房間。兩人見面的那一刻，林珊珊就馬上把他拉進了懷裏，吻住了孫守義的嘴，兩人撕扯著就到了床上去。

久旱逢甘雨，很長一段時間兩人才把滿腔的熱情消耗盡，癱軟在一起。

林珊珊依偎在孫守義的懷裏，嬌喘著說：「守義，我實在受不了老是跟你分開這麼遠了，我這次想多留一點時間陪你，好嗎？」

孫守義說：「行，你想留多久就留多久吧，我沒意見。」

林珊珊笑說：「這次你怎麼答應得這麼爽快啊，這可有點反常啊？」

孫守義說：「我現在對海川多少有幾分瞭解，可以控制得了局面了，所以你要留下來就留吧，我一個人在這兒也挺孤單的，也很想你留下來多陪陪我。」

林珊珊不禁說：「守義，你比我們上次見面時有自信了很多啊，是不是把那個孟森給整趴下了？」

孫守義說：「整趴下倒沒有，只是現在孟森基本上不敢再找我的麻煩就是了。」

林珊珊趴在孫守義赤裸的胸膛上，好奇地說：「跟我說說，你是怎麼修理他的？」

孫守義大致講了他跟孟森這段時間發生的事情，林珊珊聽完，嘴扁了起來。她對孟森當初難爲她的事還記憶猶新呢，心中巴不得孫守義把孟森整得越慘越好，現在聽孫守義說的，倒好像兩個人是結盟起來了，這跟她想像的要整孟森的程度可是南轅北轍啊，便抱怨說：

「我還以爲你有多厲害呢，就這樣子啊？這也算是你整了人家啊？叫我說，根本就是你鬥不過人家，跟他低頭了。」

孫守義說：「珊珊，你不懂的，這件事情很複雜。經過這一番爭鬥，孟森現在對我是很尊敬的。」

林珊珊哼了聲說：「什麼複雜不複雜的，我看根本就是你怕他，什麼叫很尊敬你，人家表面上給你一點面子，讓你下臺階而已。守義，你是不是忘了當初他是怎麼對我的？」

孫守義臉色沉了下來，說：「我沒忘，誰說我忘了？」

林珊珊不滿地說：「那你跟這人稱兄道弟算是怎麼回事啊？你告訴我，你準備拿孟森怎麼辦？真的要跟他來個大和解？」

孫守義反問說：「那你說要我拿他怎麼辦？我現在心裏還沒有一個準主意，不過大和解是不可能的。孟森算是什麼東西啊，憑什麼跟我大和解？我現在忍他，是還沒有找到對付他的辦法。」

林珊珊注意到孫守義說這句話的時候，臉上的表情顯得十分狠毒，這讓她顫抖了一下。

孫守義接著說道：「孟森我是絕對不會放過他的，誰叫他惹上了我呢？我們兩個必然要鬥個你死我活的，這也是我們注定了的宿命。」

雖然孫守義考慮過要放孟森一馬，但經過幾天的思索，權衡利弊之後，他明白自己是沒有放過孟森的可能的，他早晚還是要找機會剷除掉孟森這個流氓。

因爲跟孟森勾結在一起，對孫守義來說只有壞處沒有好處，孟森在海川早已惡名昭彰，他跟孟森勾結的話，只會讓海川政壇上的人因爲孟森而對他疏遠，特別是張琳和金達這兩個人，這幾天已經因爲他接連參加海川商會和興孟集團開工典禮，看他的眼神有些異樣了，他們肯定以爲自己跟孟森勾結在一起了，才如此互動頻繁的。

另一方面，孫守義如果要升遷，必然要做出一定政績，在經濟方面，金達做得還不錯，他就少了許多發揮的空間，如果能將孟森這股惡勢力剷除，這是他最好建立政績的方法。

這或許也是一種注定的宿命吧！

現在孫守義明白爲什麼自己一到海川就受到孟森的欺辱，如果上天不是這樣安排，自己怎麼會注意到孟森這個人呢？不注意到他，自己又怎麼從孟森身上做出政績來呢？

林珊珊聽孫守義再次說起了宿命，笑笑說：「原來你這個宿命論是從這裏來的啊？我說你怎麼會莫名其妙的問我相不相信宿命呢？」

孫守義笑說：「也不是，其實這個宿命的話題是孟森先問我的，這讓我思考了很多關於宿命的事。」

林珊珊說：「那你想明白了沒有？」

孫守義搖搖頭，說：「我想了很久還是沒有一個比較清晰的概念，只是覺得有些事情如果你必須去做，那就是你的宿命了，就像我和孟森一樣；原本我們一個在北京，一個在海川，是完全沒有交集的人，可是上天偏偏安排我來海川遇到孟森，如果這不是宿命，我真的不知道該做何解釋了。」

林珊珊有些困惑地說：「你說的這些我不是太懂。」

孫守義笑笑說：「那你是怎麼定義宿命的？」

林珊珊聳了聳肩說：「我沒認真地想過這個問題，不過我昨天問過傅哥，他的答案倒是挺有意思的。」

孫守義也很感興趣，就說：「他怎麼說？」

林珊珊講了傅華的說法，說傅華是因爲那個算命老人跟他說的話，才會選擇去做這個駐京班主任的。

孫守義笑了起來，說：「原來傅華還有這麼段故事啊，真是有意思。」

林珊珊笑笑說：「有意思的還在後面呢，丁益說傅華是被騙了，可是傅哥卻不這麼認爲；我說也許老人是跟他鬧著玩的，他聽了臉色都變了。」

孫守義笑說：「這倒挺有意思的，他一定原本是相信他去駐京辦是一種宿命的安排，卻被你說成是別人跟他鬧著玩的，他那麼正經的一個人，自然是有點接受不了了。」

林珊珊得意地說：「也許吧，呵呵，能逗逗傅哥也不錯啊，他那個人什麼都好，就是老擺著一副正經面孔，讓人討厭。」

孫守義笑笑說：「那是他的個性使然，這也是他能讓人信任的原因之一吧。」

早上，孫守義走進市政府辦公大樓的時候，面色紅潤，一副神清氣爽的樣子。有人說，女人是男人最好的情緒平復藥，還真是有道理啊，經過跟林珊珊一晚的廝混，孫守義前段時間煩躁的情緒完全消失不見了。

「孫副市長，」身後有人跟孫守義打招呼，孫守義回頭看了一下，一個中年男子，白白淨淨，似乎曾經見過，但是他一時想不起來是誰。

孫守義就停了下來，笑笑說：「你好，來市政府辦事啊？」

來人看到孫守義有點發楞的樣子，笑了笑說：「孫副市長，您還沒想起來我是誰吧？」

孫守義有些不太好意思，認不出曾經見過的人，這在官場上算是一個很尷尬的事，但在這一瞬間的遲滯中，孫守義腦子裏閃過了一個人名，他想起眼前這個人是誰了。

他伸出手來說：「怎麼會呢，你是市公安局的唐政委吧？這麼早是來開會嗎？」

之前在聽公安局彙報時，這個唐政委並沒有講過什麼話，因此孫守義對他的印象並不深，加上他當時的目標是在麥局長身上，就更沒去注意這個唐政委啦。

唐政委跟孫守義握了手，說：「我是來跟金達市長彙報的。孫副市長記性很好啊，只見過一面就記住我了。」

孫守義客套地說：「不是我記性好，而是唐政委這麼優秀的人，誰見了都會留下深刻印象的。」

唐政委笑說：「孫副市長真是會說話。」

這時，孫守義想起傅華跟他說過，可以接觸一下這個唐政委，或許能從唐政委這裏找到孟森犯罪的證據。再說，現在他跟麥局長關係很僵，公安局這邊他也需要一個耳目。

今天唐政委是主動跟自己打招呼的，孫守義認爲他是想跟自己建立密切的關係，剛好爲他所用，便笑笑說：「老唐，你跟金市長彙報的時間會很久嗎？」

唐政委看了看孫守義，說：「沒什麼，一件小事而已，很快就能說完。」

孫守義說：「那你彙報完，來我辦公室坐一下吧，我上午都在辦公室。」

唐政委說：「這不會打攪您吧？」

孫守義笑笑說：「我新來海川沒多久，也沒太多的事務要處理，正想找人聊聊呢，你來吧。」

唐政委答應說：「行，我儘快彙報完，就過去您那裏。」

孫守義笑笑說：「我等你啊。」

孫守義進了辦公室，就交代劉根讓他推掉上午的行程。

孫守義對這一次見面很看重，這不僅僅是他可能從唐政委這裏搞到孟森的罪證，也可以借此在海川建立自己的人脈。

孫守義很想在海川很快建立自己的勢力，只有有了自己的勢力，他才能在海川呼風喚雨。現在他除了一個遠在北京的傅華還算是能夠跟他一心一意的交心之外，他在海川政壇上還真是沒有可以信賴的人馬。

在這種意義上說，他更渴望在海川建起自己的勢力，這種急迫性甚至超過了他要剷除孟森的想法。

雖然他曾動過主動去找唐政委談談的心思，但最終還是放棄了，因爲他並不知道唐政委心中是怎麼想的，萬一唐政委並沒有跟孟森或麥局長作對的想法，那自己去找他只會自討沒趣。

今天這樣就十分理想，兩人不經意的碰到，隨意的聊聊天，彼此都能試探一下對方的底牌，可能某種默契就在這種隨意的聊天當中達成了。

因此雖然孫守義表現得很隨意，但是內心中對此卻十分的緊張。他坐在辦公室，不時地豎起耳朵，很想聽到隔壁房間裏，唐政委對金達彙報了些什麼，可惜的是，金達的辦公室隔音效果極好，一點聲音都傳不過來。

時間因爲等待而變得漫長，孫守義拿起一份文件擺在面前做個樣子，他不想讓唐政委進來的時候看到他是刻意在等他，那樣會讓他看出他的底牌，知道他急於想跟他合作，那樣就少了要價的本錢了。

過了半個多小時，唐政委總算推門進來了。

孫守義放下手中批閱的文件，站起來對唐政委說：「老唐，彙報完啦？」

唐政委抱歉著說：「彙報完了，金市長多問了幾個問題，時間就拖長了一點，您等急了吧？」

孫守義笑笑說：「沒有，我正好看了幾分文件，小劉啊，趕緊給唐政委倒茶。老唐，我們這邊坐。」

孫守義把唐政委讓到沙發上坐下，劉根給唐政委泡了杯茶，退了出去。

孫守義看了看唐政委，說：「老唐，最近局裏挺忙的吧？」問忙不忙其實也是句廢話，只是作爲開場的提語而已，才能慢慢的拉近兩人的距離。

唐政委笑笑說：「也沒忙什麼，都是局裏的一些瑣事。」

孫守義哦了一聲。

唐政委說：「孫副市長到任海川也有一段時間了吧，怎麼樣，對我們海川的生活還適應嗎？」

這也是套交情的廢話，孫守義笑笑說：「還行吧，白天忙起來，什麼事情就忘記了，就是晚上有點難挨，這邊晚上怎麼這麼安靜，還沒到十點鐘，街上就沒人了。」

唐政委理解地說：「這裏畢竟不是北京，晚上有豐富的夜生活，海川人習慣早睡，到了十點多，街上就沒什麼人了。」

孫守義有點埋怨地說：「是啊，有時晚上工作完，一個人有點悶，想找個小酒館喝點酒都找不到，你知道我又不好去那種聲色場所，在這兒也沒什麼熟悉的朋友可以約出來聊聊天什麼的，只好回去睡大覺了。」

唐政委聽了，立刻說：「您如果再悶了，可以找我出來陪您吃吃飯、聊聊天什麼的，如果您看得起我的話。」

孫守義笑了起來，說：「老唐，你這句話就有點見外了，我巴不得能跟你這樣的朋友多交流一下呢，只是到時候你千萬別嫌我煩啊。」

唐政委說：「怎麼會啊，我這人也很喜歡跟朋友聚聚，聊聊天的。」

話說到這裏，兩人的關係就更顯得親近了，孫守義故作隨意的說道：

「老唐啊，你今天來得正好，有件事我一直想瞭解一下，你也知道麥局長因爲病倒那件事，對我可能是有意見了，我就不太好問他，如果你不介意，我想問問你。」

唐政委知道孫守義想要問什麼，他今天主動跟孫守義打招呼，實際上也是想跟孫守義聊聊這件事情，現在見孫守義主動發問，就笑笑說：

「孫副市長是想問局裏調查您帶去的那幾封關於孟森的舉報信的事吧？」

孫守義笑了，點了點頭說：「看來唐政委早就知道我在想什麼了。」

唐政委搖搖頭，納悶地說：

「實話說，我還真是不太清楚孫副市長您在想什麼，說您想查清孟森究竟做沒做舉報信上所說的那些事吧，您現在又跟孟森打得火熱，在很多人看來，您跟孟森是勾結在一起的；可要說您不想查清楚這件事，您現在又向我問起這件事情。」

孫守義面帶微笑的看著唐政委，說：「那老唐你認爲我是怎麼想的？」

唐政委看了看孫守義，說：「孫副市長真的想知道我的看法？」

孫守義點點頭：「真的想。」

「您就不怕我洩了您的底牌？」唐政委問。

孫守義笑笑說：「不怕，你就說吧。」

唐政委想了想說：「我個人的看法嘛，我覺得你現在跟孟森表現得這麼友好，根本就是在虛與委蛇，你心裏其實巴不得馬上就把他給剷除了，我說的對嗎，孫副市長？」

心中怎麼想是一回事，但是被一個還不算是很熟悉的人拆穿心中所想，又是一回事，孫守義看了看唐政委，到現在爲止，他們談論的都還是孫守義的看法，而唐政委究竟是怎麼想的，孫守義心中還是沒底，這傢伙會不會是幫麥局長那夥人試探自己的？

孫守義便笑笑說：「老唐，你這就是瞎猜了，我之所以想問這件事，是因爲我想群眾既然寫舉報信給我了，我總是需要給他們一個交代的，所以很想問清楚公安部門做了什麼調查沒有，倒並不是一定要剷除什麼人的。」

唐政委說：「看來孫副市長還是信不過我啊，算了，我走了，您就當我今天沒有來過吧。」說著，唐政委就站了起來，作勢要往外走。

孫守義伸手把唐政委按在了沙發上，說道：「老唐，你這人性子怎麼這麼急啊？我剛才是跟你開玩笑的，你要走了，可就沒意思了。」

唐政委笑笑說：「您不是開玩笑，您是在試探我罷了。」

孫守義好奇地說：「老唐，現在海川很多人都認爲我被孟森收買了，爲什麼你還堅持認爲我一定是要剷除孟森的呢？」

唐政委笑了笑說：「這再簡單不過了，有兩點讓我認爲您是不可能被孟森收買的。」

孫守義問說：「那兩點啊？願聞其詳。」

唐政委說：「第一呢，我認爲孟森出不起收買你的價錢。」

孫守義聽了，笑說：「爲什麼你會這麼說，孟森在海川已經算是有錢人了，你怎麼會認爲他出不起收買我的價錢呢？」

唐政委說：「這是因爲您來海川的目的根本就不在錢，您是爲了仕途才來海川增長資歷的，試問，多少錢能保證您的仕途前景啊？在我看來，反倒是拒絕被錢財收買才能保證您仕途的順遂。您志不在財富，財富自然動不了您的心。」

孫守義點了點頭：「這一點你算是說對了，另外一點呢？」

唐政委接著說：「另外一點是，多少有點政治智慧的人都知道，孟森是一個還沒爆發開來的毒瘤，他遲早是會爆發開的，只是現在還沒到那個爆發點罷了，所以聰明人絕對會對孟森敬而遠之。就像市裏一些領導對孟森採取的方針是一樣的，他們不是不知道孟森做什麼，只是他們冷眼旁觀，等待著孟森爆開的時機，他們現在唯一要做的，就是確保他爆開時不會把毒血沾到他們身上就行了。

「您雖然是從北京新到地方上來，但您不是政治上的新手，不會對海川形勢一點基本的判斷都沒有，您肯定知道這時候跟孟森攪合在一起，對您一點好處都沒有。既然您已經有了判斷，還要跟孟森表現得那麼友好，那就是說明您心中是另有企圖的了。不知道我說的這些，是不是符合孫副市長您心中所想啊？」

孫守義不置可否的說：「你說我心中另有企圖，那你能不能告訴我，我心中這個企圖是什麼呢？」

唐政委笑笑說：「別人可能怕孟森身後的靠山，孫副市長您肯定是不怕的，您甚至可能對孟森身後的靠山還能挾制一二，因此我覺得您的企圖是想要做打虎的武松。」

孫守義笑了，說：「老唐，你太想當然了吧，我打了虎，對我有什麼好處啊？」

唐政委笑笑說：「話還是不要說得太透比較好，您真的想我把打虎的好處說出來嗎？」

孫守義笑了起來，有些事情確實不說比說更微妙一些，他剷除孟森是有一定的政治謀劃的，如果被拆穿了，的確會有些尷尬。

看來這個唐政委也是老官場了，很懂得什麼可以說，什麼不可以說。只是不知道這個老官場突然主動找到自己究竟是爲了什麼？這種人向來是謀定而後動的，找自己肯定是有所圖，那他是在圖什麼呢？

孫守義看了看唐政委，笑笑說：「好了老唐，說來說去都是在說我，現在我的意圖你心中已經有數了，可你是什麼意思，我還不清楚呢。」

唐政委說：「如果說我是不想看到孟森這個無賴把海川鬧得烏煙瘴氣的，你相信嗎？」

孫守義愣了一下，他在心中爲唐政委的目的想過無數答案，倒還沒有一個是這樣的，不過他看到唐政委神態很認真，就笑笑說：「我信。」

孫守義覺得自己沒有不信的理由，就算唐政委不是真的這麼想又如何呢？很多人都喜歡爲自己的私心想一個冠冕堂皇的理由，唐政委頂多也是這個樣子，他沒有必要去拆穿，

只要兩人的目的有志一同就好了。

孫守義回答得很痛快，反而讓唐政委疑惑了起來，說：「孫副市長，您真的相信我所說的？」

孫守義笑笑說：「相信啊，我以前也接觸過一些像你一樣的同志，你們身上有強烈的責任感，所以我相信你。」

見孫守義很認真，沒有一點開玩笑的意味，唐政委笑笑說：

「我還以爲孫副市長會以爲我在跟你說假話呢，社會的風氣變了，這種話說出來，很多人都覺得我太迂腐了呢。」

孫守義說：「我不會的，我相信你。老唐啊，你這種精神確實很難在一些人身上看到了。」

孫守義並不介意去讚揚一下唐政委，讚揚唐政委的精神層面越高，唐政委將來跟他提條件的可能性就越少，不管唐政委真實的意圖是什麼，先把他哄好了再說。

現在兩人在對付孟森這方面算是取得了一致，接下來就該談一些實質性的東西了。

第二章

神奇第六感

金達對萬菊開始發揮起八卦精神有些好笑，說：
「你別亂說，那是他老婆，他怎麼會不想讓她過來呢？」
萬菊說：「我就是有一種很強烈的感覺，你別不相信，
我跟你說，女人的第六感可是很靈的啊。」

孫守義說：「老唐，現在你也瞭解我是怎麼想的了，你就應該知道我現在之所以跟孟森這麼友好，是因爲我被形勢所困，我拿不出可以進一步對付孟森的東西，你是老公安，這方面應該有些可以指教我的東西吧？」

唐政委笑笑說：「指教不敢，不過呢，孫副市長，憑你拿的那幾封信想要扳倒孟森是真的不行的，那上面寫的太過於泛泛了，在我們這些老公安眼中根本就不值一提，所以你也別怪麥局長不願意幫你，這不僅僅是因爲麥局長性子太過軟弱，他也有不得已的苦衷，因爲根據那些信的內容，他根本就幫不了你。既然幫不了你，他出手又會得罪孟森，這兩面不討好的事，他自然不會傻到要去做。」

孫守義說：「那怎麼辦？就這麼看著孟森繼續横行下去？」

唐政委說：「當然不能了，辦法總是有的。」

孫守義問說：「那要怎麼做才好呢？」

唐政委說：「我認爲先是要搜集孟森的罪證，只有搜集到足夠的罪證，我們才能對付他。」

孫守義說：「這是自然的，只是這個恐怕就需要老唐你出手了。」

唐政委笑笑說：「這個還真的得我出手，別人也幹不了。不過呢，這件事情必須要秘密進行，如果被孟森知道我們在背後蒐集他的罪證，後果可不堪設想。」

孫守義也知道事情的嚴重性，這可不比那幾封舉報信那麼輕鬆，孟森一旦知道被孫守義和唐政委掌握到他的罪證，那可就是你死我活的鬥爭了，那時候，怕是哪一方都會無所不用其極的，因此越能保守住調查孟森這件事的秘密，越是有利於孫守義這一方取得勝利。

孫守義說：「看來老唐你是胸有成竹了？」

唐政委搖了搖頭，說：「我並沒有十分的把握，您不瞭解海川公安局內部的情況，孟森這幾年結交了不少重要單位的幹警，上次你去公安局一說孟森的事，孟森中午就出現在公安局的門口，肯定是有人通報了他，這種情況之下，只要我們稍稍有些不慎，調查孟森的事就會被人察覺，那時候等待我們的，可能就是慘烈的報復。」

唐政委說的很嚴重，讓室內的空氣有點凝結了。

孫守義看了一眼唐政委，說：「真的有這麼難嗎？」

唐政委點頭說：「你現在之所以陷入被動，就是因爲你事先準備不足就貿然行動，不但沒解決問題，還打草驚蛇。孫副市長，你選了一件很困難的事情做啊。」

孫守義笑了，說：「我知道啊，如果這件事情不困難，張書記和金市長可能早就解決掉孟森，也不需要等我來做這件事情了。」

唐政委笑說：「現在事情還沒有全面啓動，您也可以選擇不去動孟森啊。」

孫守義堅定地說：「我不會再退縮了，再難的事情也需要有人去做，我已經做了決定了。只是老唐，找到孟森的罪證後我們怎麼辦？由你出面調動海川公安局來對付孟森嗎？」

唐政委搖搖頭說：「我不行，我沒這個權力，也沒這個魄力。」

孫守義苦笑了一下，這是他最擔心的部分，前面那些搜集罪證什麼的，有唐政委幫他，倒並不是很難，唯獨這個他還沒有一個完美地解決方案，可是這個不解決，前面那些搜集罪證的工作就等於白做了，他說：

「老唐，你該不會說要讓麥局長出面對付孟森吧？」

唐政委笑說：「麥局長若是肯出面對付孟森，我們現在也不用躲在這裏商量這件事情了。」

孫守義看了唐政委一眼，說：「那怎麼辦？要不要讓我想辦法讓你接替麥局長的位置？」

孫守義這是在試探唐政委，他覺得也許這正是唐政委找上門來跟自己商量對付孟森的要價，唐政委幫他對付孟森，他則想辦法讓唐政委接替麥局長，轉任局長。

唐政委笑了，說：

「孫副市長，我可沒這麼想，我有自知之明，對付孟森我沒這個魄力，如果有這個魄力的話，我早就想辦法把孟森給打掉，也不用看著他在眼皮底下成長壯大了。我的想法是，到那個時候，我們就要找外援了，我有一個同學是省廳分管刑偵的副廳長，那時候我們倆去省廳一趟，把我們掌握的情況跟他彙報一下，爭取省廳對我們的支持，那樣子就是由省廳出面來對付孟森了。」

唐政委這個設想跟傅華當初跟孫守義講的方案不謀而合，這讓孫守義有了一個明確的方向。

不過，他還是沒搞懂唐政委究竟想在這件事情中得到什麼好處，看來這個唐政委是真的不想接麥局長的位置，那他究竟想要什麼呢？這還真是耐人尋味。

孫守義稱讚說：「老唐，你這個方案很好啊，我覺得可以試試。只是在這裏面你承擔的責任可比我多啊，尤其是搜集孟森罪證上，有不少的風險，你可要小心啊。」

唐政委說：「我會小心的，既然這樣，那我就著手開始調查了。」

孫守義又交代說：「老唐，你要注意安全，儘量不要去驚動孟森，有什麼需要可以來找我。」

唐政委說：「我知道，我會注意的。好了，我在您這裏待的時間也不短，我要快點離開了，不然會被人注意的。」

孫守義點點頭說：「保重吧。」

唐政委就離開了孫守義的辦公室。

第二天在齊州，孫守義和金達一起在省政府開會，開完會之後，孫守義和金達出了省政府大樓。

孫守義問：「金市長，你要不要回家裏看看啊？難得回齊州一趟，在家裏住一晚吧，要不然老婆該埋怨你了。」

金達笑笑說：「老孫，我是想留下來一晚，不過你也別急著趕回海川了，反正你趕回去也是一個人，你到東海來，還沒好好品嘗過道地的東海菜色吧？今天我盡盡地主之誼，好好招待你一下。」

孫守義接連兩晚跟林珊珊幽會，他的體力被消耗得差不多了，正想休息一下，金達的邀請正中他的下懷，他也想趁機跟金達多加深一點感情，就說：「這不打攪你們夫妻團聚吧？」

金達笑說：「打攪什麼啊，我正想把我們家那口子叫出來吃飯，正好你也認識她一下。」

孫守義心中也有些好奇金達的老婆是個什麼樣的人，他從林珊珊那裏聽說金達的老婆跟海川一家高爾夫企業有密切的往來，他很想看看這個利用丈夫權勢謀取個人利益的女人。

孫守義便說：「好啊，我也想認識一下嫂夫人呢。」

金達就打電話給萬菊，約定了吃飯地點。

金達和孫守義先去了酒店，開了一個雅座坐下等萬菊。

金達點好菜，過了一會兒，萬菊趕了過來，金達便介紹兩人認識。

孫守義看萬菊身上也有一種書生氣，心想這兩口子倒也般配，只是他搞不懂爲什麼這樣一個有書卷氣的女人竟然會那麼貪錢，跟那家高爾夫企業走得那麼近。也許這就是人不可貌相吧。

坐定後，萬菊稱讚孫守義說：「孫副市長真是一表人才啊，想來弟妹也不差，什麼時候來齊州給嫂子看看啊？」

孫守義笑笑說：「我老婆帶不出門的。」

萬菊不知道孫守義說的是實話，還以爲孫守義是在說客氣話呢，便笑笑說：「孫副市長真是愛說笑，衝著你這模樣，弟妹也不會差到哪裡去的。」

金達在一旁說：「老孫的夫人留在北京，沒有跟來海川，你想見她，一時半會兒還不行，等哪天她來東海再說吧。老孫，你來海川也有些日子了，可以把弟妹接過來了吧。」

孫守義說：「她的工作很忙，再說還有孩子要照料。」

萬菊說：「再忙也沒有老公重要吧？孩子可以帶過來，這裏離北京也不是太遠，週末兩天就可以往返的。」

金達也說：「是啊，老孫，你跟弟妹說一聲，就說我請她過來看看海川的風景。夫妻分居兩地不容易，我猜她早就想來看你了吧。」

孫守義暫時沒打算讓沈佳來，尤其是現在林珊珊在這邊，讓沈佳過來，不但他應付不過來，還可能讓兩人遇到，不小心洩露了他跟林珊珊的曖昧關係。不過金達的邀請他也不好拒絕，就笑笑說：「回頭我會跟她說的，看她什麼時間能安排過來一下。」

萬菊說：「要儘快啊，我真想看看弟妹長什麼樣子呢。」

孫守義說：「到時候你不嫌她醜就好了。」

金達夫妻都不知道孫守義說的是事實，還當孫守義在說笑呢。

吃完飯，孫守義跟金達夫妻分了手，自己去找賓館住了下來，等明天再跟金達一起返回海川。

金達和萬菊回了家，晚上，兩人相互依偎著聊天，金達說：「誒，老婆，你用的保養品換了啊？」

萬菊抱怨說：「你這個人，一點也不留心家裏的事情，我保養品換了好一段時間了，這個可是名牌啊。」

金達不好意思說：「平常我都是來去匆匆的，自然不會留意。今天難得時間比較充裕，所以才注意到的。奇怪，你以前不太注重這些的，怎麼改習慣了？」

在金達的印象中，萬菊不是一個注重打扮的女人，平常都很樸素，突然改用名牌，讓他有些詫異。

萬菊說：「嫁給你真是苦命，你平時那麼忙，難得像今天這樣能陪我吃吃飯什麼的。我就像守活寡一樣，再不用點好的保養品保養一下，出門就沒辦法看了。你摸看看，是不是很光滑啊？」

萬菊抓著金達的手在她臉上摸了一下。

金達笑說：「是很光滑。」

萬菊說：「那當然啦，名牌的效果就是不一樣。」

金達笑笑說：「你喜歡就好。」

萬菊又說：「老公啊，你隔一段時間還能回來一趟，你說你們那位孫副市長的夫人一個人在北京過的是什麼日子啊，真難得她願意放她老公來海川工作。」

金達笑了笑說：「這是工作嘛，有什麼辦法。」

萬菊說：「到時她如果來海川的話，你一定要跟我說啊，我挺好奇這位孫夫人長得什麼樣子呢。」

金達打趣說：「人家太太來，你跟著起什麼鬨啊？」

萬菊說：「你有沒有注意到，今天吃飯時，我跟你們那位孫副市長說起他的夫人的時候，孫副市長神色之間有些尷尬啊？我想其中一定有什麼他不想讓我們知道的事，我感覺他似乎並沒有想讓太太過來的意思。」

金達對萬菊開始發揮起八卦精神有些好笑，說：「你別亂說，那是他老婆，他怎麼會不想讓她過來呢？」

萬菊忍不住說：「我就是有一種很強烈的感覺，你別不相信，我跟你說，女人的第六感可是很靈的啊。」

金達搖搖頭，不以爲然地說：「我可不相信什麼第六感，那種東西虛無縹緲的，根本就不靠譜。」

萬菊說：「我不騙你，老公，我的第六感真的很靈驗的。所以你在海川可要給我老老實實的，別讓我發現你跟什麼女人拉拉扯扯的啊。」

金達笑笑說：「誒，你如果對我不放心，可以晚上跑去海川查一下嘛，看看我的被窩裏是不是藏著一個狐狸精。」

萬菊聽了說：「你可別說，我這幾天還真要去一趟海川呢。」

金達詫異地說：「怎麼，跟你開玩笑你還當真了，你真的要跑來查勤不成？」

萬菊故意說：「怎麼，你心虛啦，不行啊？」

金達認真地說：「我心虛什麼，我又沒做什麼壞事，你別鬧了好吧，傳出去，人家會誤會我這個市長真的做了什麼的。」

萬菊笑笑說：「我跟你開玩笑的啦，不過我要去海川是真的，不是去查你的勤，而是我們單位在海川有事情要做。」

金達說：「什麼事情啊？」

萬菊說：「要給你們當地一家企業掛一個省旅遊局推薦景點的牌子，怎麼樣，我這個做市長老婆的夠支持你們海川的工作吧？」

金達笑笑說：「是很支持，謝謝老婆大人了。咦，是哪家企業啊？」

萬菊說：「是你們海平區一個旅遊度假區，叫什麼雲龍公司的，老總姓錢。」

「你是說雲龍公司錢總那裏？」

金達臉色沉了下來，他做夢也沒想到錢總會跟自己的老婆掛上鉤。這也是萬菊第一次在他面前提起錢總。

萬菊心裏慌了一下，她知道金達很反對她參與海川一些企業的事務，她原本並不想把這件事情告訴金達，不過這次去給雲龍公司掛牌的事是要跟地方政府打交道的，她擔心金達會從別的管道知道這件事，那時候金達會以爲她要隱瞞什麼，會更生氣，還不如先跟金達透個風比較好。

現在看金達臉色變了，萬菊就有些不自在了，她說：「怎麼了？」

金達說：「這個錢總有些問題，這件事，他不會是透過你給辦的吧？」

萬菊趕忙說：「怎麼會啊？我可沒這個本事，他跟我們局的一個副局長關係很好，這件事是通過我們副局長辦的。」

金達聽了才鬆了口氣，他知道錢總在拉關係、走門路上很有一套，很擔心萬菊不小心上了錢總的當，現在聽萬菊說不是她幫錢總辦的，多少放了一些心。

不過他對錢總還是有些警惕，便說：

「不是你辦的就好，姓錢的這個傢伙很滑頭，你對他要小心些，千萬不要跟他攪合在一起，知道嗎？」

萬菊看了金達一眼，說：

「我不明白你的意思，你以爲我們省旅遊局是隨隨便便就給人家掛這種推薦景點的牌子啊？雲龍公司在海川的這個項目是一個很優質的項目啊，好像還是什麼省重點保護的招商項目，我們局裏是考慮到這些才給他掛牌的。怎麼到你這兒就好像這個錢總是在作奸犯科一樣了?如果真是那樣,你們海川市政府是幹什麼吃的,爲什麼不把他抓起來呢?」

金達搖了搖頭,說:「很多事你不了解,這可不是在學校裏做習題,是非對錯那麼分明,很多事一句兩句是說不清楚的,反正你記住,不要跟這個錢總牽涉太多就好了。」

萬菊生氣地說:「你這話我就不愛聽了,我在省旅遊局工作很多年,對工作上的一些是是非非也算很瞭解了,我就不信是非黑白講不清楚,你說啊,我看看我到底做錯了什麼?」

金達苦笑了一下,說:「你這個人就是這點不好,老是這麼認真,我如果能跟你說清楚,我就說了。」

這確實也不是一個可以跟萬菊解釋清楚的事情,這裏面牽涉到了地方政府違規招商、一些行政部門違規包庇等等內情,如果真的要往細處推敲,那雲龍公司所做的一切違規行爲就會被暴露,不但那些行政部門要被追究責任,就連海川市政府也脫不了干係的。

這些金達當然不能跟萬菊說,如果讓萬菊知道雲龍公司的度假區根本就沒正規手續的話,那旅遊局這個推薦景點的牌子根本就不能掛了,但是不管怎麼說,這總算是一個地方上的榮譽,金達也不想把它搞砸掉。

再說,金達並沒有立場來說雲龍公司違法的事,如果當初不是他和穆廣的縱容,雲龍公司的旅遊度假區根本就建不起來。他總不能自己打自己嘴巴吧?

金達只好說：「反正你記住跟姓錢的要保持距離就好了。」

萬菊也不想再跟金達爭論下去，就說道：

「好啦，不知道你爲什麼對姓錢的這麼有偏見，懶得跟你說了，睡覺吧。」

關於錢總的話題就這麼放下了。

也因爲金達對錢總的反感，之後萬菊對錢總的事都避而不談了。

第二天一早，金達和孫守義會合，一起趕回海川。

見到孫守義時，金達想到昨晚萬菊的話，便試探地說：

「老孫啊，我是真的誠心邀請弟妹來海川玩，你不好意思開口的話，把弟妹的電話給我，我來說。」

孫守義笑笑說：「這就不用麻煩金市長啦，這種事我自己安排就好。」

聽起來孫守義似乎真是不那麼想要太太過來海川，金達不禁暗自疑惑，這對夫妻是不是真的有什麼問題啊？

另一邊，萬菊送孩子上學之後，就到旅遊局上班了。

剛到辦公室，就看到錢總已經等在那裏，就笑笑說：「老錢，你跑來幹什麼啊？」

錢總說：「是這樣子的，萬副處長，我想過來跟你敲定一下掛牌的具體事宜。」

萬菊想起昨晚金達特別交代要她跟錢總保持距離的話，雖然她並不拿金達的話當回事，可是金達既然這麼說，萬菊就有些不太想去海川走這一趟了。

想到這裏，萬菊就說：

「老錢，你來得正好，我正想找你呢，掛牌的事情已經有毛局長要去了，是不是我就不用去了吧？」

錢總愣了一下，他專程跑來齊州，就是擔心萬菊突然變卦。

雖然毛棟的職務是省旅遊局的副局長，看上去比萬菊的職務高，但是在海川，萬菊帶來的影響力絕對是遠遠大於毛棟的。因此錢總才會專程跑來齊州，跟萬菊敲定掛牌的事，沒想到一進門就聽到萬菊說想不去了。

錢總笑笑說：「怎麼了，萬副處長，我們原來不是說的好好的嗎？你怎麼突然變卦了？」

萬菊說：「我是覺得沒必要去那麼多人，毛副局長已經可以代表我們旅遊局了，我去不去無足輕重的。」

錢總搖搖頭說：「萬副處長，你這話說的可言不由衷啊，我記得你當時答應得挺快的，說你很高興能去給我們雲龍公司掛牌。你跟我說實話，是不是我什麼地方做錯了，才讓你改變心意的啊？」

萬菊不好說是因爲金達的緣故，只好笑笑說：

「不是的，錢總，不是你的原因，我真的是覺得沒必要去那麼多人，人去多了，你還要安排接待，會給你增加麻煩的　」

錢總笑說：「萬副處長，你這話不是在罵我吧？說來我們也算是認識好一段時間的朋友了，你有話跟我直說好不好，究竟是我哪裡做得不好了，才會讓你覺得這趟掛牌不能去了？你跟我說沒關係的，我不會介意的。」

萬菊被說得不好意思了，說：「老錢，你別想太多，我真的不是對你有什麼意見了。」

錢總看著萬菊說：「那你能告訴我爲什麼嗎？」

萬菊知道沒有一點說得過去的理由，錢總這邊是搪塞不過去了，便笑笑說：

「我說了你可別生氣啊，都是我們家老金，他不太喜歡我參與到海川的事務裏去。」

錢總問說：「金市長知道你要去給我們企業掛牌了？」

萬菊點了點頭，說：「是啊，他昨晚回來過。他倒不是針對你們，而是不希望我參與海川企業的事。」

錢總心裏明白肯定是金達對萬菊說了一些他的事情，他知道金達對他的態度，金達對他一定沒什麼好的評價，萬菊這個反應倒也是在情理當中。

既然這樣，錢總不好再說什麼讓萬菊一定要去的話了，再說的話，會讓萬菊反感的，這個時候只能以退爲進了。

錢總便笑了笑說：「萬副處長你也真是的，你這麼說我不就明白了嘛，行了，我知道了，你不去就不去吧，我再做別的安排吧。」

錢總一副很能理解的態度，但是臉上失望的表情十分明顯，這反倒讓萬菊有些不好意思了起來，她歉意地說：

「老錢，真是對不起啊，這時候才說不去，你再做別的安排來得及吧？」

錢總裝出無所謂的樣子說：「沒關係啦，這是小事，我會安排好的。我知道金市長是一個愛惜羽毛的好領導，我也不想給他添麻煩是不是？」

萬菊趕忙說：「老錢，你別這麼說，你沒給什麼人添麻煩的。」

錢總苦笑著說：「萬副處長，你不懂的，我們這些商人身上有銅銹味，隨便做點什麼就會被人懷疑有別的目的。好啦，萬副處長，你忙吧，我要去找毛副局長了，我要趕緊跟他敲定行程，別到時他也不去了，那我可真的抓瞎了。」

萬菊被說得越發彆扭了，自從認識這個錢總以來，這個錢總幫了她不少忙，尤其是給她安排了一個很能幹的保姆，讓她能夠從繁重的家務中解脫開來，而錢總從來沒在她面前要求過什麼事情。真是不知道爲什麼金達會這麼不喜歡錢總。反正金達也沒說就一定不能參加旅遊局這一次的掛牌活動，萬菊心中的主意又改變了。

她喊住了要往外走的錢總，說：

「老錢，要不這樣，這次我既然答應過你，就還是去吧，不過下不爲例，以後再有這種活動，我可是說什麼也不會參加了。」

已經走到門口的錢總心裏不由得大樂，他等的就是這句話，他主動放棄就是想要萬菊覺得不好意思，果然萬菊就上當了。

不過錢總並沒有把心裏的欣喜顯露在臉上，反而裝作爲難的對萬菊說：

「萬副處長，這不好吧？這樣會讓金市長對你有意見的，我可不想爲了我公司的這點事情，就讓你們夫妻產生嫌隙啊。算了算了，你還是別去了，反正已經有毛副局長了，你不去也不會影響什麼的。」

錢總這麼說讓萬菊心中很是感動，金達還說人家滑頭，這種處處爲他人著想的話，會是滑頭的人說出來的嗎？

她越發堅定了要去參加掛牌儀式的想法，就笑笑說：「沒事的，老錢，誰叫我答應你了呢，放心吧，我們家老金不會說什麼的。」

錢總知道這個時候火候已經夠了，不能再說不讓萬菊去的話了，就做出鬆了一口氣的樣子，說：「這下子我就放心了，我還真擔心你對我們雲龍公司從此劃清界限呢，那樣我們公司可就少了一個能夠幫助我們出謀劃策的好顧問了，這對我來說，真是一個很大的損失啊。」

被人重視總是一件愉快的事，萬菊笑了起來，說：「我這個顧問真的對你們這麼重要嗎？」

錢總笑笑說：「那當然了，你的很多建議十分到位，讓我們的旅遊度假區增加了很多的看點。」

萬菊高興地說：「好啦，別這麼捧我了，走，我們一起去找毛副局長吧，商量一下掛牌的具體細節問題。」

北京。

看到電話號碼顯示出是是沈佳的號碼，傅華的眉頭皺了起來。

自從隱約猜到林珊珊跟孫守義之間關係曖昧，他就不太願意再去見沈佳了。人的心理有些時候很奇怪，明明做錯事的不是自己，可是偏偏就覺得自己做錯了什麼一樣。傅華不想面對沈佳就是這樣一種心理，他有一種莫名其妙的感覺，總覺得什麼地方對沈佳有所歉疚一樣。

但這電話卻不能不接，傅華苦笑了一下，按下了接通鍵。

沈佳一問口就說：「誒，傅華，在忙啊？這麼這麼久才接電話啊？」

傅華笑笑說：「沒有啦，沈姐，找我有事啊？」

沈佳說：「也沒什麼事，就是很久沒跟你們兩口子一起吃飯了，想跟你們湊一湊。我告訴你啊，我發現一個很棒的地方，叫上小莉一起出來吃飯吧。」

傅華就擔心這種看似沒目的的聚餐，他知道沈佳是一個目的性很強的女人，絕對不會沒什麼理由就邀請他們夫妻吃飯的。

傅華有心想推掉，便笑笑說：「我不知道小莉有沒有空，她最近要做新裝發表會，挺忙的。」

沈佳是個冰雪聰明的人，馬上就聽出傅華話裏的推脫之意，笑了笑說：「誒，傅華，你是擔心我打攪了你們的兩人世界吧？別這樣子嘛，吃頓飯而已，連這點時間都沒有？」

傅華被說得有些不好意思了，「不是啊，沈姐，我沒問題，我是擔心小莉沒空。」

沈佳說：「再沒空也得吃飯吧，要不這樣，我打電話給小莉，看看她是不是真的沒空陪我吃這頓飯。」

傅華反被將了一軍，他沒有跟鄭莉先串好口供，萬一沈佳直接打電話給鄭莉，他的謊話就會穿幫了。不得已，傅華只好說：「沈姐，這個電話還是我打吧，我讓小莉一定安排出時間陪你吃這頓飯。」

沈佳滿意地說：「這就對了嘛，跟你說啊，你去了絕對不會後悔的，真的是一個很舒服的地方。」

傅華無奈的說：「行，那我馬上就打電話給小莉。」

傅華就撥了電話給鄭莉，說沈佳要請吃飯的事。

鄭莉也很擔心席間沈佳談起林珊珊的事該怎麼應對，便說：「你答應她了？」

傅華說：「是啊。」

鄭莉叫說：「哎呀，你答應她幹嘛啊？她如果問起林珊珊來，你怎麼說啊？」

傅華知道鄭莉也不想面對這種需要裝糊塗的局面，就說：

「我能怎麼說啊，只好儘量回避吧。哎呀，我也不想答應她的，原本我藉口說你忙想推掉的，誰知道她說要打電話給你，我沒辦法，只好答應了。好啦，已經答應了就去吧，到時候我們見機行事吧。」

鄭莉也沒辦法，兩人就去了沈佳說的地方。

第三章

人中之鳳

這個女人如果不看樣貌，肯定是人中之鳳，
舉止說話都是恰到好處，看來醜女人也有她美麗的地方。
金達開始覺得孫守義選擇沈佳也許不一定是為了攀附沈佳的門第，
也許是孫守義慧眼識人呢？

沈佳說的地方在舊鼓樓大街國旺胡同，胡同裏面有一個醒目的紅色小門，敲了敲，就有人出來開門，門口很窄，側身而進，就看到院子裏的茶花開得正旺，豁然開朗的一個小四合院。果然像沈佳說的，是一個很舒服的地方。

沈佳已經等在那裏了，看到傅華夫妻，招了招手。

鄭莉笑著說：「沈姐，你還真是會找地方，這麼有情調的地方也能找到。」

沈佳笑笑說：「是一個朋友帶我來吃過一次，感覺不錯。所以請你們來吃吃看。」

這裏的菜色主打的是自助小火鍋，清爽開胃。

沈佳一開始並沒有談有關孫守義或者林珊珊的事，三人有一句沒一句的閒聊著，吃了一會兒，沈佳這才裝作漫不經心的說：

「傅華，你們駐京辦最近忙什麼啊？」

傅華說：「沒什麼，就是一些迎來送往的事情，老樣子。」

沈佳說：「哦，是這樣啊。你們市政府不是要跟中天集團合作，搞舊城改造嗎？上次我們家守義不就是爲了這件事情才回來的嗎？現在事情進展的如何了？」

傅華暗自嘆了口氣，心說自己再怎樣回避還是避不開林珊珊的事，他又不能不跟沈佳說這件事情的進展。就對沈佳說：「中天集團已經跟天和房產達成協議，聯合參與海川的舊城改造項目，現在他們正在跟市政府進行談判呢。目前看來，算是進展順利吧。」

沈佳說：「不錯啊，這麼說中天集團現在有人在海川了？」

傅華點點頭，說：「是啊，他們派了一個談判團隊過去。」

沈佳看了傅華一眼，說：「那個林珊珊呢，我最近好長時間沒看到她了，是不是她也過去了？」

傅華心說：你跟林珊珊根本就見不到面，說什麼好長時間沒看到她了，根本就是想問她的下落嘛。

這時候林珊珊確實也是在海川，傅華不敢編什麼謊話來騙沈佳，那樣反而會讓沈佳有所誤會，因此傅華老實地說：「是啊，中天的林董說要讓林珊珊跟著談判團隊去學習，所以她也跟著去了海川。」

沈佳面色一沉，批評說：「那個林珊珊根本就不是一個喜歡做事的人，跟著去海川能學到什麼啊?真是的。」

這還是傅華第一次看到沈佳在他面前失態，顯見沈佳對林珊珊去海川這件事心裏是多麼的在意，傅華猜她此刻心裏應該是在擔心孫守義和林珊珊湊到海川去，會發生點什麼事情吧。

傅華不好說什麼，可這個時候什麼都不說似乎也不對，就看了鄭莉一眼，示意鄭莉出來講講話。

鄭莉便笑了笑說：「沈姐也覺得林珊珊是那種不喜歡做事的人啊？這跟我的看法差不多，不過人家父親要讓她歷練一下也沒什麼錯啊，是吧沈姐？」

沈佳馬上就意識到自己有些失態了，便笑笑說：「這倒也是，我這人有時候就是心直口快，不該我說的事情也想要發表一點意見，倒是讓小莉你見笑了。」

鄭莉諒解地說：「哪裡，我明白沈姐在想什麼，可能我們接受的家庭教育都是一樣的，自小就被教育要做一個對社會有用的人，現在看到林珊珊這種成天無所事事、只會靠父母的人，自然會有些看不慣的。」

鄭莉很好的幫沈佳把場子給圓了下來。

沈佳便順著話說：「是啊，小莉，我還真是看不慣這種人。」

吃完飯，三人就分手了。

看到沈佳走遠了，鄭莉忍不住說：「老公，我覺得沈姐真是可憐，你看她聽到林珊珊去了海川，臉色都變了。」

傅華苦笑了一下，說：「不管林珊珊跟孫守義之間究竟有沒有那種關係，我覺得沈姐心中肯定認爲他們是有曖昧關係的，聽到老公跟情人同時出現在海川，自己卻遠在北京，換了誰心裏也是不舒服的。」

鄭莉同情地說：「沈姐一看就是愛面子的人，她還想在我們面前裝作沒事的樣子，真是可憐。」

傅華看了看鄭莉，說：「你說沈姐已經知道林珊珊去海川了，下一步她會幹什麼啊？」

鄭莉搖搖頭說：「這我還真看不透，沈姐真是太能沉得住氣了，我還真拿不準她會怎麼辦呢。」

傅華嘆了口氣說：「我也拿不準，這種女人誰能猜得透呢？」

傅華忽然想到那天林珊珊問起的宿命，沈佳、孫守義和林珊珊三人的相遇，是不是也是一種前世注定的宿命呢？

這還真是很難說，就像孫守義和林珊珊，誰會想到兩個背景截然不同的人會搞在一起？還有孫守義和沈佳，這兩個相貌相差那麼大的人，竟然也會成爲夫妻，難道不也是一種宿命嗎？

這大千世界真是千奇百怪，很多事情都無法解釋啊！傅華心中不禁有些茫然。

鄭莉看他發呆，說：「誒，想什麼呢？」

傅華笑著搖了搖頭，說：「沒什麼，我們走吧。」

跟傅華夫妻分手後的沈佳發動了車子，往前開行了一陣，忽然愣了一下，看看四周，自己這是到哪裡了？

原來她腦子裏一直在想林珊珊去海川的事，注意力根本就不在開車上，只是下意識地往前開，不知不覺間就把車開到了現在這個地方。

沈佳頓時嚇出一身冷汗，自己這個狀態開車怎麼行啊？這樣出了車禍可就不好了。即使孫守義對自己無情，還有一個寶貝兒子等著她照顧呢，自己可不能出個三長兩短的啊。

沈佳減慢了車速，打量了一下四周，發現離趙老家很近，不如去趙老家稍事休息一下，等心神安定了，再開車回家吧。

到了趙老家，趙老有些詫異地問：「小佳，你怎麼這個時候過來了？你的臉色很差啊，是不是發生什麼事情了？」

沈佳自小就跟趙老處得很好，當趙老是自己的父輩一樣，看到趙老，心中不免有些委屈，可是又不想跟趙老說孫守義的壞話，情緒上就有些兩難，苦澀地笑了笑說：

「沒事，老爺子，我正好路過您這兒，就進來看看。」

沈佳本來就長得不好看，這個含著苦澀的笑容讓她更難看了。

趙老察覺到了她的異樣，關切地說：「不對啊，小佳，你這個樣子怎麼會像沒事啊，你跟我說實話，究竟是怎麼了？是不是誰欺負你了？你告訴我，我來教訓他。」

沈佳卻不想跟趙老說自己是因爲懷疑孫守義在外面有別的女人才這個樣子的，一來她知道夫妻之間的事，如果讓外人摻合進來，往往不但解決不了，反而會越攪合越亂。另一方面，趙老知道後，一定會對孫守義很生氣，這並不利於孫守義日後仕途的發展，會影響他的升遷的。

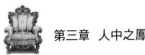

於是沈佳掩飾著說：「老爺子，您怎麼回事啊，我就是有點累，你怎麼非說我受人欺負了？」

趙老看了看沈佳，說：「真的嗎？」

沈佳說：「當然是真的，我坐下來休息一下就好了。」

趙老說：「那趕緊坐下來，我讓保姆給你倒杯熱水。」

沈佳坐下來，喝了口熱水之後，神色果然紅潤了些，趙老這才鬆了口氣，說：「小佳，現在小孫不在你身邊，你自己要注意身體啊，是不是你一個人照顧孩子壓力很大啊？」

沈佳笑笑說：「我沒事了，我能行的。」

趙老說：「你這孩子從小就要強，你沒看到自己的臉色，我看了都替你擔心了。唉，當初讓小孫下去，是想讓他增長一點地方資歷，沒為你多想一想。現在看來是我欠考慮了。」

沈佳搖搖頭說：「老爺子，您那是爲了守義好，怎麼會是欠考慮呢？」

趙老看沈佳過得並不愉快，心中就有些後悔把孫守義送到那麼遠去工作，可現在一時也很難做什麼調整，想了想之後，說：

「小佳，我最近也沒跟小孫通電話，他現在在海川怎麼樣了啊？」

沈佳說：「還好吧，沒聽他說有什麼困難。」

趙老說：「他之前說的那個叫什麼孟森的，事情解決了嗎？」

沈佳回說：「不算徹底解決吧，但是他整了那個傢伙一下子，那人現在老實多了。」

趙老說：「這麼說，現在小孫那邊暫時沒什麼麻煩事情囉？」

沈佳說：「應該是吧老爺子，您想要他幹什麼嗎？」

趙老笑笑說：「我不是想讓他幹嘛，我是想讓你幹嘛，既然你在北京這麼難受，爲什麼不過去看看他呢？他去海川也有段日子了，你是不是也該露露面，去關心一下小孫呢？」

沈佳說：「老爺子，您是叫我去看他？」

趙老說：「對啊，怎麼，你走不開嗎？」

「也不是啦，只是……」沈佳猶豫地說。

現在林珊珊也在海川，這個時間點去看孫守義，孫守義會不會不高興啊？

趙老笑說：「小佳啊，你怎麼了，我很少看你做事這麼沒有決斷的？擔心兒子嗎，可以交給你父母啊。」

這一刻，沈佳也覺得自己好笑，自己怎麼被林珊珊這個毛丫頭弄成這個樣子了?!竟然擔心孫守義會不會因爲自己去海川不高興，自己又沒做錯什麼事，去看自己老公又不犯法，還要擔心什麼啊?自己怎麼變得患得患失起來了?這可不是自己的做事風格啊!

自己在怕什麼呢?這時候去海川，不正好可以弄清楚孫守義和林珊珊之間究竟是什麼關係嗎?爲什麼自己不願意去海川呢?難道是不敢面對林珊珊和孫守義之間的關係嗎?

沈佳自問了一下，發現她還真的是不太敢去面對。她怕萬一猜測變成事實，那她該怎麼辦呢?

趙老看著坐在那裏臉色陰晴不定，也不說話的沈佳，開始意識到問題可能是出在孫守義身上了，便說：「小佳，是不是小孫做了什麼對不起你的事情啊，你跟我說，我來教訓他。」

無論如何，有兩點沈佳是確定的，一點是她和孫守義的夫妻關係仍是要維繫的，其次，孫守義的仕途對他們夫妻兩個人都很重要，因此她不能跟趙老說這件事情。

沈佳趕忙說：「不是的，老爺子，我是在想要去的話，要做一些安排。」

趙老笑說：「要去就去吧，還安排什麼啊，你聽我的，這一次跟單位多請幾天假，去海川多待幾天再回來，包管你什麼事情都沒有了。」

沈佳想想也是，就算自己不想知道孫守義和林珊珊之間的真相，現在過去也可以讓孫守義不能輕鬆自在的跟林珊珊在一起，因此去還是一個不錯的選擇，就笑笑說：「行，那我就聽老爺子的，多待幾天。」

趙老看神情輕鬆下來的沈佳，心想沈佳可能真的是因爲孫守義不在身邊有些憂鬱，才會這個樣子的，問題應該是暫時得到解決啦。

沈佳在趙老這兒又坐了一會兒，這才開車離開了趙老家。

在回家的路上，沈佳又想起一個問題，到底要不要先告訴孫守義自己要去海川呢？告訴他，他事先就有了防備，自己去就發現不了他跟林珊珊之間的曖昧關係；不告訴他，他會不會覺得自己不信任他了呢？

沈佳的心情一下子又變壞了。

晚上，沈佳看著在做作業的兒子，腦子翻來覆去還在想那幾個問題，想了一會兒，她問兒子：「兒子，如果爸爸不在我們身邊了，我們怎麼辦啊？」

兒子看著沈佳，不太理解沈佳問這個問題是什麼意思，只是很大人樣地說：「放心，媽媽，爸爸現在不在我們身邊，我會照顧好你的。」

沈佳被兒子感動得眼淚在眼眶裏打轉，她把兒子摟進了懷裏，說：「真是我的好兒子。」

這一刻，沈佳心中決定，即使爲了兒子，她也要把這個家庭給維持下去，讓兒子有一個很好的成長環境。

兒子睡了之後，沈佳打電話給孫守義，孫守義接了電話，說：「小佳，這麼晚打電話給我幹什麼啊？有事嗎？」

沈佳說：「守義，我想去海川看看你。」

孫守義愣了一下，心說：前幾天金達才說要請沈佳到海川來，沒想到沈佳就打電話說要來海川了，還真是巧啊。

孫守義笑笑說：「怎麼了，你怎麼突然想來海川了呢？」

沈佳說：「沒什麼，就是想過去看看你的工作環境和生活狀況，看看你在海川過得好不好。」

孫守義在腦子裏飛快地想著說詞，要怎麼阻止沈佳來海川，他說：「你這個時間來不太好，過幾天不行嗎？」

沈佳的心沉了下去，自己說要去看老公，孫守義竟然不太歡迎，還讓自己等幾天，這裏面的原因不用說是因爲林珊珊了。他竟然因爲林珊珊在海川所以不想讓自己去，沈佳心中不禁怒火中燒。

可是爲了兒子，這個架不能吵開，她深吸了一口氣，平靜了一下心情，笑道：「怎麼了，我去你不方便嗎？海川那兒是不是有什麼女人在你身邊啊？」

孫守義聽出沈佳語氣中的不滿，他還不知道沈佳已經察覺到林珊珊跟他的關係，他笑笑說：「小佳，你真是會開玩笑，我身邊怎麼會有別的女人呢？你又不是不瞭解我，我什麼時候對別的女人感興趣了？」

沈佳仍然用開玩笑的口吻說：「是嗎？人家說，丈夫就是一丈之內是丈夫，超出一丈，就是別的女人的男人了，我們現在都距離多少丈了，難保你身邊就一定會沒有別的女人。」

孫守義心裏有些發虛，沈佳一直抓著這個話題不放，貌似開玩笑，可半真半假，讓人有點捉摸不透，是不是她察覺到什麼了？

孫守義不敢再不讓沈佳來了，他趕忙說：

「好了，你別鬧了，要來就來吧，原本我是覺得這段時間我工作比較忙，你來了我也不能很好的陪你玩，所以想要你等我閒下來時再過來，沒想到你竟懷疑到我身邊有女人去了。女人啊，真是會吃一些莫名其妙的醋。」

沈佳說：「這就是你多慮了，我去只是想看看你，照顧幾天你的生活，並不是想去玩的啊。」

孫守義說：「那行，你就來吧，機票你讓傅華給你安排，他會弄好的。你行程定了之後告訴我，回頭我打個電話給傅華。」

沈佳說：「你打吧，我準備明天就去。」

孫守義愣了一下，他沒想到沈佳說來就來，這幾天他跟林珊珊還沒溫存夠呢，沈佳突然來，他跟林珊珊的好夢算是被攪壞了。

可是他也不能拒絕沈佳，沈佳搞得這麼急，說不定真是察覺到了什麼，便笑笑說：「行啊，我通知一下傅華吧。只是兒子你都安排好了嗎？」

孫守義沒再推三阻四，讓沈佳心裏多少舒服了一點，她說：「兒子你放心，讓他去我父母家住幾天好了。」

傅華洗完澡正要睡覺了，這時孫守義的電話打了進來，說沈佳要去海川，讓傅華幫她訂好明天的機票。

傅華心想這個冷靜的女人終於還是坐不住了，這下子孫守義可要有麻煩了。

傅華就答應了一聲：「行，孫副市長，我會做好安排的。」

孫守義說：「那麻煩你了傅華。」

孫守義掛了電話。傅華趕忙幫沈佳訂了機票，都安排妥當，這才進臥室準備睡覺。

鄭莉看了看他說：「我聽你在爲沈姐訂機票？」

傅華說：「沈佳還是坐不住了，海川這下子可熱鬧了。」

鄭莉笑笑說：「這種事情哪個女人能坐得住啊？沈姐要去看看，也在情理之中。不過沈姐跑去捉姦，你們海川還真是有熱鬧看了。」

傅華說：「我怕沈佳這次並不是捉姦去的，只是不想讓孫守義跟林珊珊有機會在一起。」

鄭莉感嘆說：「看來沈姐對她的婚姻還是挺看重的，除非迫不得已，她是不會選擇離婚的。」

傅華勸說：「好啦，別那麼多感慨了，時間已經不早了，睡吧。」

第二天一早，傅華就聯繫沈佳，沈佳已經做好準備，傅華就去接了她，把她送去了機場。

一路上，沈佳神態自若，不時還跟傅華說笑幾句，要不是傅華知道她要去海川的內情，根本就無法看出眼前這個女人實際上是面臨著她婚姻生活最大的困局。

進了機場，傅華幫沈佳辦好了手續，就送沈佳去安檢。

這時候，沈佳突然遲疑了一下，她遲疑了起來，自己一定要去海川嗎？如果去了，真的發現什麼蛛絲馬跡，自己要怎麼辦呢？

要不還是當自己不知道這件事情吧，不知道，也就沒這麼多煩惱了。

傅華看到沈佳突然停了下來，便問：「沈姐，怎麼了，還有什麼事情你忘了辦了嗎？」

聽到傅華問她，沈佳回過頭來，看了傅華一眼，說：「傅華啊，我突然有點不想去海川了。」

看沈佳露出猶豫不決的神情，傅華在心裏嘆了口氣，說：「怎麼了沈姐，早上出來時，你的心情不是挺好的嗎？」

沈佳看了看傅華，欲言又止，嘆了口氣說：「傅華，你看我，這麼大個人了，有時候還會鬧點心血來潮的把戲，我怕我去了，會給守義添麻煩。」

傅華安撫她說：「其實海川的風景和人都挺好的，沈姐你就是去散散心也好啊。」

沈佳感激的看了眼傅華，她猜傅華肯定看出什麼苗頭了，沒有拆穿她，是在給她留面子。

沈佳便說：「傅華，謝謝了，我進去了。」

傅華點點頭說：「一路平安。」

沈佳又恢復了女強人的本性了。

到了海川機場，孫守義的秘書劉根已經等在那裏，看到沈佳出來，趕忙迎了上去，說：「沈姐，孫副市長在會議上，出不來，安排我來接您。」

沈佳笑笑說：「謝謝你了小劉。」

劉根把沈佳的行李接了過去，上車後，劉根說：「沈姐，您是要住賓館，還是去孫副市長的住處？」

沈佳笑笑說：「我來是看守義的，當然是去守義的住處啊。」

「那好，我送您過去。」劉根就把沈佳送到了孫守義的住處。

沈佳看了看，孫守義住的地方，佈置很簡單，倒也符合一個男人生活的特徵。

劉根幫沈佳倒了杯熱水，說：「沈姐，您先休息一下吧，中午孫副市長會開完，就會過來陪您吃飯的。」

沈佳說：「行，小劉，你去忙你的吧。」

劉根就退出了房間。

沈佳坐飛機也有些累了，便倒在孫守義的床上想要休息一會兒。她鼻子裏嗅到了丈夫熟悉的氣味，這一次倒沒有林珊珊的香水味，這讓沈佳舒心了不少，起碼她來海川的第一站還沒有遇到讓她煩心的事情。

但是躺下來的沈佳卻怎麼也睡不著，懷疑的種子已經深埋在她的心中了，她覺得這個

地方沒有女人的痕跡，是因為孫守義事先一定做了很周全的準備，徹底清除了可能留下的可疑痕跡。

想到這裏，沈佳坐了起來，她按捺不住自己的好奇心，翻看起孫守義的衣物。一邊翻看，一邊還不時的嗅嗅衣服上的氣味，想要發現是否有林珊珊身上的那種香水味。

翻了半天，沒發現什麼不對勁，這時她又開始後悔不該事先通知孫守義了，她應該突然闖上門來，給他們一個措手不及的。

沈佳被這種焦躁的情緒控制著，整個人幾乎快要崩潰了。她開始哭了起來。她發現自己已經不能理智的去思考問題了。

這還是那個做什麼都很氣定神閒的沈佳嗎？自己怎麼變成這個樣子啦？

過了一會兒，她的情緒發洩的差不多了，她平靜了下來，看看時間，差不多要到中午了，趕忙去洗了把臉，重新補了妝，她不想讓孫守義看到她哭了，這才坐了下來，等著孫守義回來。

過了十二點孫守義才回來，這讓沈佳慶幸有多一點時間緩衝自己悲傷的情緒。

孫守義並沒有注意到沈佳臉上的表情，進門後，就笑笑說：「小佳，兒子在家還好嗎？」

沈佳說：「挺好的，我來之前，他還跟我說希望你能早點回去看他呢。」

孫守義說：「最近忙了一點，一時半會無法回去，等過段時間我一定多請幾天假，回去好好陪陪兒子。」

沈佳心想，不管怎麼樣，孫守義還是很在乎兒子的。這一點讓沈佳對維護好這個家庭多了一點信心，畢竟兒子對她來說是一個很重要的砝碼，她可以爲了兒子維繫這個家庭，想來孫守義也能這樣子做吧。

孫守義問完兒子，這才說：「小佳，你累不累啊？」

沈佳笑笑說：「還好。」

「那我們出去吃飯吧。」孫守義說。

沈佳說：「我不想去太遠的地方，你們這裏是不是有食堂啊？有的話，就在那吃吧。」

孫守義聽了說：「行啊，我看你很累了，我們今天就在食堂吃，明天我再帶你出去嘗嘗海川本地的風味。」

兩人就去了食堂。

金達也在食堂吃飯，看到孫守義領著一個女人進來，就走了過來。他猜想這個就是孫守義的太太了。

看到沈佳的樣貌，金達有些明白孫守義爲什麼不太願意讓太太來海川了。

看到金達走了過來，孫守義打招呼說：「金市長今天也在食堂吃飯啊？」

金達說：「是啊，中午難得沒活動安排，就過來吃飯。誒，老孫，這位就是弟妹吧？」

孫守義笑笑說：「是啊，金市長，我來介紹，這是我的妻子沈佳，沈佳，這位是我們海川市的金達市長。」

沈佳伸出手來，笑著說：「您好金市長，常聽守義提起您來，說您很有領導魅力，今天一見，果然是名不虛傳啊。」

這個女人舉手投足落落大方，絲毫沒有因爲自己的相貌而感到自卑，很有大家閨秀的風範。金達心想：這個女人的家庭背景肯定不簡單。

金達笑笑說：「弟妹，你別聽老孫瞎說，我有什麼領導魅力啊，普通人一個。歡迎你來海川玩啊，前幾天我才跟老孫說，讓他請你過來海川看一看呢。」

沈佳笑笑說：「謝謝金市長了，我也是正好有假期，就跑來看一下守義在這邊的生活情況。」

「怎麼樣，對老孫在這邊的工作環境還滿意吧？」金達問。

沈佳說：「我剛到，還沒仔細看呢，不過，我想守義有您這樣的領導在，工作肯定很愉快，差不了的。」

這個女人如果不看樣貌，肯定是人中之鳳，舉止說話都是恰到好處，看來醜女人也有她美麗的地方。金達開始覺得孫守義選擇沈佳也許不一定是爲了攀附沈佳的門第，也許是孫守義慧眼識人呢？

金達說：「弟妹真是會說話啊，老孫，這幾天有些事情可以暫時交給別的同事去做，你就好好陪陪弟妹吧。」

孫守義說：「好的金市長，我會做安排的。」

金達又對沈佳說：「弟妹，你來一趟也不容易，回頭讓老孫安排一天晚上給我，我請你們夫妻吃飯。」

沈佳笑笑說：「這不給您添麻煩嗎？」

金達說：「怎麼是添麻煩呢，你是老孫的夫人，來我們海川，那就等於是回家啦，吃頓飯是應該的。」

沈佳就說：「那就謝謝金市長了。」

金達笑笑說：「客氣什麼，好了，不打攪你們吃飯了。」

金達回到自己的座位，孫守義和沈佳找了位置坐下來，孫守義點了菜，兩人就開始吃了起來。

沈佳看了看坐在不遠處的金達，對孫守義說：「守義，你挺幸運的，我看這個金市長很書生氣，應該蠻好相處的。」

孫守義說：「是挺不錯的，我來了之後，他對我挺關照的。」

沈佳放下心來：「有這樣一個領導，可以避免很多麻煩。」

吃完飯，孫守義把沈佳送回住處，然後說：「小佳，你來得太匆忙，我有些事情還沒安排好，下午還有工作要處理，你要不要讓小劉陪你出去逛一下啊？」

沈佳笑笑說：「我在這休息一下就好，你別管我了，去忙你的吧。」

孫守義說：「那我就去忙了，你有什麼事打電話給我，或者找小劉也行。」

沈佳說：「行，你去忙你的吧。」

孫守義離開後，沈佳百無聊賴的躺了一會兒，心中忽然泛起一個很奇怪的念頭，林珊珊現在在海川幹什麼呢？自己要不要見見她？

沈佳手機裏存了林珊珊的電話，那是上回她跟林珊珊和傅華一起吃飯時交換號碼留下來的，此刻，沈佳心裏難以抑制地想要把這個號碼找出來，然後打電話約林珊珊出來見面。

她很好奇林珊珊在海川見到自己，會是一個什麼樣的表情？

沈佳就拿出手機，找出林珊珊的號碼，猶豫了一下，最後還是按下了接通鍵。

電話撥了出去，沈佳的心反而懸了起來，林珊珊會說什麼呢？這個女人會怎麼在她面前掩飾她跟孫守義之間的關係呢？還有電話如果通了的話，自己跟林珊珊說什麼呢？

電話那邊傳來一個女聲：「你所撥的電話正在通話中，暫時無法接通。」的聲音，沈佳愣了一下，趕緊按掉電話，慶幸林珊珊正在跟別人講話，自己才可以避免跟林珊珊直接交鋒。

沈佳心中有如釋重負的感覺，可旋即這種感覺就消失不見了，她又想，林珊珊會不會是在跟孫守義通電話呢？

懷疑的念頭又攪亂了她的心情，她又開始煩躁了起來。

第四章

疑心生暗鬼

孫守義認為如果聽憑沈佳這樣子下去，她一定會認為自己是心虛的表現。便猛地站了起來，指著沈佳說：「我不知道你這麼指責我究竟是什麼意思，反正我沒做過就是沒做過，這些都是你自己疑心生暗鬼。」

沈佳沒有猜錯，林珊珊確實是在跟孫守義通電話，昨晚林珊珊原本是跟孫守義約好了見面的，可是孫守義接到沈佳說要來海川的電話後，馬上就改變了主意，他知道上次因爲身上的香水味，沈佳已經開始對他懷疑了，這次突然說要來海川，而且說來就來，根本就不給他一個緩衝的時間，顯然是又發覺了什麼，才會搞這次襲擊的。

想到這些，孫守義就沒有膽量去跟林珊珊幽會了，於是打電話給林珊珊取消了約會。當時林珊珊聽到沈佳要來，馬上就不高興了，說：「你怎麼回事啊，我現在在海川，你讓你老婆過來幹什麼啊？」

孫守義苦笑著說：「你以爲是我讓她來的啊？是她自己要來的。」

林珊珊愣了一下，她也是個聰明的女人，馬上就意識到沈佳要來事有蹊蹺，就說：「這個時候不年不節的，她怎麼會突然要來呢？守義，你老婆是不是察覺到什麼了啊？」

孫守義擔心地說：「我也覺得她可能是知道了點什麼，所以才會突然跑來，我們這兩天還是謹慎一點，最好先不要見面了。」

林珊珊抱怨說：「真是的，我費了好大勁才來海川，本來還想跟你好好聚一聚的，現在又被你老婆搞砸了。」

孫守義安撫著說：「好了，她也不會待太久的，我會儘快打發她走，你就暫且忍耐一下吧。」

林珊珊氣呼呼地說：「她待不長，我就能待長啦，你老婆真是會湊熱鬧啊。」

孫守義費了好一番工夫才安撫住林珊珊，又匆忙趕回住處，把可能讓沈佳起疑的東西都處理乾淨，這才覺得可以安心的接沈佳來了。

今天中午孫守義跟沈佳吃完飯分手之後，就接到了林珊珊的電話。

林珊珊問說：「你老婆已經來啦？」

孫守義說：「來了，剛跟她吃完飯。」

林珊珊打電話來是想瞭解一下沈佳究竟是爲何而來，畢竟做賊的是她，自然有些心虛，便問道：「那你老婆說沒說她突然跑來幹嘛？是不是她真的察覺到了什麼啊？」

孫守義說：「我中午就陪她吃了頓飯，很匆忙，還沒跟她聊這些。」

林珊珊說：「那她說沒說什麼時間回去啊？」

孫守義有些煩躁地說：「她才剛到，我怎麼好問她什麼時間走呢？」

林珊珊看自己想要知道的事沒有一件落實，就有些生氣地說：

「這個沒問，那個也沒聊的，你們夫妻見面都幹了什麼啊？光知道吃飯啊？還是看到你老婆，幸福得把我給撇一邊去了？」

孫守義苦笑了一下，說：「珊珊，你別鬧了好不好，我老婆這次來，我現在的心也是七上八下的，你還是給我點時間，讓我處理一下好不好？」

林珊珊明白孫守義夾在中間兩面爲難，她也不想太過難爲自己的情郎，就說：「好吧，我知道我永遠是那個見不得光的女人，委屈我自己受，你去哄你老婆吧。」

孫守義趕忙說：「珊珊，你別這個樣子嘛，我也不想的。」

林珊珊說：「行了，你別說了，我沒事了。」

林珊珊就掛了電話，撂下孫守義一個人在電話這邊鬱悶。

孫守義現在的心情也很煩躁，他跟林珊珊一樣，也在擔心沈佳是不是發現了什麼。在沈佳和林珊珊之間，孫守義是很難取捨的，沈佳給了他仕途上很大的助力，而林珊珊給了他女人能給他的快樂，現在要他放棄任何一邊，都會讓他感覺到心痛。

正因爲如此，中午見了沈佳之後，他不敢去問沈佳究竟爲什麼會突然想到要來海川，他也在害怕，害怕一旦沈佳發現了他跟林珊珊之間的不倫關係跟他決裂。

下午忙碌的工作開始了，一件件的事情讓孫守義忙得暫時沒工夫去考慮沈佳突然跑來的這件事情了。

傍晚的時候，孫守義正好有一個接待活動，他就打電話給沈佳，說自己不能陪她吃飯了，看是不是讓劉根陪她吃？沈佳說：

「不用了，我這麼大人啦，自己出去找點飯吃還是可以的。」

孫守義說：「那行，你自己出去找點吃的吧，晚上我儘量早點回去。」

沈佳就自己去街上找了家看上去還很乾淨的小館，叫了幾個海鮮，自己吃了起來。快吃完時，沈佳接到趙老的電話，趙老是因爲不放心，特別打電話來問問沈佳到海川怎麼樣了。

沈佳笑笑說：「我挺好的，老爺子，這裏的海鮮還真是不錯，什麼時候我帶您過來嘗一下？」

趙老說：「原來你在吃飯啊？」

沈佳說：「是啊，現在正是吃飯時間啊。」

「那你讓小孫接電話，我跟他聊兩句。」趙老說。

沈佳說：「守義沒有跟我在一起，您找他有事啊？」

趙老有些火了，說：「你千里迢迢跑去海川，怎麼小孫連飯都不陪你吃啊？他在幹什麼？」

沈佳忙解釋說：「老爺子，不怪他，我來得突然，他有些工作沒安排好，晚上他有一個活動要參加，所以就沒陪我吃飯。」

趙老生氣地說：「什麼活動安排不開啊？我就不信海川找不出第二個人能代替他參加，小佳，我有時候覺得你是不是太放縱小孫了，所以他才會拿你不當回事的。」

沈佳趕緊替孫守義辯護說：「沒有老爺子，真的是我來得突然，守義才不能陪我的。老爺子，這件事我自己會處理好的，您就不要摻合了，好不好？」

沈佳很擔心趙老會讓本來已經很複雜的局面搞得更加複雜化了，她這次來海川是想維護好自己和孫守義的夫妻關係，可不是要把關係鬧得一塌糊塗的。

趙老無奈地說：「行啦，我知道了，你就知道維護他。」

沈佳笑笑說：「他是我丈夫，是我兒子的父親，我不維護他維護誰啊。」

趙老也笑了，說：「好啦，小佳，我不跟你說了，你就在海川好好享受你的假期吧。」

「謝謝老爺子了。」沈佳道謝說。

趙老掛了電話之後，覺得他應該跟孫守義聊一下，雖然沈佳說她的不快樂跟孫守義沒關係，可是趙老認爲，這件事孫守義一定脫不了干係的。

趙老撥通了孫守義的電話，聽到一陣嘈雜的聲音，看來孫守義還真是在活動中。

孫守義很熱情地說：「老爺子，找我有事啊？」

趙老說：「小孫，我剛才跟小佳通了個電話，你怎麼回事啊，小佳好不容易去趟海川，你怎麼連晚飯都不陪她吃啊？」

孫守義說：「老爺子，這不怪我的，小佳來得太匆忙了，我有些活動事先都安排好

的，走不開啊。不過您放心，我明天開始就有時間了，我會好好陪小佳的。」

趙老聽了說：「這還差不多。小孫，有時候你也要分清楚什麼人對你重要，小佳是你的妻子，是你兒子的母親，她在北京盡心盡力幫你照顧著家，這才是你需要珍視的。外面有些女人是很漂亮，可那都是鏡花水月，並不能陪你一輩子的。」

趙老這麼說，孫守義心裏一下子緊張了起來，趙老說話從來不會隨口說說的，是不是沈佳跟趙老說什麼了？

孫守義乾笑了一下，說：「老爺子，看您這話說的，我從來都當小佳是我最珍視的人，外面絕沒有女人的，您這麼說可是有點讓我摸不著頭腦了。」

趙老笑笑說：「小孫，有沒有你自己心裏最清楚，其實男人哪，偶爾犯錯把持不住的事情也是常有發生的。不過呢，有的男人能夠處理的很好，仍然能維持好自己的家庭，這種男人是最聰明的。但是還有另外一種男人，貪吃還不擦嘴，被老婆抓住了把柄，鬧得妻離子散，雞飛蛋打的，這種男人就是蠢得要命了，他根本就不知道家庭是一個男人的根本，沒有了根本，還能談何發展啊？不知道你是想做哪種男人啊？」

孫守義冷汗直流了下來，他聽出趙老的意思，他定了定心神，這時候他還算鎮靜，並沒有掉入趙老話中的陷阱，說：

「老爺子，我對小佳可是忠貞的，我在娶她的時候，就發誓一輩子要照顧好她的，又怎麼會辜負她呢？所以您說的這兩種男人，我哪種都不是。」

趙老心想：你還挺聰明的嘛，就說：「我也希望你不是了，好啦，小佳最近心情有點不太好，所以我才建議她去海川看你的，這幾天你在海川好好陪陪她，讓她高高興興的過幾天快樂日子，知道嗎？」

孫守義這才知道原來是趙老讓沈佳過來海川的，這讓他心裏多少鬆了口氣，起碼沈佳突然跑來並不是因爲她發現了自己跟林珊珊的不倫關係。

孫守義說：「小佳心情不好嗎？她怎麼沒跟我說起過啊？」

趙老哼了聲說：「她當然不會跟你說了，她什麼都爲你著想，自然不想讓你在海川爲她擔心了。就連剛才我在她面前埋怨你不陪她，她都不讓我說你呢。小孫啊，你娶到這麼賢慧的女人是你的福氣啊，你可千萬不要身在福中不知福啊！」

孫守義說：「我知道了老爺子，我一定好好對小佳的。」

因爲這通電話，孫守義就不敢再在外面磨蹭太長時間，儘快結束了活動，回到他的住處。

沈佳躺在床上，看到孫守義回來了，就說：「活動結束了？」

孫守義點了點頭，說：「小佳，你心情不好怎麼也不跟我說啊？是不是你一個人帶孩子太累了？」

沈佳自然不能告訴孫守義，她之所以心情不好是因為知道林珊珊跑到海川來了，便笑說：「這個老爺子，我不讓他攙和這件事情的，他怎麼還是跟你說了啊？」

孫守義說：「你別怪老爺子，他也是為你好啊。你先告訴我，你到底為什麼心情不好啊？」

沈佳盯著孫守義說：「我為什麼心情不好，你還不知道嗎？」

孫守義被看得心裏有點發毛，看了眼沈佳。

他很難分辨出沈佳這麼問是為了什麼，如果僅僅是因為帶孩子太累，她應該不是這種眼神的。難道她真的是知道了點什麼嗎？

不過不管沈佳知道了什麼，孫守義敢肯定一點，那就是沈佳並沒有具體的把柄在手裏，所以這個時候他也只能硬著頭皮否認一切了，於是他說：

「小佳，你這話很有意思啊，你在北京，我在海川，我又怎麼知道你為什麼心情不好啊？是不是因為我到海川來工作，不能守在你和兒子身邊，所以你才不快樂啊？」

沈佳笑了笑說：「是啊，守義，我還真是有點後悔當初讓你跑這麼遠來工作，鬧得兒子想見你一面都很難。」

孫守義苦笑了一下，說：「是啊，我也覺得挺對不起兒子的。以後我會儘量多找機會回北京去看你們娘倆的。」

第二天上午，孫守義跟辦公室要了部車，開車陪著沈佳在海川幾個著名的景點轉了一下。

這幾個景點在沈佳眼中只是海濱風光而已，並沒有什麼特別，不過沈佳還是看得津津有味，因爲孫守義這些年已經很難得會陪著她看這些風景了。

臨近中午了，孫守義就帶沈佳去金海灣大酒店吃飯，沈佳看到酒店下面的礁石上，還雕刻了一個月牙形的月老，不禁想起自己的婚姻。

轉了一上午，多少也有點累，吃飯的時候兩人都沒說話，氣氛就靜靜的。

吃了一會兒之後，沈佳打破沉默說：「守義啊，算來我們結婚也有些年頭了，我從來沒問過你，你對我們的婚姻感覺怎麼樣？」

孫守義愣了一下，看了看沈佳的表情，笑笑說：「小佳，你怎麼突然這麼問？」

沈佳說：「就是突然有點觸景生情而已，想到我們結婚已經有點時間了，就很想知道你在這段婚姻中究竟是一種什麼感覺。沒關係的，你可以跟我說實話，我不會生氣的。」

孫守義暗自覺得好笑，這種問題沒有那個男人會傻到實話實說的，不過他知道，要是說這段婚姻好得不得了，他幸福到不行了之類的話，沈佳肯定是不會相信的，他想了想，說：「小佳，我們的婚姻雖然不能說是盡善盡美，但是我對我們的生活還是很滿意的，你

把我們父子照顧得那麼好，尤其是我們有那麼好的兒子。作爲一個丈夫和父親，我真的很幸福。」

孫守義的回答中規中矩，回避了一些很敏感的問題，比如他們家世上的差別，或是相貌上的差別。這個回答很聰明，也很合適，不過孫守義並沒有給她想要的答案，她想知道他對自己的真實想法。

她再次抬起頭來，說：「守義，我想問你，你是不是真的不介意我長得這個樣子？」

孫守義笑了，這個問題他倒不需要思考，答案他早就有了，他笑笑說：

「小佳，我們都這麼多年夫妻了，我怎麼會介意呢？當年也沒有人強迫我選擇你啊？老話都說了，娶妻求賢慧，我選擇你，是想要一個在事業上跟我志同道合的伴侶，可不是想要什麼漂亮的花瓶。」

沈佳差一點脫口問出那林珊珊是怎麼回事啊？可是她馬上意識到，如果問出這句話來，她跟丈夫的關係馬上就會變成另外一種情景，丈夫可不會再這麼溫情脈脈啦，他們的關係馬上就會降至冰點。

這實在太危險了，沈佳把到嘴邊的話強壓了下去。

孫守義看著沈佳，納悶地說：「小佳，你今天是怎麼了，老是問一些奇奇怪怪的問題？」

孫守義做賊心虛，總覺得沈佳問這些問題是有別的原因，他想試探一下沈佳究竟在想什麼。

沈佳笑了笑說：「沒有，都跟你說是有感而發的。」

孫守義說：「真是這樣嗎？」

沈佳看了孫守義一眼，說：「那你以爲是怎麼樣？」

孫守義被堵了一下，就笑笑說：「我也沒以爲你怎麼樣啦，就是覺得今天你跟往常有點不一樣罷了。」

沈佳說：「我怎麼不覺得啊？還不是那個老樣子。好了，我們不說這些了，吃飯吧。」

吃完飯，上車的時候，一輛車停在孫守義旁邊，一個男子搖下車窗，笑著說：「孫副市長，您也在這裏吃飯啊？」

孫守義回頭一看，竟然是孟森，心裏彆扭了一下，臉上卻笑著說：「原來是孟董啊。你也來吃飯？」

孟森下了車，走到孫守義的身邊，看著沈佳，笑著說：「我很喜歡這裏的風景，所以常來。孫副市長，聽說您的夫人來海川了，想來這位就是吧？」

孫守義心裏暗道：這傢伙對我的事情還真是很關注，沈佳才剛來海川，這傢伙就知道了。

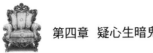

孫守義笑笑說：「是啊，孟董，這是我老婆沈佳，小佳，這位是興孟集團的孟森孟董。」

沈佳上下打量了一下眼前這個男人，原來他就是丈夫跟自己討論過的孟森！孟森看來倒不顯得特別的流氣，也沒有那種渾身粗金鏈子、大金戒指那種暴發戶的打扮，相反，看上去還挺像一個很有地位的社會賢達人士，不過臉色有些陰鬱，眼神閃爍不定，看上去就給人一種精明的感覺。

難怪孫守義會對這個人感覺棘手，這人確實是個不好鬥的人物。

沈佳笑著伸出手來，說：「您好，孟董，很高興認識你。」

沈佳自然大方，讓孟森對她有點另眼相看，他跟孫守義也算是鬥過一番了，相信孫守義不會不跟老婆提起過他。通常一個女人都是隨著丈夫的好惡而表現，但是這個女人見到他，卻沒有露出不滿或者討厭的表情，相反還笑得很自然，這個女人真不簡單啊。

孫守義能選這樣一個醜女人做老婆，還真不能小看，何況這個女人還很有智慧。

孟森彎了一下腰跟沈佳握手，說：「很歡迎夫人能來我們海川做客啊。怎麼樣，夫人還喜歡這裏嗎？」

沈佳笑笑說：「海川的風景很不錯，海鮮也很好吃，我很喜歡。不過孟董有句話說的不太合適，我們家守義在這裏工作，我也算是半個海川人，來就不是做客了。」

孟森笑了起來，說：「夫人說的是啊，說起來我們都是海川人啊。」

一旁的孫守義並不想跟孟森寒暄太長時間，就笑笑說：「孟董，我們已經吃完飯了，要先走一步了。」

孟森看看孫守義，說：「先別急嘛，孫副市長，不知道這一次夫人在這裏待多長時間啊？能不能給我個機會，讓我請夫人吃頓飯啊？」

孫守義心想：這傢伙還真是會找機會啊，如果被海川的人知道他們夫妻接受了孟森的宴請，會以爲他們夫妻跟孟森的私人關係很好，那等於是在宣布孫守義跟孟森的關係已經很親密了，孫守義可不想讓海川人更加誤會自己。

他便笑著說：「這個恐怕不行，不是我不給你面子，我老婆這次待的時間並不會太長，一些領導像金市長已經約了要請吃飯，我老婆來一趟不容易，孟董總要給我們夫妻留一點相處的時間吧？下次有機會吧。」

孟森笑說：「孫副市長既然這麼說了，那我就識趣一點，不打攪您和夫人了。」

孫守義和沈佳就跟孟森說了再見，上了車，離開了酒店。

孟森目送他們離開，這才轉身進了酒店。

車子離開金海灣大酒店有段距離了，沈佳才對孫守義說：「這個孟森果然是個人物啊，看上去就很難纏。」

孫守義說：「這傢伙從街頭混混能混到今天，自然是有他的本事。這種人很會找機會的，你沒看今天他一個勁的往我身上貼嗎？」

沈佳看到孫守義神色凝重，知道孟森這個難題還沒解決，便說：「我來之前，趙老還向我問起過這個人，問你問題解決的怎麼樣了。」

「那你跟趙老怎麼說？」孫守義問。

沈佳說：「我還能怎麼說，我說雖然問題沒有徹底解決，可是你暫時把局面穩定了下來。」

孫守義說：「也算是暫時穩定下來了吧。眼下我們好像是誰都動不了誰，只好暫時把矛盾放下來，和平相處了。以後就很難說了。」

沈佳覺得孫守義在海川面臨的局面也是很艱困的。他需要在很短的時間打開局面，做出成績，又遇到孟森這樣一個難纏的對手，自己在這時候跑來，還要跟他鬧林珊珊的事，實在不是一個合適的時機，她決定還是不要去觸碰這根最敏感的神經，側面提醒一下孫守義好了，讓他收斂一點，不要鬧得太不像話，危及到他們的夫妻關係就好。

沈佳說：「守義，我有點累了，下午就不要再去哪裡了，你送我回去休息吧。」

孫守義說：「怎麼了，你好不容易來一趟，我還想帶你到處玩一玩呢。」

沈佳說：「被這個孟森掃了興了，回去吧。」

孫守義就調轉車頭，送沈佳回他的住處。

兩人一起回到房間，孫守義給沈佳泡了一杯茶，沈佳看著他，笑了笑說：「守義，你在北京的時候，我還不覺得什麼，你離開北京，我才覺得你是我和兒子的主心骨。你知道我昨晚看著你的臉，在想些什麼嗎？」

孫守義笑說：「想什麼啊？」

沈佳說：「我在想，上天能把你送到我身邊來，讓我們一起生活，還給了我們那麼好的一個兒子，這都是我這輩子的幸運，我對這些很珍惜，我不希望任何人和事情來破壞它。」

孫守義乾笑了一下，說：「沒有什麼來破壞它啊？」

沈佳苦笑了一下，說：「有些時候，現實跟希望之間總是有差距的，守義，我不是說真的有什麼要來破壞我們這個家庭，而是我總覺得事情不可能永遠那麼完美。也許現在這一切對我來說是一種完美，可是在你看來，它也完美嗎？」

孫守義看了看沈佳，斟酌著說：「我並不覺得它完美，可是我對我們這個家還是很滿意的，我可沒想要去破壞它。」

沈佳盯著孫守義的眼睛說：「這是你對我的承諾嗎？」

孫守義說：「當然了。」

沈佳點點頭說：「那好，我希望你記住你這個承諾。現在我不會經常在你身邊，而這個社會光怪陸離，誘惑很多，我不管你在想什麼，或者你曾經做了什麼，我只希望你能守住你對家庭的承諾，千萬不要搞出破壞我們家庭的事情。」

沈佳說到這裏，眼圈裏已經是含淚欲滴了，這些已經是她的底限，她等於是在跟孫守義說，只要你不要把事情鬧得天下皆知，只要還能維護住家庭，其他的一切她都可以不管。

孫守義臉色有點發白，沈佳雖然沒有明說，可是話裏的意思十分明白，聯想到她這麼突然來海川，以及說的話、問的問題都是怪怪的，這時候他基本上算是可以確認，沈佳一定是發現什麼了。

孫守義裝著糊塗說：「小佳，我不知道你究竟是什麼意思，你是不是對我有什麼誤會啊？」

沈佳意味深長地說：「守義，是不是誤會我現在也真的是不清楚，我也不想弄清楚，不管怎麼樣，我還是那句話，我希望你別忘了對我們這個家的承諾。」

沈佳這麼說，孫守義知道她還處於懷疑的階段，拿不出什麼直接的證據，便打算仍是用那一招：打死都不承認，於是他說：

「小佳，你這樣子說，好像我做過什麼對不起你的事情了，我真的沒有啊。你是不是聽誰瞎說什麼了？」

沈佳注意到孫守義眼神中的那種躲閃和探究，這種眼神只有心虛的人才會有，這讓她越發肯定丈夫不是無辜的，不過，她不想去戳穿，反正警告的目的已經達到了，就笑笑說：「並沒有人跟我瞎說什麼，我只是說說而已，你沒有當然最好啦。」

孫守義看了看沈佳，說：「小佳，你這樣子說我很難過，難道你不相信我嗎？」

沈佳說：「守義，我沒有不相信你啊，我就是相信你對這個家有一份責任心，我才跟你說這些的。好啦，我們不去探討這個問題了。你什麼時候跟金達市長約一下，跟他吃完飯之後，我就要回北京了。」

孫守義愣了一下，說：「你這麼快就要回去了？來一趟不容易，多玩幾天吧？」

沈佳搖了搖頭，說：「我沒請幾天假，現在見到你，也知道你在這邊的狀況，我就沒必要再留在這裏了。出來這兩天我已經開始想兒子了。」

說到兒子，沈佳一陣心酸，今後可能只有兒子才是她可以信賴的男人了，她的眼圈不自覺的又紅了。

孫守義看沈佳這副傷心的樣子，心裏也很不好受，他伸出手扳過妻子的肩膀，說：「小佳，你別這個樣子，我真的沒做什麼對不起你的事，你要相信我啊。」

沈佳的情緒再也難以壓抑住了，她一把把孫守義的手撥開，瞪著眼睛看著孫守義，叫道：「你別在我眼前裝了好不好？你是個男人，敢做就要敢認，我沈佳不是傻瓜，可以隨便就被你幾句話哄弄過去。」

孫守義認爲明明沈佳手裏沒有什麼底牌，卻還這麼發作，如果聽憑她這樣子下去，她一定會認爲自己是心虛的表現。

孫守義猛地站了起來，指著沈佳說：「我不知道你這麼指責我究竟是什麼意思，反正我沒做過就是沒做過，這些都是你自己疑心生暗鬼。」

沈佳並沒有被孫守義嚇住，孫守義如果早這麼理直氣壯，她還會以爲自己懷疑錯了，現在經過一番試探之後才來發作，只是孫守義摸清了她手裏並沒有把柄，才敢這麼叫囂的。

沈佳冷冷地說：「守義，你不用這個樣子，我們這麼多年的夫妻，你應該知道我不是那種婆婆媽媽的女人，這話題就談到這裏爲止，我也不會去查你什麼，我只希望你對得起這個家庭，對得起兒子就行了。」

孫守義卻不放過，說：「什麼叫到此爲止啊，你這樣子含混不清算是怎麼回事啊？你有什麼證據能證明我做了對不起你的事嗎？」

沈佳愣住了，她一下子被難住了，她看了看孫守義，從孫守義的臉上看到了一種小人的得意，就像一個小偷明明偷了東西，失主卻拿不出證據來證明他偷了東西的那種洋洋自得。

沈佳氣急了，腦子裏忽然想到了一點，她直視著孫守義的眼睛，大聲的說：

「好，你不是說你沒做對不起我的事情嗎？那行，你把最近幾個月手機的通聯紀錄調出來給我看看，如果上面沒有你跟那個女人聯繫的記錄，我就承認是我錯了，我可以跪下來給你道歉。」

孫守義的臉一下子變得煞白，沈佳說的話擊中了他的要害，他跟林珊珊往來時，並沒有用別的手機，真要調出通聯紀錄，他跟林珊珊什麼時間通過話一清二楚，孫守義一下子癱坐在那裏。

孫守義的表情讓沈佳不用問也知道是怎麼回事了。現在兩人捅破了這層窗戶紙，這時候她反而不知道該跟孫守義說什麼了。

兩人默默的僵持了一會兒，孫守義首先回過神來，看了眼沈佳說：「你什麼時候知道的？」

沈佳說：「從那天你身上有林珊珊的香水味時就知道了。」

孫守義納悶地說：「你怎麼會知道林珊珊香水是什麼味道啊？」

沈佳說：「事情就這麼巧，我跟傅華他們吃飯的時候遇到了林珊珊，剛好談到各自使用的香水。你那天身上的香水味是那麼的熟悉，讓我馬上就想到了林珊珊，可是我問傅華，傅華說你在駐京辦那天並沒有活動，我就奇怪你是怎麼會跟林珊珊牽扯到一起的？後來聯想到林珊珊跑到海川來也是有點莫名其妙，除非她是奔著某個人來的，再聯想到你身上的香水，一切就都能解釋得通了。」

孫守義苦笑著說：「就是因爲我身上的香水味，就能讓你猜到我跟林珊珊之間有問題了？」

沈佳點點頭說：「是呀，這也怪你自己以前把自己弄得太過正經了，我們結婚這麼久，我從來沒看到過你跟哪個女人那麼熱情過，所以你身上突然有了女人的香水味就很奇怪。你說是你以前的同事，可是你並不瞭解女人，女人用什麼味道的香水，往往有固定的習慣，你的同事中根本就沒有人用這種香水的，這也是你更讓我懷疑的地方了。」

孫守義恍然大悟說：「這真是一著不慎啊。」

兩人又沉默了一會兒，孫守義問：「你打算怎麼辦？」

沈佳苦笑了一下，說：「現在不是我打算要怎麼辦，而是你打算怎麼辦？」

孫守義說：「我不想離婚。」

沈佳說：「我也沒說要跟你離婚，不過我也沒那麼大度，既然已經說開了，我是不能跟別的女人共用一個男人的。現在你選擇吧，是選我還是選林珊珊？」

第五章

草船借箭

他請萬菊來參加這個典禮，實際上是在玩草船借箭的把戲。
他之所以一定要把萬菊請來，是因為萬菊到了現場，
別人就會認為金達也是支持他們雲龍公司的，不然的話，也不會讓他的妻子跑來的。

孫守義半天沒說話，這是一個很難的抉擇，選了林珊珊，他可能就要跟兒子和未來看好的仕途說再見了；但選了沈佳，他就必須要跟林珊珊那美好的身體永別。

看孫守義遲遲不說話，沈佳苦笑了一下，說：「行了，我明白你的選擇什麼了，好，我離開就是了。」

沈佳就去收拾自己的行李要走，這時孫守義伸手拉住了她，說：「別這樣子，我怎麼會不選你和兒子呢？」

沈佳回頭看著孫守義的眼睛，一字一句的說道：「你確定要選擇我嗎？」

孫守義很清楚，選擇林珊珊，他會失去的更多，即使他選擇了林珊珊，未來林珊珊會不會嫁給他還是一個很大的問題，而且中天集團的林董是不是會接受他這個離過婚的人做他的女婿，也還是無法確定的。

兩相權衡，他只有忍痛放棄林珊珊，選擇沈佳這一條路了。

孫守義於是說：「我確定，我不能沒有你和兒子。」

沈佳說：「那行，爲了兒子，我願意再給你一次機會。把你的手機拿出來。」

孫守義疑惑地把手機拿了出來，看著沈佳說：「你要幹嘛？」

沈佳說：「你現在打電話給林珊珊，告訴她你的選擇。」

孫守義爲難的皺眉說：「你要我當著你的面跟她說？」

沈佳冷冷地說：「怎麼，還有什麼不能讓我知道的嗎？」

這個時候孫守義還能說什麼，他嘆了口氣，撥了林珊珊的電話。

沈佳又指示孫守義說：「你的手機不是有擴音功能嗎？把它打開了。」

孫守義嘆了口氣，雖然很不情願，不過他還是把擴音功能打開了。

嘟嘟的聲音傳了出來，林珊珊很快接通了，在電話那頭高興地說：「守義，怎麼捨得打電話給我啊，你老婆呢？」

這時，沈佳冷冷的接話說：「他老婆就在這裏，你找我有話說嗎？」

林珊珊大吃一驚，說：「是沈姐啊，怎麼是你打的電話啊？」

沈佳冷笑一聲，說：「我不能用這個手機打給你嗎？」

林珊珊被嗆了一下，還想要裝無辜，便說：「也不是啦，沈姐，你找我有事嗎？」

沈佳冷笑說：「我沒事要找你，林大小姐，是你的守義要找你，讓他跟你說吧。」

原來孫守義也在電話旁邊，這下子林珊珊徹底被搞懵了，她不知道究竟發生了什麼事，難道沈佳發現了她跟孫守義的事了？

孫守義乾咳了一下，說：「誒，珊珊……」

林珊珊不知道孫守義已經打開了擴音功能，她一聽到孫守義的聲音，就趕忙低聲問道：「你老婆究竟是怎麼回事啊？她知道了？」

孫守義苦笑著說：「她知道了，珊珊，你回北京吧，我們之間結束了。」

林珊珊聽孫守義這麼說，不禁愣住了，她下意識地說了一句：「爲什麼？」

沈佳在一旁冷冷的說：「這還用問嗎？因爲他是有老婆的。林珊珊，這一次我給孫守義面子，不去跟你計較，你趕緊給我滾回北京去吧，否則的話，別怪我對你不客氣。」

林珊珊一聽，大小姐脾氣上來了，她並沒有被沈佳的威嚇嚇住，反而惱火的叫道：「你這個醜女人，你這麼兇幹什麼？我爲什麼要回北京啊，守義喜歡的是我又不是你，我就要留在海川，看你能拿我怎麼辦？」

沈佳沒料到林珊珊這個跟自己丈夫偷情的女人竟然會這麼兇悍，不但不感覺到理虧，反而跟她叫起板來了。

她狠狠地瞪了一眼孫守義，氣哼哼的罵道：

「這就是你搞出來的下三濫的女人，什麼東西啊，偷人家的丈夫還這麼理直氣壯？」

這些話都被手機傳到了林珊珊的耳朵裏，她也急了，說：「你這個醜女人，你給我說清楚了，誰是下三濫了？」

沈佳衝著手機叫道：「你就是下三濫，還有別人啊？林珊珊，你不用這麼蠻橫，不要覺得你們中天集團有什麼了不起的，有錢就可以爲所欲爲啊？要不要我打個電話給你那個做董事長的爸爸，告訴他你這個懂事的女兒都做了些什麼醜事啊？」

林珊珊雖然心裏慌了一下，這件事情如果被她爸爸知道了，還不罵死她啊？但是在吵架的當下，氣勢上是絕不能輸給對方的，她自然不會就此偃旗息鼓，反而罵道：「怎麼了，我家就是有錢，你氣不過啊？……」

孫守義看兩人越吵越大聲，這樣子下去不是個辦法，再讓這兩個女人吵下去，只會把事情越鬧越大，這對他這個常務副市長來說，可不是一個樂於看到的局面，便大聲叫道：「好了，你們都別說了！」

沈佳和林珊珊都被孫守義的聲音嚇了一跳，不約而同的停住了爭吵。

孫守義這時對著手機那邊說：「對不起，珊珊，小佳是我的妻子，是我兒子的母親，我必須跟她在一起。」

林珊珊叫了起來：「孫守義，你就這麼對我？那我算是什麼啊？」

孫守義說：「對不起，我只能跟你說聲抱歉了。再見。」

孫守義說完，怕林珊珊還要再說什麼，趕忙把電話給按掉了，他又怕林珊珊會再打來，索性關了手機。

回頭看到沈佳一臉怒容，便苦笑著說：「對不起，這些麻煩都是我惹出來的，你要罵的話，就罵我吧。」

沈佳瞪了一眼孫守義，這時候，孫守義神色慘白，看上去沮喪到了極點，沈佳知道這時候不能再去激怒他，畢竟這個男人最後還是選擇了婚姻和家庭，選擇了她；既然要維持這個婚姻，兩個人日後還有很長的路要相互陪伴扶持走下去，太過剝掉孫守義的臉皮，反而不利於今後的生活。

沈佳便把到嘴邊的罵人話咽了下去，她長出了一口氣，心情平復了一些，這才說道：「算了，我犯不上跟那種沒素質的女人生氣，我也不想罵你什麼，只是我跟你說，你既然選擇回到我和兒子身邊，你就不能再給我朝三暮四了，機會我只會給你一次，如果再被我知道你跟這個林珊珊有什麼瓜葛，我就是豁上讓兒子生我的氣，也不會放過你們的。」

孫守義趕忙保證說：「你放心，我既然答應你，就絕對不會了。」

沈佳面無表情地說：「希望你這次說話算話。」

電話的那一邊，林珊珊被孫守義掛了電話，氣到了極點，脫口叫道：「孫守義，你竟敢這麼對我？我話還沒說完呢，你就扣我的電話？」

林珊珊不甘心，馬上就回撥了孫守義的號碼，結果傳來的竟然是忙音，孫守義已經關機了，林珊珊再也控制不住自己，狠狠地把手機摔到牆上，手機一下子就被摔碎了。

第二天，孫守義見到金達的時候，問金達什麼時間能安排跟沈佳吃飯。

雖然沈佳並沒有從孫守義住的地方搬出去，但是兩人自從揭破那層窗戶紙之後，之間的關係一時沒有了緩衝，就變得很尷尬了。

晚上即使睡在一個床上，孫守義卻縮手縮腳的，連碰沈佳一下都不敢。兩人心裏都明白，他們雖然沒有拆夥的危險，可是要回到原來那樣子相處自然的狀況，可能還需要有一段恢復期。

就連沈佳自己都覺得再待在海川，對她來說只是受罪，就在早上起床的時候，跟孫守義說要他趕緊跟金達約吃飯，應酬完金達之後，她就準備回北京了。

金達說：「我正好要跟你說這件事，明天我老婆也要來，我們不要安排別人，就我們四個人坐一下好不好啊？」

孫守義說：「您夫人也要來啊？」

金達說：「是啊，她們省旅遊局在海川有一個重點推薦旅遊景點的掛牌儀式，她要來參加。」

孫守義笑說：「哦，省旅遊局重點推薦旅遊景點，是哪一家啊？」

金達說：「是在海平區的一個旅遊度假村，叫什麼雲龍公司的。」

聽到金達說海平區，孫守義大約就猜到可能是金達老婆給做顧問的那家企業，他心中暗自搖了搖頭，金達的老婆看來也不是一個能讓金達省心的人物。

孫守義笑笑說：「行啊，我們就定明晚吧。」

孫守義就把跟金達約定的時間告訴沈佳，沈佳聽完後，也沒說什麼，只是說：「行，你安排吧。」

孫守義心中對沈佳多少還是有些感激的，目前這種狀態下，多留一天對沈佳來說就是多一天的折磨，他知道沈佳之所以還留下來，完全是為了給他做面子，不然的話，金達已經說了要約時間一起吃飯，她卻不吃這頓飯就跑回北京，那樣子會讓金達怎麼去想他這個副手啊？這一點，就是沈佳最令人佩服的地方了，她始終是一個很理智的女人。

孫守義感激地說：「謝謝你了，小佳。」

沈佳嘆了口氣，說：「我們還是夫妻，這些應酬我應該幫你的，謝謝就不必了。」

孫守義沒再說什麼，沈佳就掛了電話。

這邊沈佳剛掛了電話，那邊林珊珊的電話就打了進來，她讓中天集團的人幫她重新買了手機，一早就把電話打了進來。

孫守義看著電話號碼，苦笑著搖了搖頭，他知道他跟林珊珊之間也不是一句話就能了結的，如果不接這個電話的話，估計林珊珊會不依不饒的打下去，或者直接找上門來跟自己鬧的。

孫守義按下了接通鍵，說：「珊珊，你打電話來幹什麼啊？」

林珊珊氣哼哼的說：「孫守義，我們來往這麼久，你不會以爲幾句話就能把我林珊珊打發了吧？」

孫守義苦笑著說：「那你想要什麼？」

林珊珊被嗆了一下，她想要什麼？錢，她比孫守義多的是錢；人，現在沈佳已經知道了她跟孫守義的來往，那個女人肯定不會允許他們再繼續下去，顯然要人也是不可能的。

林珊珊沉吟了一會兒，不甘心地說：「守義，我們不能就這麼結束了啊？我們彼此不是都很愛對方嗎？」

孫守義勸說：「珊珊，我們本來就是沒有未來的，現在我老婆已經知道這件事了，我們不能再繼續往來下去了。」

林珊珊不依，說：「不行，我不想這樣子結束。」

孫守義無奈地說：「那你要我怎麼辦？離婚嗎？我離婚之後，你能嫁給我嗎？」

林珊珊語塞了，她心裏很清楚她父親是不會接受孫守義的。

孫守義嘆了口氣，說：「你也知道那是不可能的，好了，珊珊，我們還是趁著這一次結束吧。你不要再打電話來了，現在我老婆對我已經很有意見了，你再打電話來，會讓我很難做的。」

林珊珊捨不得地說：「可是我不想這樣子結束啊？」

孫守義說：「不結束，我們還能有別的辦法嗎？對不起了珊珊，就這樣子吧。」

孫守義就掛了電話。

林珊珊還想要說些什麼，一時之間卻也不知道該說什麼，只好呆呆的把電話收了起來。此刻她跟沈佳的感覺是一樣的，再留在海川已經沒有任何意義，就只剩下尷尬了，於是她就乘下午的航班回到了北京。

第二天，在海平區，雲龍公司的旅遊度假區熱鬧非凡，省旅遊局的掛牌典禮正在舉行，省旅遊局的毛棟局長和萬菊都來了，海平區區長陳鵬也到了現場。

毛棟、陳鵬都發表了熱情洋溢的講話，然後兩人共同爲重點推薦旅遊景點的牌匾揭牌。中午則由雲龍公司招待，萬菊留下來跟毛棟、陳鵬一起吃飯。

萬菊現在跟這些人都很熟了，吃飯期間，跟陳鵬和錢總不時的聊上幾句，餐座上的氣氛顯得很熱烈。

飯後，毛棟、萬菊就離開了，毛棟要趕回省城，萬菊則是要去海川市區跟金達會合。陳鵬和錢總目送著兩人離開。

車子開走後，陳鵬看著錢總，笑笑說：「錢總，你現在跟市長夫人搞得還真是火熱啊，我看她對你滿臉都是笑容的，不錯啊。」

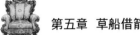

錢總得意地說：「搞好這點關係，對我來說還不是難題。」

陳鵬說：「這點我真佩服你。」

錢總問說：「那我的別墅是不是可以開工啓動了？」

陳鵬笑笑說：「市長夫人你都搞定了，你還需要問我嗎？」

錢總笑了笑，沒說什麼，他自然不能告訴陳鵬，萬菊這邊他實際上並沒有真正的搞定，起碼他還沒辦法通過萬菊跟金達直接的聯繫上。

他請萬菊來參加這個典禮，實際上是在玩草船借箭的把戲。他之所以一定要把萬菊請來，是因爲萬菊到了現場，別人就會認爲金達也是支持他們雲龍公司的，不然的話，也不會讓他的妻子跑來的。

當然，錢總也不擔心有人來拆穿他的把戲，就他看來，似乎沒有人能拆穿這個把戲吧？傻瓜才會跑去問金達市長，他的夫人跑到雲龍公司，是不是代表著他對雲龍公司的關愛呢？

中國人不就喜歡玩什麼一切盡在不言中嗎？很多人並不喜歡問東問西，他們只會根據自己的理解來看待事情，因此只要一切盡在不言中，這種誤解就會持續。

錢總要的就是這種誤解，有了這種誤解，海川市那些官員們就不敢動他什麼腦筋，誰敢去跟市長支持的企業找麻煩啊？

車子已經開遠了，兩人往回走，錢總看了看陳鵬，說：「你要留下來玩嗎？」

陳鵬說：「我下午沒什麼事情，留下來也可以啊。」

錢總說：「你要留下來的話，我會安排人招待你的。」

陳鵬笑了笑說：「怎麼，你有什麼事情要辦嗎？」

錢總說：「我要去一趟別的地方，晚上有點事情要處理。你放心在這裏玩，我會安排人陪好你的。」

錢總就帶著陳鵬進去，交代給手下的一個經理陪著陳鵬，自己開車離開了。

幾小時之後，萬菊被送到到了海川市政府，她對車上的毛棟笑笑說：「不好意思毛局長，晚上是我們夫妻之間的聚會，不然的話，我就讓金達招待你了。」

毛棟笑笑說：「我明白的，我們之間就不用這麼客氣了。」

萬菊送走了毛棟，自己去了金達的辦公室。

看到金達，萬菊說：「你看到孫副市長的夫人了？」

金達笑笑說：「看到了。」

萬菊好奇地問：「怎麼樣，漂不漂亮？」

金達說：「老孫的夫人倒還真是不漂亮。」

萬菊說：「你們男人說別人的太太不漂亮，那就肯定是不漂亮了。看來這個女人配不上你們的孫副市長啊。」

金達笑笑說：「雖然不漂亮，但是我感覺孫夫人配老孫倒是綽綽有餘的。」

萬菊奇說：「你這話說的前後不一致啊，你們的孫副市長長得那麼帥，一般的漂亮女人跟他站在一起都很難跟他般配的，你現在說他太太不漂亮，又說配他綽綽有餘，這不是自相矛盾嗎？」

金達笑了笑說：「有些人是不能從相貌上去評價的，好啦，反正晚上你就會見到她，到時候你自己看吧。」

萬菊心中越發的好奇，說：「是嗎？那晚上我還真要好好看一看這位孫夫人到底長什麼樣子。」

傍晚，孫守義打電話來，跟金達確認萬菊已經到了，金達說：「老孫，我老婆已經來了，我們海川大酒店見面吧。」

放下電話後，金達便對萬菊說：「走吧，我們是請客的人，先去海川大酒店等他們吧。」

在海川大酒店的雅座裏，當萬菊看到推門進來的孫守義夫妻，先是愣了一下，雖然她對金達說孫夫人不漂亮早有心理準備，但是她怎麼也想不到她的不漂亮會到這種程度，她心說：難怪上次提到太太，孫守義有些不情願，像孫守義這樣帥哥型的男人，找了這麼醜的一個女人做老婆，是有點不太光彩啊。

但是接下來萬菊對沈佳的印象馬上就改觀了，沈佳氣質雍容，舉止落落大方，是那種典型的女王作派，

萬菊是生活在省城的人，又在省旅遊局工作，平常也算是見多識廣，可是跟沈佳比起來，她不自覺的就感覺自己有些自卑起來，沈佳的氣場非比一般，明顯是壓過孫守義一頭的，她現在明白爲什麼金達會說沈佳配孫守義是綽綽有餘的了。

跟沈佳比起來，孫守義也不過是長得好看一點，其他各方面都是稍遜沈佳的。

萬菊心中暗道，這個女人真是不簡單啊。不過，估計沈佳選擇孫守義，也是一種情迷於色的表現，她大概也是被孫守義的外表迷住了。

來到雅座的沈佳和孫守義，一副精神煥發的樣子，兩人都微笑著跟金達和萬菊打招呼，不知道內情的人，完全無法從他們的表情上看出他們的婚姻正歷經著一場很嚴重的危機。

握手寒暄後，沈佳從皮包裏拿出一個包裝得很漂亮的絲巾，遞給了萬菊，笑著說：

「不好意思啊，金夫人，我沒想到會在海川見到您，所以沒從北京帶什麼禮物給您，

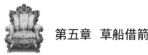

就在海川買了這條絲巾，還希望您不要嫌棄啊。」

萬菊一看絲巾是名牌貨，價值不菲，卻又不顯得昂貴，正是適合這種場合做見面禮用的，既表達了心意，又不讓人感覺刻意，心說這個沈佳果然是分寸拿捏得很好。相反，萬菊卻沒買什麼禮物，這就看出兩人的差別來了，一看她就是對這次會面沒考慮周詳。

萬菊把禮物接了過來，歉意的說：「不好意思的應該是我，我來得匆忙，兩手空空就來了，也沒買什麼禮物。」

沈佳笑笑說：「您客氣了，今天您是主人，我是客人，您和金市長邀請我們夫妻做客，客人是需要帶一點禮物的，主人就沒必要了。改天等您到北京，我請您的時候，您再帶禮物給我好了。」

萬菊的尷尬一下子就被化解了，她立刻說：「那我一定要找機會去北京做客啦。」

沈佳笑笑說：「歡迎啊，到時候我一定會招待你在北京玩個痛快的。誒，金市長，您跟夫人一起來吧？到時候我讓守義也請假回去，好好陪陪你們。」

金達笑說：「那可不行，我這個市長和老孫這個副市長都離開了，家裏就連個看門的人都沒有了。」

說笑間，四人坐了下來，萬菊和沈佳坐在了一起。

萬菊寒暄說：「你這次來，有沒有讓孫副市長陪你到處去看看啊？」

沈佳回說：「昨天守義陪我看了一些地方，海川還挺漂亮的。」

萬菊說：「只陪你一天怎麼行啊？你來一趟不容易，這次一定要孫副市長多陪你玩幾天才行啊。」

沈佳笑笑說：「多玩不了了，我已經訂了明天的飛機票，要回北京了。」

金達愣了一下，說：「怎麼這麼匆忙啊？老孫也是的，怎麼就這麼快就放你走啊？」

沈佳說：「我本來就沒請多少天假，來看看守義在這邊挺好的就可以了，家裏還有孩子，時間長了我也不放心啊。」

萬菊惋惜地說：「這真是有點遺憾了，時間這麼短，我原本還想你要是願意，讓孫副市長放你跟我到齊州去玩一下呢。」

沈佳面帶笑容說：「謝謝了，下次吧，下次我請長一點的假再去。」

金達爲了這次宴會，事先已經跟海川大酒店打了招呼，讓酒店多準備一些海川特色的海鮮，市長的交代，酒店自然不敢怠慢，菜肴自然是極爲精美，沈佳也算是老饕了，對菜肴十分滿意。

宴會的氣氛很輕鬆，金達又說了一些跟孫守義搭班子工作上的趣事，四人輕鬆的交談，不時發出會心的微笑，給人一種很和諧的溫馨感覺。

宴會結束後，孫守義和沈佳先行離開了。

金達看到兩人上車走了之後，回頭對萬菊說：「你現在不會覺得這個沈佳配不上孫守義了吧？」

萬菊點點頭說：「這個女人確實很厲害，氣質出眾，唯一遺憾的可能就是那張臉吧。」

金達笑笑說：「是啊，我也是這樣子覺得。」

萬菊又說：「不過，老公，你有沒有感覺怪怪的，這對夫妻是不是有什麼問題啊？」

金達笑說：「你又疑神疑鬼了，這一晚上人家跟我們相談甚歡，他們如果有什麼問題的話，怎麼還能跟我們聊得這麼開心呢？」

萬菊不以爲然地說：「相談甚歡也可能是裝出來的啊？」

金達問：「那你覺得人家什麼地方有問題啊？」

萬菊納悶地說：「我也不知道，我只是覺得這對夫妻對待彼此的方式有點太彬彬有禮了，一點正常夫妻那種親熱的感覺也沒有。」

金達愣了一下，他回想這一晚上的情形，孫守義跟沈佳之間還真的像萬菊所說的那樣，兩人都相敬如賓，卻沒有正常夫妻之間那種親暱感。

他看了一眼萬菊，說：「別說，這對夫妻還真是有點怪怪的，不過，可能這也是他們夫妻的相處之道罷了。」

萬菊說：「如果這真是他們的相處之道，那他們這對夫妻做得可很沒滋味啊，哪有丈夫和妻子這麼相處的啊？」

金達搖搖頭說：「好啦，這是人家夫妻間的事，我們不用這麼關心了。誒，你這次去給雲龍公司掛牌，人家有沒有送你禮物啊？」

萬菊笑笑說：「他們是安排了，不過我沒接，家裏有你這個古板的老公盯著，我敢接嗎？」

金達笑了笑說：「這還差不多。」

第六章

人算不如天算

穆廣苦笑了一下，沒說什麼，此刻，他的心中也充滿了愧疚，這都是因為當初他要裝清廉，所以才要瞞住家人，哪知道人算不如天算，現在不但要亡命天涯，還連累家人受到無辜的冤枉。穆廣心中一陣悲哀。

幾乎與此同時，錢總到達了君和縣，偷偷的接了穆廣，準備要把穆廣送到中緬邊界，他在那邊已經找了一個人，可以將穆廣送出境。

穆廣始終是錢總的一個心事，不將它徹底解決掉，錢總很難放心去經營他的企業。於是他找了一個常跑邊境做生意的朋友，拜托他幫忙將穆廣偷渡出境。

昨天那個朋友傳來消息，說已經找到合適的人了，讓錢總趕緊把人送去。於是現在最關鍵的就是將穆廣送往邊境。

可要派誰送穆廣呢？錢總不放心將這件事交給手下的人去做，無奈之下，只好親自出馬。

躲在家裏許久未見陽光的穆廣被養得白白胖胖的，不能見光，讓他萎靡了很多，這時候就算是被以前認識的人看到，一時之間恐怕也很難認出他就是當初那個威風八面的常務副市長了。

錢總看到他這個樣子，心裏暗自搖頭，看來權力對於做官的人，就像錢對於商人一樣，一旦失去了，連腰板都挺不直了。

車子在空曠的高速公路上飛速的前進著，穆廣看了看錢總，說：「老錢啊，你那個朋友可靠嗎？」

錢總說：「那個朋友是很可靠的，只是不知道他找的人是否可靠。」

穆廣擔心的說：「不會有什麼問題吧？」

錢總說：「有沒有問題，誰也很難保證，只是目前這是解決你困境的唯一方法，不然你總不能在人家地窖中待一輩子吧？」

穆廣說：「那當然不能，那個地方簡直不是人待的，空氣不好不說，還什麼都沒有，而且再待下去，恐怕就要暴露了，已經有鄰居開始懷疑了。算了，冒險試一下吧。」

錢總安撫他說：「就是嘛，冒冒險看看，真的把你送出去了，你不就解脫了嗎？」

穆廣說：「這倒也是，老錢啊，我家裏情況如何，你最近有去看過嗎？」

錢總說：「你家裏人都好，除了你這件事，他們都覺得抬不起頭來，你的妻子和孩子更是對你恨得要命。」

穆廣嘆了口氣，說：「他們從沒跟我享受到什麼，我弄的錢幾乎都送給關蓮那個婊子了，他們沒得到任何好處，還要跟我受這種窩囊罪，恨我也是正常的。」

錢總說：「老穆，你這個人啊，叫我說你什麼好呢？你太虧待你家人了。」

穆廣苦笑了一下，沒說什麼，此刻，他的心中也充滿了愧疚，這都是因為當初他要裝清廉，所以才要瞞住家人，哪知道人算不如天算，他被關蓮弄得鋌而走險，現在不但要亡命天涯，還連累家人受到無辜的冤枉。老天爺還真是捉弄人啊，穆廣心中一陣悲哀。

錢總看穆廣不說話，知道他心中也不好過，嘆了口氣說：「行了，你不要想那麼多了，我們要趕一夜的路，抓緊時間睡一會兒，過一會兒換你來開車。」

由於穆廣現在是被通緝的人物，錢總不得不保持低調，所以決定晝伏夜出，早上休息，晚上再趕夜路往廣西邊境開進。

穆廣閉上眼睛，想要睡一會兒，可是精神仍處於一個高度緊張的狀態，想睡也睡不著。哎！他在心裏又嘆了口氣，想不到我穆廣也有今天啊。

第二天一早，孫守義送沈佳去機場，一路上，兩人都是默默無語。

到了機場，孫守義幫沈佳把行李拎了進去，沈佳伸出手來，說：「行了，把行李給我，你回去吧。」

孫守義把行李遞給沈佳，看了看沈佳說：「小佳，這次的事，你不會跟趙老說吧？」

沈佳看了看孫守義，心想：你現在知道害怕了，當初你跟林珊珊勾搭的時候，怎麼就沒害怕呢？這個時候害怕是不是有點太晚了？你大概以爲跟林珊珊的事絕對不會被發現的吧？可是這世界上哪有不透風的牆啊？若想人不知，除非己莫爲。

現在沈佳已經完全掌控了局面，她很想知道孫守義最後選擇她，到底是因爲還珍惜這個家，還是只是因爲擔心趙老會毀掉他的仕途？便故意問道：

「你想我跟趙老說，還是不說呢？」

孫守義臉色變了變，皺了皺眉頭說：「小佳，這件事我知道是我做錯了，我對不起你，不過，這總是我們的家事，最好還是不要跟別人說才好。」

沈佳直視著孫守義的眼睛，這個男人恐怕還是更看重他的仕途吧？如果沒有這些，他是不是早就離開自己和兒子了？

孫守義被看得心虛了起來，他低下了頭，不敢去看妻子的眼睛。

沈佳嘆了口氣，她清楚自己會怎麼辦的，即使孫守義不問自己，她也不會跟趙老或者別的人講這件事的，就算她不擔心孫守義會因此仕途受累，她在親友面前也丟不起這個人啊。

沈佳冷冷地說：「這件事情我沒準備告訴別人。」

孫守義聽了，鬆了口氣，看來他最擔心的事情不會發生了，下一步，就剩下如何哄得沈佳不要再生自己的氣了。

在這一點上，孫守義還是有信心的，妻子的個性他很瞭解，這種個性強悍的女人，只要你在她面前多聽話一點，她就會原諒自己的，更何況，他們還有一個兒子，兒子可是可以幫他們和好的最佳橋梁啊。

孫守義陪笑著說：「小佳，我就知道你還是愛我的，那個林珊珊已經回北京了，我跟你保證，我再也不做這種糊塗事了。」

沈佳無可無不可地說：「那就是你的事了，好了，我進去了。」就拿起行李，轉身進了安檢關卡。

孫守義站在外面，看著妻子通過安檢，他想等沈佳安檢完，再揮手跟妻子告別，可是他失望了，沈佳一路過去，再也沒有回頭看他，讓他的手半天也沒揮得出去。

等沈佳走得在外面看不到了，他只得心情鬱悶的回辦公室去了。

看來這對夫妻的關係暫時還是難以恢復到原來的狀態，只有等時間來彌補他們之間的裂痕了。

傅華沒想到沈佳這麼快就回到北京，他原本還以爲沈佳這次去恐怕要多住些時日呢，結果連一個禮拜都沒待到，就打道回府了。

傅華去機場接沈佳的時候，沈佳看上去一臉的輕鬆，可是傅華知道沈佳的心情絕對不可能是輕鬆的，她這次匆忙而去，匆忙而回，表示她和孫守義之間絕對不會什麼事情都沒發生過。不過這些都與傅華無關，傅華也無權干涉。

沈佳看到傅華，笑了笑說：「傅華啊，又麻煩你了。」

傅華說：「沈姐太客氣了，這是我的工作啊，說什麼麻煩不麻煩的。沈姐這麼高興，看來在海川玩得很不錯啊。」

雖然明知沈佳心裏肯定不會像表面那樣高興，可是客套話傅華還是不能不說，既然沈佳做出了這麼一副玩得高興的姿態，對傅華來說，他也只能配合演出，不然，沈佳一定就會猜到他知道什麼啦。

沈佳回說：「是挺好的，傅華，海川的風光很不錯，海鮮隨便一樣都很好吃，看來吃東西還是要到產地去吃啊。」

傅華笑笑說：「是啊。」

傅華將沈佳送回家中，就回到了駐京辦。

剛到駐京辦，孫守義的電話就打了過來，問道：「傅華，我老婆到北京了嗎？」

傅華笑笑說：「到了，我剛送她回家了。」

孫守義道謝說：「那行，謝謝你啦，傅華。」

看看時間，孫守義大概是算好沈佳到達的時間才打電話來詢問的，傅華心中詫異孫守義爲什麼不直接打電話問沈佳到沒到北京就好了，這種情形，一般都是夫妻兩個直接聯繫，還要透過他這個外人，看來這對夫妻真是有些問題啊。

傅華按捺住心中的好奇，說：「還有別的事情嗎，孫副市長？」

孫守義遲疑了一下，說：「也沒別的啦，誒，傅華啊，上一次我回北京，我老婆是不是打過電話給你，問我的行程安排來著？」

傅華想了想說：「好像是有這麼一回事。」

這件事就是沈佳發現林珊珊跟自己關係的原因之一，孫守義對此心中是有些耿耿於懷的，因此特別問起，聽傅華承認了，便說：「那你怎麼跟我提都沒提啊？」

如果傅華有先告訴他沈佳問過這件事情，可能自己就會發現情況不對、私情曝光了，就可以事先做些準備，也不至於被搞得像現在這樣被動。

聽孫守義質問這件事，傅華有些摸不清究竟是怎麼回事，他苦笑著說：「不好意思啊，孫副市長，那天沈姐是打來問你在駐京辦有沒有活動安排，我告訴她沒有，就這麼件事情，我覺得沒什麼特別的，也就沒跟你說。」

孫守義想想，確實也是，這是很正常的問話，一般人不會覺得有必要跟領導彙報，這還真是怨不得傅華。

同時，孫守義也不想給傅華一種他和沈佳發生了什麼的印象，就裝作隨意地說：「行啦，我不是要責怪你什麼，你也知道這女人嘛，有時候就愛問東問西的，以後我老婆再問你什麼，你記得跟我說一聲就是了。」

孫守義是擔心沈佳不肯就此罷手，說不定還會找傅華問一些林珊珊的事，現在沈佳的情緒極度不穩定，萬一傅華說了什麼不該說的話，很可能再度刺激到沈佳，讓事情往不可控制的方向發展。

這是孫守義最怕看到的，因此他要求傅華把沈佳的問話記得跟他彙報，也是在防患於未然。

傅華答應說：「行，以後只要沈姐來電話，我第一時間就跟您報告。」

沈佳回到家裏，這一路上她都是在強撐著，此刻到了家裏，再也不需要在外人面前裝強悍了，心中的委屈一下子全部都發作了出來，放下行李之後，就倒在門廳處的地板上放聲大哭起來……

長這麼大，沈佳還是第一次這麼痛苦，她從來沒有這麼傷心過，從小，她想要的東西基本上都能得到，可以說她前半生幾乎沒受過什麼挫折。但是就在臨近中年的時候，她卻遭逢了人生最大的危機，她不得不委曲求全，才能保住她這個爲之操勞半生的家。

這對一向要強的她來說，承受的委屈已經到了最大的限度，而且這個委屈她還不能對別人說，就連最親近的人都不行。如果再不在家裏發洩一下的話，她可能就要崩潰了。

不知道哭了多久，沈佳哭累了，也哭沒了眼淚，就趴在地上睡了過去。

醒過來時，天已經黑了，沈佳這才想到應該去把兒子接回家，就想爬起來，眼前卻一陣發黑，昏倒在地上了。

再次醒過來時，沈佳感覺自己頭痛欲裂，渾身無力，這種狀態她實在無法去接兒子回來，幸好她回來前，並沒有跟父母說她會今天回來，這一晚不去接兒子，倒也不會讓人懷疑。

沈佳強撐著爬起來，回到臥室的床上，倒頭就睡，她想，自己大概是哭得太用力，好好休息一晚就會好的。

半夜時分，傅華的手機忽然響了起來，把他從睡夢中驚醒了。

他朦朦朧朧的爬起來，心裏奇怪會是誰啊，這麼晚還打電話來吵人睡覺。抓起電話一看，竟然是沈佳的，他心裏一驚，沈佳在這時候打電話來，一定是發生什麼意外了。

傅華趕緊接通了，說：「沈姐，出什麼事情了？」

沈佳聲音微弱地說：「傅華，你過來我家一下，我好像是病了，渾身發熱，呼吸都很困難。」

傅華不敢怠慢，立刻說：「行，沈姐，我馬上就過去。」

這時鄭莉也被驚醒了，看到正在匆忙穿衣服的傅華，說：「出什麼事情了？」

傅華說：「沈姐病了，你醒了正好，跟我一起去看看吧。」

沈佳畢竟是一個女人，傅華這個大男人三更半夜跑到她家裏，總是有些不方便，鄭莉去就沒這個顧慮了，於是鄭莉也換上衣服，跟著傅華去了沈佳的家。

敲了半天門，沒有回應，傅華的冷汗直下，別是沈佳在裏面昏過去了？她這不開門可要怎麼辦啊？

就在傅華差點絕望，想找人來撬門的時候，沈佳開了門，她露出蒼白的臉，勉強笑了笑說：「對不起啊，我渾身一點力氣都沒有，虛脫了一樣，所以這麼久才來開門。」

傅華看沈佳臉色蒼白的可怕，伸手去摸她的額頭，發現她的額頭熱得燙人，就對鄭莉說：「不行，小莉，要趕緊把沈姐送到醫院去了。」

兩人就攙扶著沈佳出了門，直接把她送到附近的醫院，掛了急診，醫生診斷說，沈佳這是感冒併發了肺炎，要沈佳留院治療。傅華就給沈佳辦了住院手續。

住進病房的沈佳打上了點滴，傅華和鄭莉不放心，就留在病房裏陪著沈佳。

早上，睡醒了的沈佳對一晚上陪著她的傅華和鄭莉，虛弱地說：「真是不好意思啊，辛苦你們夫妻兩個了。」

鄭莉看了看沈佳，沈佳雖然還很虛弱，可是氣色已經不像昨晚那麼難看了，臉上多少有了些血色，便笑笑說：「辛苦什麼呢，只要沈姐你沒事就好了。」

傅華在一旁也說：「是啊，沈姐，昨晚我們真是被你嚇壞了，怎麼樣，感覺舒服一點了嗎？」

沈佳笑笑說：「好多了，就是渾身沒有力氣。」

傅華說：「醫生說你住院休息幾天就會好的。誒，沈姐，要不要通知一下你的家人啊？」

沈佳原本以爲自己是傷心過度才出現虛脫症狀的，所以不太想跟家人說，現在醫生診斷是感冒併發肺炎，這個倒沒什麼不好解釋的，便說：「你把電話給我，我來通知他們吧。」

傅華把手機拿給沈佳，沈佳打電話給自己的父母，告訴他們自己的狀況和醫院，她的父母馬上就說要過來看她。

沈佳說完，把手機遞還給傅華。傅華看了看沈佳，問說：「沈姐，您病了這件事，要不要跟孫副市長說一下啊？」

沈佳說：「別跟他說了，他反正不能回來，跟他說，反而會讓他不能安心工作。」

沈佳說的倒也不無道理，傅華就沒再說什麼，不過心裏卻在權衡是不是要把沈佳的情況跟孫守義說一下。

沈佳的父母很快趕了過來，傅華和鄭莉看沈佳有人照顧了，這才離開了病房。

出病房後，傅華把鄭莉送回家，自己回到駐京辦。

想來想去，他覺得還是跟孫守義說一下比較好，孫守義早晚會知道沈佳病了，別到時候他又怪他什麼都不報告。

因此他就打了電話給孫守義，孫守義聽完，頓了一下，他覺得沈佳的病很可能是與她發現自己跟林珊珊的曖昧關係有關，這個女人也有撐不住的時候啊。孫守義心中的歉疚更深了，但也沒辦法說什麼，便說了句：「我知道了。」就掛了電話。

第二天，傅華帶了水果去看沈佳，經過一天的治療，沈佳大致上已經狀況穩定，可以坐在床上跟她父母說笑了。

看到傅華來了，沈佳笑笑說：「傅華，你這傢伙到底還是把我生病的事告訴你們副市長了。」

傅華笑笑說：「沈姐，我也是沒辦法，我有責任照顧好你，發生了這種情況，我應該通知孫副市長的。怎麼，他打電話過來了？」

沈佳說：「是啊，他打電話問我怎麼樣，我跟他說沒事了。」

不知怎麼，傅華感覺沈佳說這句話的時候，情緒很平淡，一點也不像以前提到孫守義時那樣的熱情了。

傅華陪著沈佳坐了一會兒，問了一下沈佳的病情，囑咐讓沈佳多住幾天把病徹底養好了，這才離開。

午夜的邊境並沒有因為夜深了就顯得清爽，還是那麼悶熱潮濕，穆廣和錢總經過幾天的長途奔波，總算到了目的地。

錢總找到了他的朋友郝休，郝休聯繫上幫忙偷渡的人，便帶著錢總和穆廣去見那個人。

兩方的邊境相互之間往來很是方便，有一些秘密的小道就可以直接走到緬甸那邊去，因此偷渡很方便。

郝休帶他們去見那個人時，十分神秘，讓穆廣和錢總都戴上眼罩，開著車帶他們轉了很長時間才停下來，下車的時候，郝休還交代說：「你們兩個注意了，這個白先生規矩可是很多的，你們小心點說話，不要惹到了他。」

穆廣心中一陣悲哀，現在的他已經不是那個威風八面的副市長，而是一個處處需要看人眼色的喪家犬。不幸之中的大幸是自己總算逃離了東海省，等到成功偷渡後，他就可以徹底逃脫死刑的威脅，不需要對關蓮的死負上什麼責任了。

一進門，兩名彪形大漢就過來搜查他們全身，被男人在自己身上摸來摸去的，穆廣這還是第一次，心裏十分彆扭，可是人在屋簷下，不得不低頭。

搜完身之後，錢總和穆廣又被帶到了一個很大的房間裏，房間很空曠，只放了一張很大的辦公桌，桌子後面坐了一個人，屋內的燈光很暗，穆廣看不清那個人的面貌，不過根據感覺，他知道這個人應該就是他們此行要見的白先生了。

「歡迎兩位，坐吧。」暗影裏的那個人說道。

便有人送了兩把椅子過來，錢總和穆廣兩人坐了下來。

白先生笑了笑說：「不好意思啊，兩位，爲了保障安全，我不得不做一些預防措施。」

穆廣說：「這些都無所謂的，白先生，你能告訴我，我什麼時候能離開中國嗎？」

白先生笑笑說：「你別急嘛，這位先生，你們來的目的我早就知道了，放心吧，我既然答應你們，肯定能把你們送出去的。」

穆廣回頭看了錢總一眼，不再說話了。

白先生說：「這位先生，你能告訴我兩位的身分嗎？」

穆廣看了暗影中的那個人一眼，他感覺到一絲危險的氣息，這個白先生要查他們的身分幹什麼？這不會是一個陷阱吧？他在電視上曾看過公安部門設下陷阱誘捕犯人的。

穆廣吞了一口唾沫，鎮靜了一下心情，強笑了一下，說：「我們都是做生意的商人，不知道白先生問這個幹什麼？」

白先生呵呵笑了起來，說：「你這個人說話不老實啊，你說你旁邊的那個人是商人，我相信，因爲他身上有一種很濃厚的商人氣息，但你說你自己也是商人，騙誰啊？」

穆廣心裏一驚，說：「白先生，那你說我是幹什麼的？」

白先生笑了笑說：「你身上老是不由自主的有一種架子在，如果我猜得沒錯的話，你應該是一個官員吧？」

穆廣被說中了身分，心裏嚇了一跳，錢總並沒有跟郝休說他是爲什麼要偷渡出境的，因此這邊的人應該不知道他的身分才對，難道這真的是一個陷阱？

他急問道：「你怎麼知道？」

穆廣說完這話，眼睛就開始四處打量，看看有沒有沒人防備的出口，好讓他一旦發覺不妙，就可以想辦法逃跑。

白先生呵呵笑了起來，說：「你別緊張，我不是想要查你做過什麼，要偷渡的人大多是犯了事鋌而走險的，你犯過什麼事情，我是不會問的。」

穆廣心情還是沒放鬆下來，說：「那你查問我的身分幹什麼？」

白先生笑笑說：「這是爲了保障我自身的安全，需要多瞭解一些情況，你不否認是一個官員吧？」

穆廣多少放了一點心，笑了笑說：「白先生好眼光，你說的不錯。好了，我們還是言歸正傳吧，你打算什麼時間送我出境？」

白先生說：「你稍安勿躁好不好？我的話還沒說完，這位先生，有件事情我要交代你，不是說你出了境就什麼都安全了，你應該也知道，緬甸跟我們國家關係可是很好的，兩邊的人往來很頻繁，邊境上發生了什麼事，基本上雙方都很瞭解，你現在身上的那股官僚架子還沒有放下，如果到了那邊，可是會很引人注目的，這不但對你來說很不好，也會危及到我們這些送你出去的人，你知道嗎？」

穆廣說：「那白先生想讓我怎麼做？」

白先生說：「你已經不是官員了，之所以還能保留這麼一點威風，是你身邊的朋友還在支持你，可是你要知道，拔了毛的鳳凰不如雞，到了那邊，我勸你做什麼事情都低調一點，夾著尾巴做人，別給自己找麻煩，知道嗎？」

穆廣低聲說：「這個我知道，我會注意的。」

白先生接著說道：「到了境外，就忘記你在國內的一切吧，千萬不要跟你的妻子、孩子還有你的情人、朋友們聯繫或接觸，否則的話，你就等著公安去抓你吧，知道嗎？」

穆廣苦笑著說：「我會跟國內切斷一切聯繫的。」

白先生點點頭說：「那就行了，你回去等消息，什麼時間送你過邊境，會有人跟你聯繫的，你們回去吧。」

穆廣本想催白先生儘快安排他偷渡，但是燈光已經關掉了，室內漆黑一片，有人將穆廣和錢總兩人帶出了房間。上了車後，兩人又被蒙上了眼罩，汽車七扭八拐，直到兩人完全失去了方向感，這才停了下來。

穆廣和錢總下了車，看了看郝休，穆廣說：「這算怎麼回事啊？也不說什麼時間能把我送出去，倒是把自己搞得神神秘秘的，幹嘛，扮黑社會老大啊？」

郝休瞪了眼穆廣，說：「別瞎發牢騷，這個白先生在這裏是個人物，小心他知道你在背後罵他。」

穆廣還想說什麼，錢總扯了他一把，說：「老穆，這是在人家的地盤上，說話別那麼大聲。」

穆廣看了看錢總，錢總搖搖頭，示意他不要再說了。

穆廣說：「那怎麼辦，就這樣子等下去啊？」

郝休說：「你別急，白先生這麼做一定有他這麼做的道理，他不能事先就把日子定下來，畢竟公安部門也盯著抓偷渡呢，他可不想因為你被抓。放心吧，白先生答應你的事，一定會辦好的。行了，你們回去休息吧，我走了。」

郝休也離開了，穆廣和錢總回到了他們住的旅館。

進了房間後，錢總安慰穆廣說：「老穆，你的心情我可以理解，不過已經到了這個地方，耐心一點吧。」

穆廣苦笑了一下，說：「我倒是想耐心，可是耐心不下來啊。我現在就盼著馬上能過去緬甸，現在離那邊就一線之遙，要我等，真是折磨我啊。」

錢總拍了拍穆廣的肩膀，鼓勵他說：「這不是還有我陪著你嗎？」

穆廣嘆了口氣，說：「老錢啊，我這輩子做得最正確的事情，就是跟你做了朋友，這一路上謝謝你了。」

錢總說：「客氣什麼，不過老穆啊，那個白先生說的也不是一點道理都沒有，你過去後，自己要低調一點，不要在那邊太顯眼了，儘量融入當地的社會，那樣子才是最安全的。」

穆廣點點頭說：「這我心裏也清楚，你不說我也會按照他告訴我說的去做的。我現在已經是喪家之犬，再不夾著尾巴做人，那就是自己找死了。」

錢總聽出了一絲悲涼，他勸慰穆廣說：「老穆啊，你也別太沮喪了，也許過幾年，等事情平靜下來，你在那邊還能混得風生水起呢？」

穆廣苦笑著說：「老錢啊，你把事情看得太簡單了，很多事情不是你想的那麼容易的，我這一輩子的運氣已經在遇到關蓮之後就用完了，從那之後，我做什麼都開始不順利了。你知道我前段時間躲在君和縣時，我的日子是怎麼過的嗎？我幾乎天天晚上做惡夢，一睡覺就夢見關蓮伸著手來掐我，我現在還什麼混得風生水起啊，我能保住這條命就已經燒高香了。我心裏真是後悔啊，當初我去招惹那個女人幹什麼，不但毀了我自己，還毀了我的家人。」

看來穆廣一直是生活在恐懼之中，錢總看了看他，心想：你現在後悔有什麼用啊，本來只是一件用錢就能解決的事，卻被你搞成殺人害命，人吶，只要是中了邪就沒救了。

兩人在旅館裏等了三天，在第三天的午夜，他們接到了白先生的電話，讓穆廣跟來找他的人走就行了，過了邊境之後，他們會給穆廣安排一個新的身分的。

兩人匆忙起床，收拾了一下，錢總對穆廣說：「老穆，錢都帶好了嗎？」

穆廣點點頭，這些錢都是錢總給他準備的，他說：「老錢，大恩不言謝了，今生如果還能再見的話，我會報答你的。」

錢總聽了有些心酸，他知道他跟穆廣今生再見的機會不太大了，就搖搖頭說：「好啦，別說這些了，路上小心些，錢財不要露白。」

穆廣點了點頭，說：「我知道。」

過了半個小時，有人敲了他們的房門，一個個子矮小、皮膚很黑的壯實男人站在門外，看了兩人說：「哪個要跟我走？」

穆廣說：「我跟你走。」

矮個子男人說：「那走吧。」

穆廣看了看錢總，此刻他心裏一點底都沒有，但是除此之外，他也沒別的辦法逃離現在的困境，於是張開雙臂，對錢總說：「老錢啊，我們擁抱一下，就此告別吧。」

錢總就過來跟穆廣擁抱了一下。

這兩個大男人認識這麼久，還是第一次擁抱，穆廣用力地抱緊了錢總，錢總能夠從他的身體上感覺到他在顫抖，知道他的內心是恐懼萬分的，不過到這個時候了，說什麼都是沒用的，錢總只好拍拍穆廣的後背，說：「時間不早了，趕緊出發吧，老穆。」

穆廣便跟來人一起消失在夜色中。

關上房門的錢總卻再也睡不著了，他很擔心穆廣在過邊境的時候會出什麼事情。如果穆廣在過邊境的時候被抓，那就意味著他前面所有幫穆廣做的事情都是白費了，這種後果可是他不想看到的。

總算度過一個煎熬的夜晚，錢總並沒有馬上回海川，而是待在這裏等著郝休進一步的消息，到了傍晚，郝休打電話來，說白先生轉告他說人已經過去了，就掛了電話。

於是錢總不再做絲毫停留，開車就往海川趕，現在，去掉了一個被通緝的穆廣，他趕路也變得光明正大起來，不用再晝伏夜出，用了不到兩天就回到了海川。

他最擔心的事情已經處理掉了，錢總覺得這下子終於可以放心發展他的事業了。

第七章

社會流行病

孫守義把卡又放回劉康面前，笑笑說：

「沒事，我知道你為什麼這麼做，這也是流行病，你可能覺得不送點什麼給管事的，你心裏不踏實。別人你可以繼續這麼去做，但我這裏以後就省了吧。」

海川市政府，孫守義辦公室。

唐政委正坐在沙發上喝茶，看著神色有點疲憊的孫守義，唐政委關心地問：「孫副市長，你最近是不是工作太忙了，臉色怎麼這麼難看啊？」

孫守義知道自己並不是因為工作才這個樣子的，而是因為和沈佳與林珊珊這麻煩的三角關係才導致這樣。

傅華一跟他報告沈佳感冒併發了肺炎住院的事，他就馬上打電話給沈佳，想關心一下沈佳，趁機修好關係，沒想到沈佳根本就不給他這個機會，接了電話之後，表現得很冷淡，只是說「已經沒事了」就掛了電話，弄得孫守義在電話這邊尷尬的苦笑。

另外一邊，林珊珊沒說什麼就回了北京，自那以後就再沒打過電話給孫守義，好像是偃旗息鼓，不想再來找孫守義了。

可是孫守義是瞭解林珊珊個性的，她絕對不會就這麼善罷甘休的，這時候的平靜，可能只是火山爆發前的醞釀期，他不知道林珊珊會做出什麼激烈的事情來，這種不確定性，讓孫守義寢食難安。

林珊珊不比沈佳，沈佳就算是跟他冷戰，起碼不會做什麼危害他的事情，而林珊珊那種不顧一切的個性，很難說不會做出什麼讓他難堪的事情來。

這才是孫守義面色憔悴的真正原因，這些天他的心始終無法安定下來。

他笑了笑說：「是有點忙，老唐你也應該知道，工作做起來永遠是沒完沒了的。」

唐政委笑笑說：「這倒也是。」

孫守義看了看唐政委，說：「老唐，我們上次說的事情有什麼進展了嗎？」

唐政委搖搖頭說：「沒什麼進展，孫副市長，你不知道，現在麥局長對下面看得很緊，加上孟森在局裏也有自己的眼線，我想調動個人做些偵查的工作都很難。我現在是兩面受到夾擊，處境也是很難啊。」

孫守義現在也沒有太大心思放在這上面，他只想儘快處理好跟沈佳的關係，聽唐政委說沒什麼進展，便說：「老唐，這件事情也急不得，既然現在有困難，那我們就慢慢來吧。」

唐政委點了點頭，說：「也只好這個樣子了。」

孫守義說：「忍耐一下，等機會吧，我就不信孟森這種人能夠老是這麼囂張下去。」

北京，傅華接到了丁益的電話。

傅華說：「丁總，你們和中天集團的合作應該很圓滿吧？怎麼樣，現在心情很爽吧？」

丁益苦笑了一下，說：「爽個屁啊，現在停在那裏了。」

傅華很少聽丁益在自己面前爆粗口，看這個樣子，他是氣得要命，不知道發生什麼事情了，就問：「怎麼了，誰惹你了？」

丁益說：「還能有誰啊，那個不靠譜的林珊珊啊。」

林珊珊？傅華愣了一下，說：「你們打起來了？」

丁益叫苦說：「我哪敢啊，這個姑奶奶我捧在手心裏都怕化了，又怎麼敢去惹她啊！」

傅華笑了，說：「那是怎麼了？」

丁益說：「我正想問傅哥呢，你跟林珊珊很熟，你幫我問她一下，究竟是哪個地方我們天和房產做的不好了，惹得她姑奶奶突然就跑回北京了？」

傅華詫異地說：「你說林珊珊回北京了？什麼時候的事啊？」

丁益說：「你不知道嗎？就是前幾天啊，原來中天集團還不告訴我們，後來躲不過我的追問，最近工作老是沒進展，才告訴我說有些資料被林珊珊帶走了，所以只好暫停了。你說這算是怎麼回事啊？哪有像林珊珊這樣子不負責的人啊？」

傅華笑了起來，說：「林珊珊本來就不是一個對工作負責的人啊，你把事情交給她也是昏了頭啊。」

丁益氣說：「沒有人想交給她啊，是她硬要摻合進來，林董也想讓她鍛煉鍛煉，就讓她參與了項目的談判。中天集團那些人也是些草包，看到董事長的女兒加入，就什麼都去請示她的意見，好像事情不經過她就不能辦，現在好了吧，她一個心氣不順跑回北京了，原來跟市政府談得好好的事情卻不得不暫停了下來。」

傅華笑說：「這倒是很像林珊珊的性格。」

丁益抱怨說：「傅哥，你別笑了，我急得跟什麼似的。你知道我們對跟中天的合作看得很重，也做了很多的準備工作，這要是泡湯了，我們的損失可就大了。你幫我們問一下林珊珊吧，究竟是爲什麼她會回北京啊？」

傅華雖然不敢確定是爲什麼，可是猜到這事情肯定是與孫守義和沈佳有關，聯想到沈佳從海川回來就重病住院，傅華猜想很可能是沈佳發現了孫守義跟林珊珊之間的曖昧關係了。

這件事傅華可不想參與其中，這種三角關係當事人都扯不清楚，更別說他們這些無關的外人了。

傅華打定主意不攪和這件事，就笑笑說：「老弟，這件事情我真的幫不了你啊，人家林珊珊回北京了根本就沒跟我說，連搭理都不搭理我，我怎麼去問她？」

丁益央求說：「你別這個樣子，幫我一下忙嘛。」

傅華苦笑著說：「這種忙我真的幫不上，你們現在是合作夥伴，你爲什麼不直接去問中天集團的人啊？」

丁益有些奇怪地說：「不對啊，傅哥，這不像你的作風啊，以前求你什麼事，你都是很熱心幫忙的，爲什麼這一次推辭得這麼快啊，你是不是知道發生什麼事了？」

傅華笑說：「我都不知道林珊珊回北京了，我又從哪知道發生了什麼事啊？好啦，這件事情我幫不上你，你直接去問林董好了。」

丁益嘆說：「不是沒辦法的話，我是不會去問林董的，畢竟這件事情我也搞不清楚是不是我們公司得罪了林珊珊。哎，這個女人真是令人頭大啊。」

傅華說：「那我也沒辦法啊，林珊珊以前還經常會出現在我們駐京辦，可這一次她一直沒露面，我也搞不清楚她發生什麼事啦。」

丁益無奈地說：「那沒辦法了，只好再等幾天看看吧，實在不行，我也只好去問林董了。」

轉天，傅華在駐京辦忙到中午，正準備去餐廳吃飯，這時辦公室的門被敲響了，林珊珊探頭進來。

傅華看了看她，見她表情有點悶悶地，不像平常那麼爽朗，看來她是真的在海川發生什麼事情了，才突然跑回北京來的。

林珊珊進門後，笑了笑說：「傅哥，中午準備去那裏吃飯啊？」

傅華笑笑說：「去什麼那裏啊，剛準備到下面湊合一頓，你不會是來找我吃飯的吧？」

林珊珊說：「答對了，我就是想來找你吃飯的。」

傅華這時候才不想跟林珊珊吃什麼飯呢，他說：「不好意思啊，我下午還有事情，走不開，就不能陪你去了。」

林珊珊臉色沉了下來，說：「不會吧，這麼點面子都不給我啊？」

傅華笑笑說：「我不是不給你面子，我是實在走不開。」

林珊珊可憐兮兮地說：「傅哥，我在家裏悶了好幾天了，今天才想出來走走，正想找你說說話解解悶呢，你怎麼就不能陪我一下啊？」

傅華心說：你這悶我可解不了，要解，估計也只有孫守義能給你解，我還是少摻和比較好，就笑了笑說：「好啦，我都跟你說了，我實在走不開，出不去。」

林珊珊看了看傅華，說：「要不，我跟你到下面的餐廳去一起吃點？」

傅華看林珊珊是打算纏上自己了，他不好再拒絕，否則會讓林珊珊對他有意見的，便無奈的說：「那就隨便你了。」

兩人就一起到了下面的餐廳，傅華隨便叫了幾個菜，兩人就開始吃起來。

吃了一會兒，林珊珊說：「傅哥，你怎麼光顧著吃飯不說話啊？」

傅華說：「我沒什麼話要說啊。」

林珊珊埋怨說：「你隨便說點什麼也好啊，不然的話，兩個人就這麼對坐著猛吃，也太悶了吧？」

傅華笑笑說：「要說什麼呢？誒，我想起來了，昨天丁益打電話來，說你突然回北京了，他想要我問問你究竟爲什麼突然跑回北京啊？」

林珊珊一聽，臉色又暗了下來，說：「沒什麼爲什麼，我就是不高興了，不行啊？」

傅華笑笑說：「行，怎麼不行！不過呢，珊珊，這個舊城開發項目對他們天和房產很重要，你是不是替他們想一想啊？」

林珊珊任性地說：「我可管不了那麼多，我在海川心裏煩得很，就跑回北京了。」

傅華說：「你回北京是無所謂，可是你別讓中天集團爲此中斷了項目的談判啊。」

林珊珊不耐煩說：「好啦，事情我已經跟我父親交代過了，我手頭的資料也轉交給他了，他會安排儘快繼續談判的。」

傅華說：「那就好，丁益就不用著急了。」

兩人繼續吃飯，傅華又不說話了，林珊珊就有些無聊，沒話找話說道：「誒，傅哥，你最近忙什麼啊？怎麼連出去吃飯的時間都沒有啊？」

傅華笑笑說：「我也不知道在忙什麼，反正就是瞎忙吧。」

林珊珊又說：「哦，誒，你最近見過那個沈姐了嗎？」

傅華心裏暗自好笑，這傢伙說了半天是為了試探沈佳來的，他笑笑說：「什麼沈姐啊？哪個？」

林珊珊叫說：「就是你們孫副市長的夫人啊！」

傅華說：「哦，你說她啊，見過啊，她前兩天才去過海川，咦，正好那段時間你也在海川，你們沒見到面嗎？」

林珊珊隱瞞說：「那倒是沒有，她回來了嗎？」

傅華說：「回來了，不過一回來就病倒了。」

林珊珊愣了一下，說：「病了？嚴重嗎？」

傅華說：「不輕啊，醫生說是感冒引發了肺炎，到現在還沒出院呢。想不到你挺關心她的啊，要不要去看看她？」

林珊珊連忙搖了搖頭，說：「我很少去看病人的，我不習慣醫院那個味道。我也不是關心她，只是沒話跟你聊了，找個話題而已。誒，她這次是怎麼病了，你知道嗎？」

傅華心說什麼找話題啊，你根本就是試探我沈佳現在的情況，看來沈佳這一次病倒跟你是脫不了關係了。

傅華裝糊塗說：「這我倒不知道，可能是海川那邊的氣候讓她有些受不了吧？」

林珊珊沒問出她想要問的情況，也不好再說什麼，吃完飯後，就離開了駐京辦。傅華看她離開了，心裏鬆了口氣，他還真擔心這個無所顧忌的女人跟他說一些他不應該知道的事，尤其是跟孫守義之間的事情，那樣子的話，傳出去他會無端的招人嫉恨的。

現實已經給了傅華血的教訓，有些時候還真的要學會裝聾作啞，不然在駐京辦這個地方，還真是不好生存下去。

送走了林珊珊，傅華回到辦公室，剛想開始工作，又有人敲門了。

這回來的是劉康，傅華給他倒上了茶，問道：「找我有事啊？」

劉康笑笑說：「誒，你現在跟那個孫守義處得怎麼樣了？」

傅華說：「還行吧，怎麼？你想找他辦事啊？直接去找他就行了，我不是帶你跟他吃過飯了嗎？」

劉康說：「我總是跟他不太熟悉，有些事情就想要問問你。」

傅華說：「什麼事情啊？」

劉康說：「機場有筆錢需要找他簽字結算，數目很大，你覺得他會不會故意給我找難題，還讓我送錢給他啊？」

傅華笑笑說：「應該不會吧。」

劉康看了看傅華說：「你確定嗎？」

傅華說：「要我說確定，我也無法確定，不過他給我的感覺，不像那種死要錢的官員，可能你多跟他相處一下，像朋友關係會更好一點，我覺得他是一個還算仗義的人。」

劉康說：「這筆錢可是很大啊，很多地方還等著我這筆錢付給他們呢，包括銀行的貸款，如果不能順利拿到的話，我可就有點麻煩了。」

傅華說：「這個責任我可不敢承擔啊，我只是一種感覺而已。」

傅華現在對孫守義還真是有點拿不準，這是一個很有政治權謀的人，變得很快，什麼時候會做什麼事，傅華還真是拿捏不準。

劉康想了想說：「那我還是做好兩手準備比較好，這些年我還很少見到不愛錢的官員，我給他準備張卡好了。」

傅華說：「這就隨便你啦，我反正是不摻和這種事情的。」

劉康說：「那我明天就飛海川了，你那邊沒什麼事情要我處理的吧？」

傅華說：「沒什麼事情。」

劉康就在第二天去了海川。

到海川之後，他打電話給孫守義，約孫守義出來吃飯。

孫守義接通電話後，笑了笑說：「劉董啊，我知道你什麼意思，不就是結算簽字嗎？可以啊，你過來找我就好了，吃飯就不必要了。」

事情好像跟傅華說的差不多，有點令劉康感覺意外的順利，事情太順利了反而讓他有些不太敢相信，他覺得還是請他出來吃一頓飯比較穩妥，便笑笑說：

「是這樣的，孫副市長，我們怎麼說也都是北京人，出來大家聊一聊嘛。」

孫守義笑笑說：「既然都是北京人，就應該知道北京人做事很爽快的，你來我辦公室就是了，我真的沒太多時間去跟你吃飯的。」

劉康就不再堅持要請孫守義出來吃飯了，他想：反正實在不行，我帶張卡去，看情況塞給他算了，就笑笑說：「那行啊，我明天上午去見您。」

孫守義爽快地說：「那你就早點來，來晚了我可能就出去了。」

第二天一早，劉康就去了孫守義的辦公室。

孫守義看到劉康，顯得很高興，笑了笑說：「劉董，自從吃了那頓飯之後，我們可是很長時間都沒見面了。」

劉康笑笑說：「我知道您忙，沒什麼事情我也不好來打攪您。」

孫守義說：「別這麼說，我們算是都從北京過來的，你有什麼事情需要幫忙，儘管過來找我好了。誒，你把要簽字的單子給我吧。」

劉康就把單子遞了過去，孫守義拿過去，刷刷的簽上字，然後說：「行了，你去財政局那邊劃款吧。」

劉康沒想到孫守義辦事這麼痲利，不由得就對孫守義的印象好起來。他覺得越是這麼痛快的人越不能讓他吃虧，就笑了笑，把一張卡放到了孫守義的面前，說：「這是慣例，你可千萬不要跟我客氣啊。」

孫守義看了劉康一眼，說：「劉董啊，你說的這個慣例什麼意思啊？」

劉康笑笑說：「這個做官的沒有不懂的吧？孫副市長，我知道您不在乎這個，不過大家都拿的話，您也沒必要推掉不拿，是不是啊？」

孫守義搖了搖頭說：「劉董啊，我不知道別人拿不拿，我也不管別人是不是真的拿過，我只管一點，那就是我是不拿的，你不要叫我爲難了，好嗎？」

孫守義就把卡又放回劉康面前，劉康見他真的不收，就說：「那真是對不起了，孫副市長，是我多此一舉了。」

孫守義笑笑說：「沒事，我知道你爲什麼這麼做，這也是流行病，你可能覺得不送點什麼給管事的，你心裏不踏實。別人你可以繼續這麼做，但我這裏以後就省了吧。」

劉康豎起了大拇指，說：「孫副市長，你夠意思，這份情我記下了，反正我們有的是機會見面，海川見不著，北京還能見得著呢，以後有什麼用得著我的地方，說一聲就行了。」

孫守義笑了起來，說：「行，我用得著的時候會找你的。」

劉康看看沒別的事情了，就站了起來，說：「那您忙，沒什麼事情我就先走了。」

孫守義點點頭說：「行，就這樣吧。劉董，有什麼事情來找我好了。」

劉康轉身往外走，還沒走到門口時，孫守義在後面喊住了他，說：「劉董，先別走，我忽然想起一些事情來，想要問問你，」

劉康轉回頭來，說：「哦，什麼事情啊？」

孫守義說：「我看你這個工程在海川已經做了好幾年了，說來你是不是在海川待過一段時間啊？」

劉康笑笑說：「是啊，說來時間也不短了，光常務副市長都換第三個了。」

孫守義說：「那你對海川這個地面上熟悉嗎？」

劉康說：「前幾年還行吧，工程開始的時候，我大多待在海川，這邊的人頭還算熟悉。」

孫守義說：「那這裡有個興孟集團的孟森，你認識嗎？」

「孟森？」劉康重複了一下這個名字，說：「不熟悉，我對這個興孟集團不是很熟，這個集團大概是最近一兩年才起來的吧，這一兩年我基本上很少來海川，所以對這個名字我沒印象。」

孫守義有些失望，原本他想從劉康那裏瞭解一下孟森，他知道劉康的公司在這邊已經做了不少年，所謂不是強龍不過江，劉康能在這邊站穩腳跟，說明他在當地是有些基礎的，也許劉康知道孟森的一些事呢。可是劉康根本就不知道孟森這個人。

孫守義也是有點病急亂求醫了，他見唐政委那邊沒什麼進展，就想從別的地方找突破口，可是仍然碰了一鼻子灰。看來現在還真是拿孟森沒什麼辦法，孫守義無奈的想。

孫守義頗感灰心，最近真是諸事不順啊。

他看了劉康一眼，說：「那沒事了，劉董，你可以離開了。」

劉康回到北京，找到了傅華，說：「傅華，你這傢伙看人還挺準的，那個孫守義還真像你說的那樣，不要錢呢。」

傅華說：「那傢伙看的不是錢，而是他的前途，他才不會因爲一點小錢就葬送了他的前途呢。」

劉康笑笑說：「這倒也是，京官很多都是下去鍍金的，想來這個孫守義也不例外啊。這傢伙辦事很爽快，算是挺值得交往的一個人。」

傅華說：「當初我就跟你說過了，他跟穆廣是不一樣的人，他沒有穆廣那麼陰沉。不過他跟他老婆都是那種一心向上的人，做什麼都是先考慮政治利益。」

劉康理解地說：「這也是做官的本能啊。誒，說到這裏，我有一件事情不太明白，我這次去見他，他突然問了我一個沒頭沒腦的問題，問我認不認識孟森，傅華，你跟我說一下，這個孟森是哪個廟的鬼啊？」

傅華愣了一下，說：「他問你孟森？他怎麼說的？」

劉康說：「也沒問什麼具體的內容，我告訴他我不認識孟森之後，他就沒再問下去了。這究竟怎麼回事啊？他問我這個人幹什麼？」

傅華說：「我也不知道他究竟問你這個幹什麼，不過，他跟孟森之間倒是有不少的故事……」

傅華就告訴劉康孟森跟孫守義鬥法的經過，劉康聽完，笑了笑說：

「我大致猜到了他問我孟森是幹什麼了，他大概是知道我當時跟鄭勝合作，猜想我會瞭解海川黑道的一些情況，所以才想找我打聽一下孟森，好對付他吧。」

傅華說：「這個你可猜錯了，人家現在跟孟森是合作狀態，還對付什麼啊？」

劉康笑笑說：「原來你以爲他們現在這個狀態是在合作啊？這個你就搞錯了。」

傅華詫異地說：「怎麼說是我搞錯了？」

劉康分析說：「你一開始就說了，他看的是前途，孟森這種人你也知道是什麼貨色，你想他會跟孟森合作嗎？如果我猜得沒錯的話，這個傢伙之所以跟孟森表現得很合作，不過是策略性的退讓而已，他想整治孟森的心始終沒停呢，不然的話，他也不會找我問什麼孟森的。」

傅華仔細想想也是，孟森這種人誰都知道早晚是要出事的，孫守義絕不會傻到這時候還去跟孟森套什麼交情，他之所以表現的跟孟森很友好，也許真是受到了什麼人的壓力，不得不做一些策略性的退讓。

傅華雖然想通了這其中的奧妙，不過心裏對孫守義不跟自己明說還是很有意見，他感覺自己應該算是孫守義的一個同盟了，這種事爲什麼不可以跟自己明講呢？

傅華笑笑說：「劉董這麼說我就明白了，可能真的像你說的這樣。」

劉康看了看傅華，說：「傅華，你說我要不要幫孫守義一把啊？這傢伙還挺仗義的，是不是幫他一回，當還他人情啊？」

以傅華對劉康的瞭解，劉康私下還是有他自己的手段，如果劉康要幫孫守義，一定也是從黑道下手，這對孫守義不一定是件好事，他便搖搖頭說：

「算了吧，劉董，你就別摻和這件事了，我怕你會把事情搞得越發複雜。」

劉康笑說：「我有這麼不堪嗎？」

傅華聽了，笑說：「這還用我說嗎？」

劉康臉色微變了下，他知道傅華這麼說是因爲吳雯和徐正的事，這兩個人當初確實是因爲他才把事情搞複雜了。

劉康便說：「行了，我不摻和就是了。」

第八章

逼上絕路

孟森冷笑了聲，說：「我還巴不得他不管呢。他如果不管的話，
你就讓工人們去市政府靜坐去，我看到時候是誰著急。」
杜軍聽了，說：「好，那我豁出去了，
陳鵬這樣子也是逼我上絕路，我就跟他拼一下算了。」

孫守義沒停下來琢磨孟森，孟森那邊也沒閒著，他跑到了齊州，專程去看望孟副省長去了。

孟副省長看到孟森很高興，說：「小孟啊，你最近跟那個孫守義關係怎麼樣啊？」

孟森笑笑說：「處得挺好的，大概是您跟他談了一下之後，他給您面子，現在對我挺客氣的。」

孟副省長聽了很高興，說：「那就好，不過呢，人家敬你一尺，你要敬人家一丈，不要他對你客氣了，你就得意忘形了。」

孟森說：「我哪敢啊，我見了他都是很客氣的，對他相當的尊重，不過有些比較貴重的禮物這傢伙始終不收，所以我也不敢說就絕對搞定了他。」

孟副省長說：「你不要妄想搞定他了，他不收就不收吧，你們剛剛產生過衝突，轉過頭來你又去送人家禮物，人家還擔心你是要陷害他了。」

孟森說：「那是他膽子小，我可從來沒這麼想過。」

孟副省長說：「你沒這樣想，他卻不能不這麼想啊。」

孟森無所謂地說：「那就是他的事情了。」

孟副省長提醒他說：「小孟啊，你在海川也不要老是搞一些邪門歪道的事，老搞那些，那些官員就不敢跟你走得很近，你也做些正經事啊，你現在也不是沒有這個財力，有了這個基礎，你也做一些正經生意，這樣子你也可以在海川多製造一些正面的影響，那些官員們就不會對你敬而遠之了。」

孟森立即說：「省長您教訓的是，我現在已經開始把生意往正道上引了。」

孟副省長又說：「再是你也可以好好利用你在海川商會副會長的位置，爲你們海川商界做些好事，製造一些好的輿論出來，這樣子我再爲你說話，腰桿也硬一些。小孟，現在你已經不是草莽時期了，應該知道珍惜羽毛，像喝了酒去跟孫守義鬧事這種事情，可不能再給我發生啦。」

孟森不好意思地說：「呵呵，不就那麼一次嘛，我再也不會做那種傻事了。」

回到海川後，孟森就開始思考起孟副省長交代他辦的事情，他確實也想做一些正經生意，也想要在海川商界製造一些正面的影響，可是事情要怎麼去做呢？

機會很快就來了，一個海川的房地產商叫做杜軍的，找到了孟森，他請孟森喝茶，說有事情需要孟森幫忙。

兩人去了海川新開的一家茶館，清香的鐵觀音泡上了之後，孟森問說：「老杜，找我啥事啊？」

杜軍看了看孟森，說：「孟董，我最近看你跟市裏的孫副市長走得很近，能不能幫我辦點事情啊？」

孟森聽杜軍扯到了孫守義身上，心想：他可沒有把握能說動孫守義幫這個忙，不過他也不想在杜軍面前說明這一點，那樣似乎是在說他能力不行，他可不想給別人這種印象，就笑了笑說：「你先說什麼事情吧。」

杜軍苦笑著說：「我最近被海平區政府給難住了，你也知道海平區政府的那棟行政中心大樓是我給建的吧？」

孟森說：「知道啊，我前段時間經過那裏的時候，看到已經竣工了，你可是發財了。」

杜軍苦著臉說：「我發什麼財啊，我被坑死了。你不知道那棟大樓我完全是墊錢給建的，原本說項目進行到一半的時候，工程款也給一半，完工的時候付清，可現在都完工好幾個月了，我還是沒拿到錢。」

孟森訝異地說：「不會吧，海平區政府一分錢都沒付給你？」

杜軍委屈地說：「沒有啊，原本以爲對方是政府部門，有棟大樓在那裏，總不會賴賬吧，哪知道那幫傢伙根本就是吃人不吐骨頭，光請客我都花了十幾萬了，可錢還是沒拿到一分，這幫傢伙分明是吃定我了。我現在連工人薪水、材料款都無法支付，家裏成天都有人等著我要錢呢。孟董，你幫我找找孫副市長好不好，讓他跟海平區的領導說一說，趕緊給我點救命錢吧。需要花什麼錢，送什麼禮，你跟我說一聲，我來辦就是了。」

孟森遲疑了一下，這種事情要他去找孫守義，孫守義可不一定會出面幫忙的，不過，這件事他不是解決不了，倒也沒必要去找孫守義。

孟森笑笑說：「老杜，這件事倒不一定非要找孫副市長不可。」

杜軍不解地看了看孟森，說：「怎麼，孟董有辦法解決？」

孟森說：「我來幫你解決這件事吧，畢竟我也是商會的副會長，我們這些商界的同仁有什麼麻煩，我也應該出面的。」

杜軍不敢置信地說：「孟董，行嗎？我可是被那些傢伙給拖得沒招了，他們也不說不給，就是拖字訣。」

孟森臉色一沉，說：「他們敢說不給的話還好了。放心吧，這件事情交給我就行了。」

杜軍臉上有了笑容，說：「那謝謝你了孟董，我等你的好消息。」

孟森就專程去海平區政府，找到了海平區區長陳鵬。

陳鵬也認識孟森，知道孟森的背景，見了面便寒暄著說：「怎麼了孟董，什麼風把你給吹來了？」

孟森笑笑說：「有些事情想要麻煩一下陳區長。」於是就講了杜軍工程款的事。

陳鵬聽完，說：「這個老杜啊，一個工程款還把你孟董給驚動了，多大點事情啊。」

孟森說：「這你別怪他，他也是實在過不去這一關，家裏等著要錢的人太多了。陳區長，兄弟忝爲商會副會長，商會一些同仁的事情不得不出面，你給兄弟點面子，想辦法把錢給付了吧。」

陳鵬打包票說：「好說好說，你孟董都出面了，錢是一定會付的。你叫老杜來找我吧。」

孟森聽了便說：「陳區長，那我可跟他說囉，你這裏多少先付他一些，可不要讓兄弟我下不來台啊。」

陳鵬說：「當然啦，我答應你了就一定會付的，你叫他來吧。」

孟森就很得意的跟杜軍講了陳鵬的答覆，杜軍聽完後，半信半疑地說：「陳鵬真的答應你了？不可能吧，我跟他要了幾個月的錢了，他都擠不出來。」

孟森很有自信的說：「你就放心的去吧，我的面子多少還是有些作用的。」

過了好幾天，孟森正等著想聽到杜軍把錢拿回來的好消息，可是杜軍去了三天，連個電話都沒打來，孟森就很惱火，心說這人不能這麼忘恩負義吧，錢要到了，你也該來說一聲啊，害怕我跟你要抽成啊，媽的，這傢伙真是可惡。

又等了一天，杜軍還是一點音訊都沒有，這下子孟森真的火大了，抓起電話就打給杜軍。

杜軍接電話了，孟森不滿地說：「老杜，人沒有這麼做的吧，拿到錢就連個面都不肯照了，怎麼，怕我跟你要好處啊？」

杜軍苦笑著說：「孟董，如果我拿到的這點錢你想要的話，都給你好了。」

孟森覺得事情有點不太對勁，便說：「怎麼了，陳鵬給你多少錢？」

杜軍說：「孟董，你的面子是比我大，陳鵬批給我五萬塊。」

孟森一聽，血騰地衝上大腦，叫道：「什麼，兩千多萬的工程款，他竟只給你五萬？」

杜軍說：「是啊，人家陳鵬還說了，是因爲孟董出面，他不好意思一點錢不給才拿的。」

孟森罵道：「媽的，我的面子就只值五萬塊？這不是寒磣我嗎？我去找他去！」

杜軍對孟森基本上已經不抱什麼希望了，兩千多萬如果五萬五萬的要的話，需要要四百多次，這要等到猴年馬月去啊，再說，孟森這種人也不是隨便請得動的，於是杜軍說：「還是算了吧，孟董，看來你也是沒什麼辦法的，你有這份心我就很感謝了，我還是自己想辦法吧。」

孟森臉上有點掛不住了，他原本還想借這件事樹立一下自己在海川商界的威信呢，現在威信沒樹立起來不說，還讓人覺得他根本就不被人當回事，這可與他當初的想法南轅北轍了。

他絕不能接受事情就這樣子結束，否則他就不用在海川商界上做人了，於是說：「老杜，這件事情我既然答應你了，我就會負責到底，不辦出個結果來，我是不能就這麼算了的。你先別急，我再找找陳鵬看看。」

杜軍勸說：「孟董，這件事本來與你無關的，你真的沒必要攬上身的。」

孟森說：「現在有關了，我孟森在海川多少也算一號人物，五萬塊?!這陳鵬真是太給面子了，我倒想要他看看，我孟森說句話是不是就只值五萬塊。」

杜軍擔心地說：「孟董，你可不要爲了我的事去跟陳鵬鬥啊，這些傢伙根本就拿我們這些商人不當人，不但不講誠信不說，肚子裏還一肚子壞水，想盡辦法苛刻我們。」

孟森心裏冷笑說：動壞腦筋他能動得過我嗎?這方面我可是他的祖宗!

他便笑笑說：「行了老杜，我知道你在擔心什麼，這件事我會處理好的，保證幫你拿回錢來。」

孟森就再次去了海平。

這次陳鵬看到他，立即說：「孟董，杜軍沒跟你說他拿到錢了嗎?」

孟森笑了笑說：「他跟我講了，陳區長啊，我的面子在你這裏還真是値錢啊。」

陳鵬說：「我知道五萬塊是少了點，但是孟董，你也要諒解我啊，海平劃成區了之後，財政就被上面卡得死死的，要用點錢都很難，這五萬塊還是我費了很大的勁才幫杜軍爭取到的。」

孟森說：「這麼說，我還應該好好謝謝陳區長給我這麼大的面子了？」

陳鵬聽得出來孟森語氣中的譏諷，他對孟森多少也是有點忌憚的，孟森倒沒什麼，孟森後面的孟副省長就有什麼了。

不過忌憚歸忌憚，這件事他倒也不是太怕孟森，畢竟這並不是孟森自己的事情，孟森插手干預，已經是有些撈過界了，他已經給孟森面子付了五萬塊錢，孟森本來就應該見好就收，借坡下驢的，再來強逼著他把錢付清，可就是有些過分了。

陳鵬心中有些不耐了，不過臉上仍然帶著笑容，他知道孟森不是個好惹的人物，他裝作爲難地說：「孟董，我也是真的沒辦法啊，你幫我跟杜軍說一說，讓他諒解一下，我們這邊會想辦法儘快湊點錢出來給他的，你看這樣子行嗎？」

孟森被逗得笑了起來，說：「陳區長啊，我本來是來幫杜軍要錢的，現在反倒被你說的要去幫你做說客了，你可真有意思啊。」

陳鵬笑笑說：「我這邊確實是有困難啊。」

孟森臉沉了下來，說：「你們困難蓋什麼樓啊？你這擺明了是想要騙人家啊，人家也是做企業的，你們這麼一下子拖他兩千多萬，這不等於是要他破產嗎？」

陳鵬辯駁說：「也不是不給他啊，怎麼會害他破產呢？」

孟森氣說：「不是不給他？你們這樣子給法，他什麼時候能全部拿回去啊？我是做企業的知道，這兩千多萬當中，他個人賺到的錢只有百分之十左右，其他都是自己墊或者欠別人的，你們這樣子拖下去，是會害死他的。」

陳鵬開始不耐煩了，心說：你孟森算是什麼東西啊，你有什麼資格來這裏這樣說三道四的，你不就是一個混混嗎？我給的是孟副省長的面子，可不是給你面子，你還沒完沒了了呢。

陳鵬臉拉了下來，說：「孟董，既然你也是商人，就該知道有些風險是商人必須要承擔的，杜軍接這個工程就該知道可能有這種後果，這能怪得了別人嗎？」

孟森看了眼陳鵬，暗自搖頭，他平常已經覺得自己夠心狠手辣了，沒想到遇到這陳鵬還真是自嘆不如啊，明知道杜軍拿不到錢，公司就要撐不下去，還眼睜睜的看著人家完蛋，這傢伙真夠狠的，根本就是吃人不吐骨頭的角色啊。

孟森看了看陳鵬，說：「陳區長，你這是打定主意不付這個錢了？」

陳鵬說：「不是不付，是我現在拿不出錢來，我真是沒辦法啊！再說，孟董，這件事又不是你個人的事情，杜軍那邊我已經付了五萬了，面子也算做給你了，你何必再來爲難我呢？」

孟森說：「我如果就要爲難一下你呢？」

陳鵬心想：你還真是給你臉不要臉了，媽的，你有什麼資格爲難我啊，我能陪你說這麼長時間的話已經不錯了，便兩手一攤說：

「那就抱歉了，區裏現在沒錢，你和杜軍愛怎麼辦就怎麼辦吧。」

孟森真是火衝到了頭頂，自從他在海川成氣候之後，還沒有一個人敢這麼當面說他，就連那個孫守義，雖然對他一肚子意見，可見了面也還是客客氣氣的，不敢說什麼狠話。現在這個陳鵬竟然說話這麼不留餘地，真是讓他下不來台啊。

孟森冷冷地看了眼陳鵬，說：「陳鵬啊，這可是你說的，我真要怎麼辦了的話，你可別後悔啊。」

陳鵬笑了笑說：「隨便你了孟董，我等著就是了。」

孟森說：「那你就等著吧。」

孟森一肚子火回到海川市區，回去之後，他馬上就打電話給杜軍，讓杜軍過來商量一下。

杜軍匆忙趕了過來，看到孟森臉色鐵青，就知道孟森也在陳鵬那裏吃了癟了，他乾笑了一下，說：「孟董，那個陳鵬給你氣受了？」

孟森狠狠地說：「這個王八蛋想要跟我玩陰的，說他反正沒錢，讓我們愛怎麼辦就怎麼辦。」

杜軍無奈地說：「這傢伙就是這樣子的，先跟你說盡好話，反正能拖就拖著，拖不下去了，就給你來橫的，一副無賴的樣子。」

孟森哼了聲說：「這傢伙還算是政府官員嗎？他奶奶的，我看他比流氓還流氓呢。」

杜軍說：「孟董啊，你是有影響力的人，所以你沒遇到過多少這樣子的人，我這些年可真是沒少遇到過這種人，早就見怪不怪了。政府官員?!狗屁，實際上還不如流氓呢。算了吧，孟董，你也別在這兒生悶氣了，我再想別的辦法好了。」

孟森說：「他把話都說死了，你還有別的什麼辦法可想嗎？」

杜軍說：「我還是想辦法找找上面的有力人士吧，陳鵬這種人估計也就是上面的人拿官威能制得住他，他總不能連區長這個職位都不要了吧？」

孟森說：「那你有要找的人嗎？」

杜軍說：「沒有，要不孟董能幫我介紹一個？要打點要花錢都可以，我只要把我的錢拿回來，什麼都可以答應。」

孟森倒是可以幫杜軍去找一下孟副省長，不過為了這麼件事就去驚動孟副省長，孟森覺得有點小題大作了。

再說，如果讓孟副省長出面，似乎也顯現不出來他孟森在海川的影響，到時候就算是杜軍把錢都拿回來了，杜軍也只會感激孟副省長，而孟森只能留下一個需要靠孟副省長才能辦事的名聲。他孟森在海川的影響力不但不會增加，相反還會減少，因爲孟森本人並沒有讓陳鵬屈服。這種事孟森可不願意做。

他看了眼杜軍，說：「老杜，人我倒是可以給你去找，不過呢，效果如何很難說，誰也不敢保證我找的人一發話，陳鵬就會給錢。」

杜軍眉頭皺了起來，孟森說的道理，其實他心裏也很清楚，要想逼著陳鵬馬上就給錢，大概需要那些在海川或者東海省裏很有權威的人發話才行；而這些人不但不好找，就算找到了，他們也未必願意說這種話的。這樣看來，他的錢想要回來還是遙遙無期啊。

杜軍苦笑著說：「那有什麼辦法，我這也是瞎撞，總不能就這麼等死吧？」

孟森說：「辦法不是沒有，關鍵看你敢不敢用了。」

杜軍說：「我都被逼到這個份上了，還有什麼不敢用的，反正縮頭是一刀，伸頭也是一刀，孟董，你說要讓我做什麼吧。」

孟森授意他說：「你不是說欠很多工人的錢嗎？你告訴他們，錢是海平區政府欠的，他們如果想要錢的話，就去找海平區政府要去。」

杜軍說：「你是讓我去包圍海平區政府？」

孟森笑說：「你去包圍幹什麼，是工人們要積欠的工資包圍的。」

杜軍遲疑了一下，說：「發動工人去是可以，不過，如果陳鵬不管呢？」

孟森冷笑了聲，說：「我還巴不得他不管呢。他如果不管的話，你就讓工人們去市政府靜坐去，我看到時候是誰著急。」

杜軍聽了，說：「好，那我豁出去了，陳鵬這樣子也是逼我上絕路，我就跟他拼一下算了。好，孟董，我這就回去安排一下，明天一早就讓工人們過去。」

孟森說：「別急，也不能就那麼貿貿然的去，我們合計一下。」

兩人就在一起商量了一下，按照孟森的意思，是把事情往大了去做，叫杜軍把手裏能號召起來的工人都拉到海平區政府去，打上要工錢要活命的條幅，他也會派幾個得力的手下夾在工人當中，煽動一下到現場工人的情緒，一定把現場搞得不可開交，非逼著陳鵬付錢不可。

杜軍有了孟森的支持，腰桿也硬了很多，跟孟森商量完之後，馬上就回去發動人，準備拉白布條去了。

第二天，孟森的人和杜軍的人會合在一起，很早就坐車去海平區政府門前，打開長布條，人群就把海平區政府給圍了個水泄不通。

一開始上班經過的人們還圍著看了會兒熱鬧，很快，區政府的幹部們來上班，看到這個情形，就有些慌張了，趕忙通知了區長陳鵬。

陳鵬一開始還沒當回事，現在這個社會，老百姓很愛動不動就抗議，陳鵬對此早已見怪不怪了。這也沒什麼大不了的，估計那些人鬧一鬧就會撤走了。

可是當他到了市政府門前一看，臉色就難看了起來，眼前的人比他預想的要多很多，而且也不是沒有組織的亂來，而是很有紀律，幾個條幅製作的很精良，工人們在號召人的帶領下喊著口號，要求海平區政府趕緊結算行政大樓的工程款，好給他們發工資。

陳鵬在心裏開始罵娘，這個孟森夠狠的，跟他來這一招。

陳鵬就拿出電話，撥了杜軍的電話，他想讓杜軍來把人帶走。這個場面不能這樣子下去，這樣肯定會引起市裏面對海平區政府的注意，到時候他會因爲控制不了局面，而被上級領導斥責的。

電話撥了過去，傳來幾聲嘟嘟的忙音，杜軍這傢伙竟然關機！

這讓陳鵬心裏更加慌張了，他原本想多少擠點錢出來給杜軍，起碼先把眼前的危機給解決了，沒想到杜軍根本就不給他這個機會。看來這傢伙這次是鐵了心要把事情鬧大了。

陳鵬罵了句娘，就把電話撥給孟森，他猜這件事當中少不了孟森的出謀劃策，他打給孟森，是想讓孟森從中協調一下，想辦法先把杜軍給找出來再說。

孟森倒是沒關機，手機響了一會兒就接通了，接通後，孟森笑了笑說：「陳區長啊，怎麼想起來打電話給我了？」

陳鵬聲音沉了下來，說：「孟董，你這麼做可就不夠意思了吧，你讓這些工人來我們區政府門前鬧事是怎麼回事啊？」

孟森笑了笑說：「誒，陳區長，話可不能隨便說，我這邊可沒有人去你們海平區政府鬧事的，你可別亂扣帽子啊。」

陳鵬冷哼了聲說：「你別裝了，趕緊叫杜軍出來把工人帶走，再這麼鬧下去，我怕你們不好收場啊。」

孟森冷冷地笑了笑說：「陳區長，你可別瞎牽扯，這件事情跟我可沒關係，杜軍你自己去找就行了，你又不是沒他的電話。你要真是沒有的話，我也可以告訴你的。」

陳鵬也火大了起來，說：「孟董，你這是一定要跟我叫板了？」

孟森冷笑著說：「是呀，我就是要跟你叫這個板，你不是說我愛怎麼辦就怎麼辦嗎？我這就是辦給你看的，怎麼樣，兄弟我這兩下子還入得了你的法眼嗎？」

陳鵬氣說：「孟董，你這是要跟我來橫的了啊，你可要搞清楚，你面對的是政府機關，可不是隨便什麼人。」

孟森冷哼說：「政府是不是就可以不付錢啊，如果法律規定政府可以賴賬的話，那我來勸杜軍不要這個錢好了。」

陳鵬聽了說：「行！孟森，算你狠，我們走著瞧吧。」

孟森笑笑說：「有什麼招數你就使吧，我等著你。」

晚上，杜軍找了過來，說：「孟董，海平區政府托人跟我商量，說是先付一點錢給我，讓我把人給撤掉，你說要不要同意他們算了？」

孟森看了眼杜軍，說：「老杜，你是寧願讓他們像這個樣子擠牙膏似的，一點點擠給你，還是痛痛快快的一下子全部拿到？」

杜軍笑說：「當然最好是一下子全部拿到了，不過呢，你也知道這是跟政府鬥，我心裏沒底氣。」

孟森冷笑了一聲，說：「陳鵬爲什麼那麼硬氣，不就是覺得他是政府官員嗎？今天還跟我打電話說讓我走著瞧，我還就不信了，政府官員就比我們這些商人大?!老杜啊，你敢不敢跟我賭上這一把，我跟你保證，跟我賭一下的話，一定把款子全部都給你拿出來。」

杜軍遲疑了一下，光他一個人是沒這種底氣的，不過有了孟森，情況就有了很大不同了，孟森敢這麼做，是有他的底氣在的，就一拍大腿，說：「行，孟董，兄弟就跟你賭這一把了。」

孟森說：「行，記住一點，不給全款絕對不能撤人。」

杜軍說：「那行，我就跟陳鵬咬住，不給全款就不撤人。」

海平區政府接連被圍了幾天，大門緊閉，政府官員們出入只能步行，期間陳鵬找過幾次杜軍，但是杜軍就是咬死不給全款絕對不撤人，反正他知道這麼一鬧的話，他跟海平區政府算是完全對立起來了，現在如果不趁熱逼著海平區政府把錢全部都給了，以後要錢可能就更難了。

陳鵬被將死了，給錢吧，他一下子拿不出這麼多錢；不給錢吧，每天政府門前都是拿不到工錢的工人，打著橫幅，喊著口號，熱鬧非凡，把一個嚴肅的政府大樓搞得跟個耍雜耍的地方一樣。

這種狀態還不能持續下去，持續下去的話，會給海平區政府造成很惡劣的影響的。

不過陳鵬也不是省油的燈，他緊急召集了各大銀行在海平區的頭頭到區政府來，讓他們親眼看看區政府被圍困的窘狀，然後沉著臉要求各大銀行貸款給區政府，他願意把海平區政府行政中心抵押給各大銀行。

各大銀行雖然現在不太受政府的制約，但是所在地的政府領導他們總還是有些地方會用到的，陳鵬便把行政中心抵押給銀行，於是四大銀行最終同意聯合貸款給海平區政府。

問題就這樣暫時得到了解決，杜軍拿到了全額工程款，就把工人給撤了回去，海平區政府也得到了解圍。

這一次交鋒，暫時以孟森和杜軍大獲全勝結束。

杜軍對孟森真是感激涕零，他被從眼見就要破產的境地一下子救了回來，於是到處都說孟森爲人仗義，孟森在海川商會就顯得更加威風了，原本一些不太搭理他的商界同仁，也開始對他很客氣起來，有些人更是拿跟杜軍相類似的事情求到了孟森，想要孟森給他們出頭，幫他們解決問題。

孟森在海平區小試牛刀就大獲全勝，感覺就更加良好了起來，他覺得自己有點像劫富濟貧的大俠客，未免就有些飄飄然不知道自己是誰了，對來求他的商界同仁有求必應，一時之間，孟森幾乎成了海川商界的及時雨宋公明了，被很多人都豎起了大拇指。

但有些事情可能並不像孟森想的那麼簡單，他這種強出頭的做法必定會給他招來很多人的怨恨，這些怨恨的情緒雖然因爲畏懼孟森的強勢被暫時壓住了，但是這種怨恨並沒有消失，他們只是在累積等待著。

沒有到一個爆發點的時候，一切好像還很平靜，但是一旦累積到了那個點的時候，爆發出來的力道可能就不是孟森所能夠承受的了。

第九章

沙場老將

趙老終究是久經沙場的老將，便說：

「什麼怎麼辦啊，慌什麼，我們又沒做錯什麼，穆廣的事情真揭出來，頂多讓我們臉上難看一點罷了，傷不了我們的筋骨的。你穩一點，天塌不下來。」

孫守義想想說：「這倒也是。」

這天，陳鵬到海川市開會。

會議結束後，金達把他留了下來，問說：

「老陳，我怎麼聽說前幾天你們海平區政府被人給包圍了，還被圍了好幾天，究竟怎麼回事啊，你也不跟市政府這邊彙報一下？」

陳鵬最不願看到的就是金達這些市級領導知道海平區政府被包圍的這種情況，他之所以寧願跟四大銀行貸款也要解決這個問題，就是不想事情弄得太大，沒想到世上沒有不透風的牆，最不願意看到的事情還是發生了。

陳鵬苦笑了一下，說：「市長，你知道了？」

金達說：「鬧那麼大動靜，我能不知道嗎？」

陳鵬事先已經想過這件事情萬一被金達這些領導知道了後該怎麼處理，因此心裏並不怎麼慌張，他首先檢討自己，說：

「這是我們海平區做的不好，欠人家的工程款沒有及時付清，那幫人一時沒拿到錢，就把區政府大樓給圍住了，現在問題已經解決了，我們跟各大銀行貸了一些款，把錢付清了，他們就把人撤掉了。」

金達眉頭皺了起來，說：「市裏不是撥了一些錢給你們嗎？怎麼還需要貸款，這麼嚴重啊？」

陳鵬苦笑了一下，說：「市長，您應該知道，錢對我們政府財政來說，永遠是不夠用的，更別說海平區本身就在海川經濟比較落後的區縣。」

金達質疑說：「那也不用被人家逼到這份上吧？」

陳鵬說：「本來是不用的，原本我們區政府跟那家建商商量得好好的，錢會分期慢慢付給他們，卻不想有人摻合進來，讓那家建商突然變卦，逼著我們立馬還錢，一刻都不能寬限。」

金達愣了一下，說：「你是說有人摻合這件事？誰這麼囂張啊，敢跟政府這麼叫板？」

金達倒不是認爲政府就不用還錢，而是如果有人敢跟政府對著幹的話，那以後政府形象就會變得沒有威信，政府執政就會越來越困難。站在政府的立場上，金達是絕不能看著這種狀態發展下去的。

陳鵬苦笑說：「這還用我說是誰嗎？在海川，大概只有一個人敢這麼做的。」

金達看了陳鵬一眼，心頭浮起了一個名字，如果說在海川只有一個人敢這麼跟政府叫板，除了這個人，應該沒有別人啦。

金達不禁說道：「你有話就說，吞吞吐吐幹什麼？難道在市長辦公室，你連他的名字也不敢說了？」

陳鵬說：「說就說，就是興孟集團的孟森。」

這跟金達心中所想的名字是一致的，他說：「你能確定嗎？可別捕風捉影的瞎說！」

陳鵬訴苦說：「我能騙您嗎？這件事情一開始的時候，孟森找過我，我知道這個人不好惹，還特別讓會計給他們五萬塊，想說先打發他一下再說。結果這傢伙嫌少，跑到我那兒把我說了一頓，非逼著我再多給他們一點。我一時氣不過，心說反正政府沒錢了，你愛怎麼辦就怎麼辦吧。結果，第二天這幫傢伙就帶著人把區政府給圍住了。」

金達詫異地說：「這傢伙現在這麼囂張啊？」

「豈止是囂張，」陳鵬冷笑一聲，說：「第二天，我看政府被圍住了，想說趕緊解決問題，就打電話給孟森，說區政府這邊可以再湊點錢給他們，讓他們把人撤走，結果您知道孟森說什麼嗎，他說就是要跟我叫這個板，一定要辦給我看看，還問我他這兩下子入不入得了我的法眼，您說這不是狂妄是什麼？這傢伙就是仗著背後有孟副省長給他撐腰，所以才敢這麼不把我這個海平區的小小區長放在眼中。」

「別瞎說，不要去牽連孟副省長，孟副省長還不知道是否曉得有這麼件事呢？」

金達制止了陳鵬往孟副省長身上牽連的說法，不過他的臉色十分難看，他開始感覺到這個孟森越來越不受控制了。這個膿瘡危害越來越大了，也許再不去對付他，這傢伙可能會成為一大禍患啊。

陳鵬看了一眼金達，他不敢把話題繼續往下延伸，就嘆了口氣，說：「市長啊，我們這些人在下面的工作真是越來越難做了。」

金達笑笑說：「怎麼，想不幹了嗎？」

陳鵬訴苦說：「有時候真的有這種想法，想想我們這麼辛苦是爲了什麼啊，錢又沒省給我自己，還被搞得這麼狼狽，到底是圖什麼啊？」

平心而論，這個陳鵬算是一個很得力的部下，金達看到他這個樣子，心裏就有點過意不去，他笑了笑說：

「好啦，別這麼灰心喪氣的樣子了，這件事只是個例，又不是天天都會遇到。你往另一個方面想想，偌大的一個城市在你手裏變得越來越好，是不是就會很自豪呢？我不知道你是怎麼想的，我可就是這麼想的啊。」

陳鵬無奈地笑笑說：「看到這個城市越來越美好，我心中也確實很自豪，就是希望能不遇到像孟森這種渣滓就更好了。」

金達鼓勵他說：「孟森這種人不會總是這麼囂張下去的，問題會有解決的那一天。你先回去吧，我跟你說，好好工作啊，可不准再有沮喪的情緒了。」

陳鵬點點頭說：「我知道了市長。」

陳鵬就離開了。

過了一會兒，孫守義敲門走了進來，說：「金市長，我看海平區區長陳鵬剛從你這兒離開，他跟您說了海平區政府最近被圍困的事情嗎？」

金達看了眼孫守義，他知道孫守義跟孟森之間早有芥蒂，雖然最近這兩人有些緩和的跡象，但是他並不相信這兩人真的可以盡釋前嫌，孫守義現在跑來問這件事，說明孫守義是一直在關注著孟森的。

金達笑了笑說：「老孫，你也知道這件事情了？」

孫守義說：「是海平區一個同志跟我說的，據說是興孟集團的孟森從中煽風點火，才把事情鬧得那麼大。不過這個陳鵬還算有兩下子，三兩下就把事情給安撫住了。我看他們還能控制住事態，就沒特別跟您彙報。」

金達搖搖頭說：「什麼有兩下子，只要給錢，換誰都能把事態控制下來的，陳鵬是貸了款，把欠的錢還了，人家才肯解圍的。」

孫守義不禁感慨說：「現在這些商人真是越來越囂張了，竟然把政府逼到立馬去貸款還錢的地步，真是厲害啊。」

金達笑笑說：「老孫，你以前在北京，不知道我們這些基層幹部都在面臨什麼樣的局面，現在你知道了吧？」

孫守義說：「算是領教了吧。」

金達又說：「這還不是最厲害的，你還沒遇到圍困市政府的情況呢。」

孫守義聽了咋舌說：「希望不要讓我遇到。誒，金市長，我聽說海平區政府被圍困，孟森在其中起了很大的作用？」

金達心想：你來我這兒說了半天，這句話才是你要說的重點吧，你還是沒把孟森給放下嘛，你大概是想挑起我對孟森的怒火，好讓我出面去對付孟森吧？

金達笑了笑，他並不想回避孟森這個問題，否則孫守義會覺得他是在害怕孟森，便說：「是啊，剛才陳鵬說，這件事主要是孟森搞起來的，沒有孟森，事情可能根本就鬧不起來。」

孫守義故作驚訝地說：「這傢伙現在這麼囂張啊，竟然敢把事情鬧得這麼大，還真是不把我們這些政府機構放在眼中啊。」

金達雖然並不想回避孟森這個問題，但也不想隨孫守義起舞，他還沒有下定決心一定要把孟森除掉，於是笑了笑說：「這件事呢，也不能完全說是孟森的責任，海平區政府欠錢不還，也是有一定的責任的。」

孫守義看了一眼金達，他很明白金達是一種什麼樣的想法，這些官員經過一段時間，在官場上混久了，就開始變得油滑了起來，不是逼到一個程度，他們是絕不會去得罪那些人的。

孫守義也沒有打算現在就逼金達一定要怎麼樣，他只是想讓金達瞭解一下情況，他的目的是：就算金達不站出來對付孟森，起碼也能瞭解孟森的所作所為，讓金達對孟森產生厭惡感，那樣，到時候他出手對付孟森時，金達起碼不會反對。

孫守義便笑笑說：「是啊，海平區政府也是有責任的。不過有一點我沒搞明白，這錢又不是海平區政府欠孟森的，孟森跳出來算是哪根蔥啊？」

金達說：「據說是那家建商找到孟森，拜託他出面，孟森這才找到了海平區政府。」

孫守義聽了，故意說：「哦，那我明白了，原來孟森扮演的角色是討債公司啊，這下子他可發財了，海平區政府貸款還了錢，他從中肯定分到很大一筆報酬了。這傢伙膽子真是大啊，賺錢賺到政府身上來了。」

金達臉色變了變，他知道孫守義說的話都是刻意針對孟森的，不過他也不得不承認這話有一定的道理，如果孟森在其中沒什麼好處的話，他怎麼肯這麼賣力的搞這件事情？難道他真以為自己是正義之士嗎？現在正派的人都很少管別人閒事了，更別說孟森這種混混出身的傢伙。

如果孟森真是因為幫人討債，把腦筋動到了政府身上，這傢伙就更可惡了，那表示黑道分子對政府絲毫沒有敬畏之心，那局面可就亂套了。

金達心中警惕了起來，他是海川市市長，海川市的局面萬一亂了起來，他這個市長可是首當其衝要負責的，他絕對不能允許這種狀況發生。

北京。

傅華一走進飯店，就有一種踏實的感覺，這裏佈置的樸素雅致，一點花裏胡哨的東西都沒有，飯店裏一副讓食客很平和安寧的氛圍。

沈佳還是維持她喜歡美食的一貫風格，但是整個人明顯看上去消瘦了很多，顯見這一場病對她還是折騰得不輕。

傅華說：「沈姐，你何必非要請吃飯，這麼客氣啊？」

鄭莉也說：「是呀，沈姐，這本來就是我們應該做的，你非要謝我們，我們可有點承受不起。」

沈佳笑笑說：「好啦，你們夫妻倆就不要一搭一唱的跟我廢話了，說句實話，我也是在家裏悶得慌了，找個理由跟你們吃個飯而已。再說，這個地方很便宜，不需要花多少錢的。」

傅華說：「看來是我和小莉見外了。這間飯店看上去就很舒服，名字也起得很有意思，只是看不出來是做什麼菜系的。」

沈佳回說：「潮州菜。」

傅華笑說：「看來這裏一定有沈姐喜歡的招牌菜了？」

沈佳說：「是啊，這裏的凍魚很不錯，我問過老闆，今天正好有，你們還真是有口福啊。」

凍魚是潮州菜的一大風格，菜烹飪好了之後，放進冰箱裏冷凍，然後再拿出來吃，這種方式很罕見，傅華也算是吃過山珍海味，凍魚卻只有在這裏見過。

沈佳接著介紹說：「我跟你們說，這道菜可是道地傳統的潮州風味，是古時候潮州人的主食，老闆說，他們是用古法來做這道菜的……」

沈佳談起吃的來，還是那樣子神采飛揚，一點看不出這個女人剛剛面臨過一個很大的困局。不過據傅華揣測，在孫守義和沈佳、林珊珊這個三角關係之間，目前看來應該是沈佳暫時取得了勝利。

傅華覺得孫守義絕邁不出跟沈佳離婚的那一步，因爲孫守義目前所有的一切都與沈佳有關，他絕對不敢背棄沈佳，這大概也是爲什麼林珊珊突然跑回北京的真實原因吧。

林珊珊最近倒是沒有在駐京辦露面，傅華也不知道這個女人心中在做什麼打算，不過，他希望林珊珊最好是從此偃旗息鼓，跟孫守義徹底了斷。一方面是因爲他很同情沈佳；另一方面，孫守義在海川遇到了難鬥的孟森，他希望孫守義能夠不受干擾，專心的對付孟森。

「你在想什麼呢，傅華？」沈佳看傅華並沒有很專心注意聽她說話，問道。

傅華回過神來，笑了笑說：「沒想什麼，不小心走神了。」

沈佳說：「工作忙的吧？」

傅華笑笑說：「工作也就是那個樣子，也沒什麼忙不忙的。沈姐開始上班了嗎？」

沈佳搖搖頭，說：「還沒，我家裏人說我這次的病很傷元氣，讓我多休養些日子。」

鄭莉在一旁說：「這倒是，沈姐你還是把身體養好再去上班好了，反正你們家還有孫副市長呢。」

沈佳面色陰沉了一下，不過很快就恢復正常，她笑笑說：「我這個人從來不靠什麼男人的。」

鄭莉意識到自己的話犯了忌諱，便有些尷尬，乾笑了一下說：「是啊，現代的女性都是不需要靠男人的。」

接下來，沈佳便不怎麼說話了，鄭莉和傅華也怕說的不得體，不小心又觸動了沈佳的傷心處，也沒怎麼說話，於是就有點冷場了。不過飯菜很可口，這頓飯吃得還算是不錯。

沈佳離開後，鄭莉總算鬆了口氣，說：「老公，這頓飯吃得真是累啊。拜託下次沈姐再請吃飯的話，你就說我很忙不能陪她，你是她老公的手下，不能躲，我可沒必要受這個罪啊。」

傅華笑笑說：「你怎麼這麼沒同情心啊？」

鄭莉嘆說：「我是很同情她，可是她讓我們同情嗎？我真是服了沈姐了，明明受了委屈，還要在我們面前裝強悍，這我可是做不出來的。」

海川市，孫守義辦公室。

唐政委來政府辦事，看看沒人注意他，就閃了進來。

孫守義正在批閱文件，看到唐政委，就笑笑說：「老唐啊，快坐。」

唐政委和孫守義一起坐到了沙發上。

坐定後，唐政委面有喜色的說：「孫副市長，機會來了。」

孫守義看了一眼唐政委，納悶地說：「什麼機會啊？」

唐政委說：「調查孟森的機會來了。」

孫守義心裏一喜，心想：等了這麼長時間，總算看到一線曙光了，就問道：「哦，怎麼說？」

唐政委說：「是這樣子的，據公安部在緬甸的線人說，緬甸最近出現了一位跟我們原來海川市常務副市長穆廣長相很相似的人……」

「你是說找到穆廣了？」

孫守義沒想到這個機會會跟穆廣聯繫在一起，因此不由自主地叫了出來。

唐政委沒想到孫守義對穆廣的事反應這麼大，他看了一眼孫守義，說：「孫副市長認識穆廣？」

孫守義馬上意識到自己失態了，張口想要否認，可是隨即又想到很多人都知道自己認識穆廣，後來更是用了穆廣的秘書，這時候張口否認，顯然是不合適的，倒不如坦白地說出自己認識穆廣的經過反而顯得更坦率，便笑笑說：

「當然認識了，當初他做縣委書記的時候我們就認識，後來他當上副市長的時候，還專門跑去北京跟我要過撥款呢。這傢伙躲了有段日子了，怎麼會突然在緬甸出現了呢？」

唐政委果然沒有懷疑孫守義跟穆廣之間有過什麼隱情，他笑了笑說：「原來您跟穆廣還是熟人啊。呵呵，這世界還真是小。至於他怎麼出現在緬甸，據公安部的同志分析，可能是穆廣潛逃到了中緬邊境，然後偷渡過去的。」

孫守義不禁說道：「這傢伙還挺有本事的啊。」

「那當然，這世界上能殺人的人，可都不是一般人，我做公安這麼多年，看到死人至今仍然很害怕。這傢伙不但殺人，還分了屍，這個狠勁，令人恐怖啊。」唐政委心有餘悸地說。

唐政委雖然是在跟孫守義閒聊，可是孫守義聽得後背卻有點涼絲絲的，他跟穆廣之間還有一段事情沒有解決呢，雖然到最後他可以替趙老把事情給擋下來，可是事情真要發作了，總不是一件很光彩的事，不但對趙老，對自己恐怕都會有所傷害的。

雖然孫守義目前很想對付孟森，但是他更不希望穆廣被抓到，於是很想知道這兩個人之間究竟有什麼關係。

孫守義裝作不經意地說：「這傢伙確實很狠，不過，這件事跟孟森有什麼關係呢？」

唐政委笑笑說：「當然有關係啦，公安部想讓我們公安局這邊去幾個熟悉穆廣的人，去辨認一下是不是穆廣，如果是的話，就想辦法把他引渡回來。以前公安局麥局長是跟穆廣接觸最多的人，他很熟悉穆廣。我覺得可以想辦法把麥局長給派過去，調虎離山。」

孫守義雖然心中一萬個不願意把穆廣給弄回來，可是這時候也不能說不行，只好說：「這倒還真是個好機會，回頭等消息下來，我跟金達市長說一下，儘量安排麥局長過去，也算是讓他借機出國旅遊一下。」

唐政委笑說：「是啊，讓他在那邊多玩一段時間好了。」

唐政委離開後，孫守義的心反而懸了起來，對他來說，穆廣會不會被抓到，顯然比孟森更爲重要。他覺得應該趕緊把消息通知趙老，於是就告訴劉根，不要讓人來打攪他。

關上門之後，他撥通了趙老的電話。

趙老接通後，語氣中有點不太高興的說：

「小孫，你這次在海川是怎麼照顧小佳的，昨天我才知道她回來就大病了一場，人都瘦得脫形了。你這個丈夫做得可不怎麼道地啊。」

孫守義心慌了一下，他知道沈佳的病根是在哪裡，也慶幸沈佳沒有把生病的真相告訴趙老，不然的話，趙老的雷霆之怒可不是他能承受得了的。

孫守義乾笑了一下，說：「老爺子，小佳生病我知道，她是不適應海川的氣候才會染上感冒和肺炎的。」

趙老質問說：「真的是這樣子的嗎？」

孫守義氣虛地說：「當然是真的了。」

趙老說：「不管怎麼說，小佳這次病了之後，有點打不起精神來，你也別老待在海川，找個假期回來看看自己老婆吧。我現在都有點後悔把你派到海川去了。」

孫守義立刻說：「我會儘量安排的，不過現在真是沒辦法脫身。」

趙老一聽，有些不高興地說：「什麼事能比自己的家人還重要啊？」

孫守義陪笑著說：「也不是說比小佳還重要，只是我回去了也幫不上什麼忙，而且有件事情我需要跟您彙報一下。」

趙老說：「什麼事啊？」

孫守義說：「我有穆廣的消息了。」

趙老驚叫道：「怎麼，穆廣被抓到了？」

孫守義說：「抓還是沒抓到，不過公安部有線人在緬甸看到了一個很像他的人，要我們海川派人過去指認，所以現在還不確定是不是他。」

趙老問：「小孫，你覺得會不會真的是穆廣？」

孫守義說：「很難說，穆廣已經躲了很長一段時間沒露面，據我的分析應該是潛逃海外了，所以這個人是他的可能性很大。」

趙老罵說：「這個混蛋，躲出去了還不老實。」

孫守義問：「老爺子，您說我們下面要怎麼辦啊？」

趙老終究是久經沙場的老將，便說：「什麼怎麼辦啊，慌什麼，我們又沒做錯什麼，穆廣的事情真揭出來，頂多讓我們臉上難看一點罷了，傷不了我們的筋骨的。你穩一點，天塌不下來。」

孫守義想想說：「這倒也是。」

趙老交代說：「不過這個時候你倒真的是不必回北京了，留在海川看看事態的發展再說吧。」

孫守義說：「好的，老爺子，我也是這麼打算的。」

趙老又說：「不過，雖然你人不回來，小佳這邊你可不能不管，要多打電話回來，多說點安慰的話給她，她現在的樣子讓我看了都心疼，你趕緊想辦法把她給我調養好吧。」

孫守義趕忙說：「好的，老爺子。」

趙老又教訓說：「你別光拿好話來糊弄我，我雖然老了，可是不傻，你快把小佳哄好了吧。」

孫守義心裏咯登一下，他猜不透趙老是在嚇唬他，還是真的猜到了什麼，心裏就有點緊張，趕緊說：「好，老爺子，我會讓小佳儘快恢復健康的。」

趙老掛了電話，孫守義這邊可是撓頭了，現在事情都擠到了一起，他有點不知道該如何是好的感覺，尤其是沈佳這邊。

他知道沈佳還在生他的氣，所以儘量少打電話回去，避免跟沈佳直接聯繫，希望讓沈佳消消氣。但現在沈佳的狀態似乎很不好，連趙老都看不過去了，這樣子下去可不行。

孫守義知道以沈佳那麼強悍的一個女人，突然發現丈夫背叛了自己，心情一時間一定很難接受；他也有些心疼沈佳，畢竟沈佳對他付出那麼多，就算兩人不是愛情，他對沈佳總是有親情在。再說老是回避也不是個辦法，於是就撥了沈佳的電話。

沈佳聲音沙啞地說：「什麼事啊？」

孫守義乾笑了一下，說：「小佳，剛才我給趙老打電話的時候，他說你現在瘦得很厲害？」

沈佳說：「也沒那麼誇張啦，我還好。」

孫守義語帶歉意說：「小佳，這件事都是我的錯，該受懲罰的人是我，你別這麼苦著自己好不好？我不想看到你這個樣子的。」

沈佳苦笑了一下，說：「你還會心疼我嗎？」

孫守義說：「你是跟我生活多年的妻子，也是我兒子的母親，我再怎麼混賬，也不願意看到你現在這個樣子。小佳，你既然決定給我一個機會，我希望你能把這件事情放下，不要再那麼自苦了。你這個樣子，大家都不好受。」

沈佳傷心地說：「你以為我想這個樣子嗎？我也想放下，但是不行啊！孫守義，你這一次真是傷我傷得夠深的，你把我一向引以為豪的東西給徹底剝奪了，你說我能放下嗎？」

孫守義歉疚地說：「我已經知道錯了，難道這樣子還不行嗎？如果這樣還不行，那你要我怎麼辦？」

沈佳只是沉默著不說話。

孫守義嘆了口氣，說：「小佳，我跟你在一起這麼久，就只犯過這一次的錯，難道你就一定要抓住不放嗎？」

沈佳冷冷地說：「雖然只是一次，卻是致命的。」

孫守義有些惱火了，雖然沈佳跟他的婚姻，一開始就是他在攀附沈家的門第，但是夫妻兩人一直以來，相處得也算是相敬如賓了，現在沈佳這種不依不饒的態度便讓他有些受不了了。

孫守義心想：我總是個男人，總不能就因爲犯了一次錯，就讓你老是騎到我的頭上來，那樣就算保住了家庭，保住了仕途地位，自己的下半生也會永遠在沈佳面前抬不起頭來，不會快樂的。

孫守義覺得不能再任由沈佳這個樣子下去了，便叫道：「小佳，錯我已經犯了，我也向你認錯了，也表示了一定會悔改，但是如果你一定要抓著不放，不肯原諒我，那我也沒辦法了。」

沈佳沒想到孫守義竟然強硬起來，也有些惱火地說：「你這麼大聲幹什麼？你犯了錯，還有理了？」

孫守義說：「我沒說我有理，但是我已經認錯了，你還這個樣子不肯原諒我，殺人不過頭點地，你還想要我怎麼辦？你要跟我離婚嗎？」

沈佳頭嗡地一下，她沒想到自己都還沒提出離婚這兩個字，孫守義竟然先提出來了。

她不由得有點急了，叫道：「你終於把你心裏的話說出來了，你是不是早就厭煩我，想要跟我離婚啊？」

孫守義也叫道：「我沒有，自始至終我始終沒動過要跟你離婚的念頭，但你現在對我不理不睬的這個樣子，好像我犯了天大的錯誤一樣，這樣下去，對你對我都沒有好處，所以我覺得，也許離婚反而對大家來說都是一種解脫。」

「那你想過跟我離婚的後果嗎？」沈佳說。

孫守義心裏冷笑了一聲，說：威脅話終於說出來了！不過事情已經到了這個地步，他也再沒有什麼顧忌了，索性豁出去算了，便說：

「後果我連想都不用想，趙老都警告我幾次了。實話跟你說吧，小佳，雖然你跟我結婚之後，從來沒在我面前提過你們家對我的幫助，但是你身邊的那些人，甚至包括你的父母，幾乎無時無刻不在提醒我，我是因爲娶了你才會有今天這個地位的，我就像一個娶了千金小姐的窮小子一樣。雖然千金小姐對窮小子很好，可是千金小姐周圍的人卻都在拿窮小子當賊一樣的防範著，這種滋味你是不會瞭解的。」

沈佳哼了聲說：「你這麼說是什麼意思啊，難道你跟林珊珊的事是被我們家逼著才發生的？」

孫守義說：「這個我承認是我錯了，不過，人誰能一生中一點錯都不犯呢？聖人都做不到，我就更做不到了。好了小佳，我也厭倦了那種好像什麼都是你們施捨給我的態度，我該說的話都說了，我也不想再求你什麼了，做什麼決定你自己選擇吧。選擇好了，通知我一聲就行了，我接受你對我命運的任何裁決。」

沈佳被孫守義的話僵在了那裏，她想要說些什麼，卻不知道說什麼才好，電話那邊傳出斷線的聲音，孫守義已經掛了電話。

事情怎麼會變成這個樣子了呢？孫守義竟然不再想要她的原諒了，還說什麼厭倦了什麼都是施捨給他的態度，這是什麼意思啊，難道自己真的給他這種感覺嗎？

想到這裏，沈佳心中很是震驚，一直以來，她都以爲孫守義跟自己的婚姻生活是很幸福快樂的，現在看來，好像完全不是這個樣子，她原來一直忽略了丈夫內心真實的感受。

難道自己的平時所爲真的給丈夫一種施捨的感覺嗎？還是丈夫內心中的自卑感在作怪呢？

不過不管怎麼樣，自己一直忽視了丈夫心中真實的感受，這好像就有點說不過去。也許丈夫從自己這裏得不到妻子應該給他的溫暖，才會轉而從別的女人的懷抱裏去尋求慰藉的。這樣子看來，自己對這件事也是有一些責任的。

現在孫守義已經把話撂下來了，要怎麼辦隨便，這下子可把沈佳難爲住了，她根本就沒想過要離婚，她這些天給孫守義擺姿態，其實只是發洩心中的委屈，想從孫守義那裏尋求一點平衡。沒想到耍得有點過頭了，竟然讓孫守義豁出去，主動提出了離婚。

要是不答應吧，顯得自己很沒志氣，而且孫守義就瞭解了自己的底牌，那就是她是絕對不會離婚的，那往後這傢伙豈不是可以在外面隨便跟女人往來了嗎？以沈佳好強的個性，讓她來低這個頭，似乎她也做不出來啊。

可是答應的話，又違背了沈佳本來的意思，夫妻可以不做，可是還有兒子呢，夫妻離異對孩子的成長可是很不利的。

沈佳在心中暗罵孫守義混蛋，明明是這傢伙犯了錯，現在卻要她來做這個很難做的決定，真不是東西！

海川這邊的孫守義也知道自己這番話說出去之後，等於是把未來的命運賭在了沈佳的決定上。

他很不喜歡這種感覺，心想：到最後，自己的命運還是要由這個女人來決定，自己算是逃不過這個女人的手掌心了。

孫守義掛了電話後，懊惱的狠狠地捶了辦公桌一下，脫口罵了句：真是個懦夫啊！既然談到了這個樣子，為什麼不直接告訴她離婚算了，就算那樣自己會失去很多，起碼還是一個男人該有的作風啊。

其實自己就算止步於現在這個位置，也該滿足了，算了吧，就由沈佳去做選擇吧，離或者不離，都是自己的命運，自己聽天由命就是了。

孫守義釋然了，便不再把心思放在這上面去了。

接連過去好幾天，沈佳也沒什麼進一步的消息，孫守義既然已經撂下狠話不會再去求她，因此也不好打電話過去，兩人算是進入一個冷戰的階段。

另一方面，孫守義關注的穆廣卻有了進一步的消息，省公安廳通知海川方面，儘快安排人去緬甸協助有關單位確認嫌疑人是不是通緝犯穆廣，並配合抓捕。

麥局長把這個情況跟市委彙報了，為此特別召開了常委會研究這件事情。

孫守義知道在常委會上，如果不是觸及某些人的切身利益，那麼往往先提出來的意見會起到一個先導的作用，從而影響最終的決定，於是便搶在第一個發表意見說道：

「穆廣這件事我來之前就聽說了，他給我們海川造成了很惡劣的影響，我們應該重視這件事情，所以應該派出我們海川最精幹的人員來協助有關單位處理這件事，才能替我們海川挽回一點聲譽。我提議由我們海川市公安局麥局長親自帶隊去邊境，協助有關部門確認嫌疑人是否是穆廣，然後將其緝拿歸案。」

金達看孫守義這麼主動，提出要由麥局長親自帶隊，心中懷疑孫守義是公器私用、別有用心，便說道：「這個似乎有點不太合適吧，麥局長能行嗎？」

張琳看了金達一眼，說：「金達同志，你是什麼看法？」

金達說：「我覺得前段時間麥局長剛病倒過，現在派他去做這樣重要的工作，我怕他身體會吃不消。」

金達說的是實情，麥局長確實前段時間生病，還鬧到要住院的程度，如果麥局長身體扛不住，那樣反而會影響工作的完成。

孫守義心裏一愣，他還真的忘了麥局長裝病這件事了，想不到金達竟然在這個時候提出來，成了阻撓他意圖的理由，老天爺還真是會捉弄人啊。

孫守義不甘心就這麼認輸，便笑了笑說：

「我看麥局長的身體應該沒什麼問題吧，上次他住院不是全面檢查了一番，最後不是說沒什麼太大的問題嗎。其實麥局長去，也不一定要衝在第一線，他去坐鎮就好了，我提議他去，主要是考慮穆廣的事如果這一次再有什麼失誤，我們沒有一員大將在那邊主持，恐怕不好交代啊？」

孫守義說到重點上了，倒不是這一次的認人和協助抓捕非要麥局長去不可，而是麥局長如果不去的話，如果有了閃失，海川市的公安局長在場，起碼說明海川市已經做了最全面的安排了，有責任也就怪不到海川市這邊來了。

張琳點點頭，說：「守義同志說的很對，這次不允許我們再犯任何錯誤了，我看這次麥局長就辛苦一趟吧。」

張琳既然表示同意，金達也就沒必要再反對，於是常委會決定由麥局長帶隊，帶領海川市公安局的精幹力量執行這一次的外派任務。

孫守義看事情按照他的預想去發展，心裏鬆了口氣，這算是他到海川來之後，第一次順利的達到自己的目的，這也算是個好兆頭吧，預示著以後的事情要開始順利起來了。

孫守義心中隱約感覺，甚至可能連沈佳的事也會有一個圓滿的結果，因爲沈佳這些日子一直沉默著，就意味著沈佳還是捨不得他們的婚姻，也許現在她在等待著一個讓他們能夠和好的契機吧。

孫守義把常委會上的決定通知了唐政委，說麥局長會有一段時間離開海川，讓他抓住這個難得的機會，儘快將孟森的罪證收集上來。唐政委答應了，說一定會儘快想辦法收集孟森的罪證。

孫守義安排完一切，心中又不免爲穆廣擔心了起來，他希望緬甸被發現的那個人不是穆廣，這樣穆廣就不會被抓回來了。

第十章

海川首富

這個人無論是財產還是影響力，在海川都是真正數得著的，
在海川有著很扎實的實業基礎。
如果說伍弈的財富是紙上財富的話，這個束濤的財富才是真真實實的財富。
所以很多人都認為這個束濤才是海川的首富。

這樣想的人不僅僅是孫守義一個人，還有雲龍公司的錢總。

錢總在公安廳的朋友把有人在緬甸發現穆廣的消息很快就通知了錢總，錢總一聽腦袋就大了，別人不清楚，他可是十分清楚，穆廣人就在緬甸；他不用去指認，幾乎就可以確定被發現的那個人就是穆廣了。

錢總這個氣啊，他在心中把穆廣的祖宗八代都問候了一遍，這傢伙還真是不讓人省心的玩意兒，剛費了那麼大的勁才將他弄出去，他老老實實的在緬甸找個地方趴著不露面就好了，怎麼還會被人認出來啊。這要是被警方帶回來，他自己倒楣不說，還要害著別人跟著倒楣。

錢總這次可不敢再趕到邊境去了，現在警方的注意力肯定集中在中緬邊境，自己過去，一個不小心就會被懷疑上的，畢竟他曾經跟穆廣來往密切，本就是重點的懷疑對象。

看來只有趕緊打電話給郝休了，讓郝休去跟白先生聯繫一下，想辦法通知穆廣避一下風頭，千萬不要被警方發現了。

郝休接了電話後，也很緊張，跟錢總說，一定會儘快通知白先生。

過了一天，郝休打電話來，說已經跟白先生講了，白先生立刻通知了緬甸方面，相信緬甸方面一定會很好的處理這件事的。

錢總懸著的心暫時放了下來，說：「那行，謝謝你了，老郝。」

郝休說：「謝什麼，我們是老朋友了。對了，有件事白先生讓我問你一下，問你想不想一勞永逸的把問題解決了？」

錢總愣了一下，他沒搞懂郝休轉達白先生的這句話是什麼意思，便問道：「一勞永逸？什麼叫一勞永逸的解決問題啊？白先生這是什麼意思啊？」

郝休暗示著說：「白先生說，他們在緬甸那邊的朋友很有勢力，解決個人問題不大，白先生對穆廣在緬甸這麼快就被發現很不高興，他覺得穆廣沒有按照他的話去做才會被發現，認為穆廣的事不僅會危害到老兄你，也可能危害到白先生這邊，所以想問你一下，要不要徹底把問題解決了？」

錢總心裏咯登了一下，看來白先生是對穆廣動殺機了。

雖然穆廣如果被白先生幹掉的話，對錢總來說，確實是去掉了一個很大的心事，但是錢總還是下不了這個決心。一來，他對穆廣總是朋友一場；二來，他是一個很迷信的人，那就是不到無路可走的時候，千萬不要殺人害命，不然的話會有報應的。

錢總見過幾個身上有人命的商人，那些人雖然風光一時，最後的結局卻都極為淒慘，甚至橫死街頭的都有，錢總不想將來自己也是這樣一個下場。

於是錢總趕忙說：「千萬不要，老郝，你跟白先生說一下，穆廣是我的鐵哥們，求他千萬不要動他。如果覺得穆廣行為不夠檢點，適當的警告他一下就好了，我想他會明白該怎麼做的。」

郝休笑了笑說：「老錢，你這可是婦人之仁啊。」

錢總苦笑了一下，說：「我跟他總是朋友一場，下不了這個手啊。」

孟森在外面吃完飯，哼著小調回到了興孟集團。

最近的他算是十分的順風順水，孫守義暫時沒再有什麼針對他的動作，而他在海川商界的地位日漸崇高，很多大老闆都有向他靠近的趨勢，他儼然有了點「海川商界第一人」的感覺。

進到辦公室，孟森就看到一個中年男人坐在裏面，不覺愣了一下，趕忙快走了幾步，上前笑著說：「束哥，什麼風把您給吹來了？」

坐在那裏的男人笑了笑說：「孟董啊，正好路過你這裏，就上來看看了。」

孟森瞪了一眼站在一旁的秘書，斥責道：「你怎麼這麼不懂事啊，束哥來了，你也不給我打個電話，讓我趕緊回來？」

束哥笑笑說：「你不要呵斥人家小姑娘了，是我不讓她打電話的，她告訴我你一會兒就回來，反正我也沒事，就等你一會兒啦。」

孟森自責地說：「怎麼好讓您等我呢？」

孟森說的確實不是客氣話，這個中年男人姓束，單名一個濤字。如果說孟森感覺自己是海川商界的第一人，只是自我感覺良好、狂妄的話，眼前這個束濤卻實實在在是海川商界的第一人。

這個人無論是財產還是影響力，在海川都是真正數得著的，他並不像伍弈，是靠證券一夜暴富，而是在海川有著很扎實的實業基礎。

如果說伍弈的財富是紙上財富的話，這個束濤的財富才是真真實實的財富。所以很多人都認爲這個束濤才是海川的首富，雖然伍弈家族現在的財產數字上可能要超過他。

孟森知道自己的興孟集團也算是一個有錢的公司了，可他那點錢要跟束濤的城邑集團相較起來，根本就不值一提。城邑集團旗下的產業涉及到房地產、船運公司、倉儲物流……算是一個真正有集團規模的一個大公司，而不像興孟集團，雖然也叫集團，但是基本上除了夜總會是比較賺錢的之外，其他名下的公司都是皮包公司，都是爲了撐起集團的名號而註冊的空頭公司。

跟真正的有錢人比起來，孟森的底氣還是很不足的，這就是他爲什麼很尊重束濤的原因之一。

束濤莞爾一笑，指了指沙發說：「坐吧，孟董，別這麼跟我客套了。」

孟森心裏暗自讚嘆，人家就是底氣足，氣勢大，跑到他這兒來，竟然一點不像做客的，倒好像是主人一樣。

孟森坐了下來，笑笑說：「束哥，您來找我是有什麼事情吧？」孟森才不相信束濤是路過呢，這種人物每天都是忙得很，哪有時間路過他的興孟集團啊。

束濤笑笑說：「孟董真是爽快人，那我也不遮遮掩掩了，不知道孟董聽沒聽說市裏面準備把舊城改造這個項目，協議轉讓給北京的中天集團這件事情？」

孟森說：「聽說過一點，好像現在正在談判中呢，怎麼，束哥對這個項目也感興趣？」

束濤笑笑說：「我們這些商人只要是賺錢的項目都會感興趣的，這舊城改造可是一塊肥肉啊，孟董就不想分一杯羹嗎？」

孟森笑了笑說：「我當然知道這塊肉很肥，不過也知道自己的實力有多少，我怕到時候吃不下反而會被噎著。」

束濤說：「那我們也不能看著這塊海川最肥的肉被北京的人給吃了吧？」

孟森不禁笑說：「束哥，您大概不是擔心這塊最肥的肉被北京的人給吃了，而是擔心天和房產也有份分一杯羹吧？」

孟森知道束濤跟天和房產的丁江之間有些矛盾，束濤跟丁江都是出身政府系統，企業的前身都是改制而來，又都有業務在房產開發方面，兩人也算是競爭對手，難免會在爭奪一些項目上有些磕碰，私底下，早有人在傳說這兩人都很嫉恨對方，暗地裏都憋著一股勁想要勝過對方。

天和房產上市之後，束濤也想盡辦法想要把城邑集團給弄上市，但是卻很不得法，他又不願意去找跟丁家關係很好的傅華，於是城邑集團的上市經過一段時間的折騰之後，就不了了之了。

束濤就感覺被丁江壓了一頭似的，每每提起這件事來，都是說我們城邑集團沒有好朋友幫著，不像某些人可以投機上市之類的話。但論其真正的資產來說，城邑集團是壓過天和房產的，畢竟城邑集團涉及的企業範圍比天和房產廣泛的多，天和房產基本上只限於地產開發而已。

束濤笑了起來，說：「大家都是海川人，束某在想什麼，自然是瞞不過孟董了。」

孟森其實並不太想攙和這件事情，畢竟現在市政府正在和中天集團談判，達成協議是指日可待的事，這時候插上一手，不但中天集團和天和房產不會高興，恐怕市政府方面也不會願意的。這明顯是一種得罪人的事，即使有些好處，孟森也不想插手。

孟森便含蓄地說：「束哥，現在插手，恐怕不高興的不僅僅是天和丁江那邊……」

束濤不以爲然地說：「我倒不這麼覺得，如果有人出來跟中天集團競爭，得利的恐怕就是市政府，他們怎麼會不高興呢？」

孟森看了束濤一眼，說：「那束哥找我是什麼意思？」

束濤笑笑說：「我找孟董，是想跟孟董合作玩上一把，不知道孟董有沒這個雅興啊？」

孟森笑了，他很清楚束濤為什麼要找他合作。舊城改造誠然是一塊肥肉，但是這塊肥肉也是很燙嘴的，弄不好會打不著狐狸反惹一身騷。

這其中最困難的地方，恐怕就是拆遷部分，舊城的那些住戶都是海川的老地戶，在海川根子很深，關係盤根錯節，弄不好就是一個大麻煩。所以很多海川的本地公司雖然對這個項目饞涎欲滴，可是都怕弄個刺蝟在手上，因此對這個項目都是敬而遠之。

束濤能來找自己，估計就是看上了孟森有著做混混的背景，而且孟森的公司目前有很多骨幹，還是當初孟森做混混時候的班底，這些人一個個心狠手辣，正是搞拆遷的好手。束濤這是想利用興孟集團作為他們的打手啊。

孟森並不傻，他不想讓束濤拿他當槍使，便笑笑說：「不好意思啊，束哥，我對房地產這一行真是沒經驗，正所謂不熟不做，這種事情我還是不攙和好了。」

束濤愣了一下，抬頭看了看孟森，心說這傢伙不簡單啊，能夠在利益面前這麼理智的權衡利弊，不被利益所誘惑，難怪能夠從一個小混混發展壯大到今天擁有集團公司的程度，雖然這個集團的實力很令人懷疑。

束濤不想就此放棄，便遊說他道：

「孟董啊，我們都是商人，應該都知道在商場上，一個人是要靠著真實力才能站穩腳跟的，這一次如果我們能夠合作把舊城改造項目拿下來，對城邑集團也好，對興孟集團也好，都是一個很好的壯大勢力的機會，這是合則兩利的事情，你不會眼睜睜地就這麼看著機會從你手邊溜走吧？」

孟森還是不爲所動，笑了笑說：「束哥，我這個人有個好處，就是知道什麼我能做到，什麼我做不到，您的好意我心領了，不過我還是覺得我沒有這個能力跟您合作這一把。」

束濤搖了搖頭，說：「孟董，我不知道你在擔心什麼，不錯，這個項目是有很大的風險，不過，老祖宗早就跟我們說過了，富貴險中求，只有敢冒險才能拼出一番天地來。這個道理，我想孟董比我更明白吧？你不會是現在有了這個興孟集團就覺得可以一勞永逸了，不需要再冒險了？還是你覺得去幫杜軍那種人跟政府要點小錢，就可以實現你在海川商界的抱負了？」

孟森笑了起來，說：「沒想到束哥對我孟森還挺重視的，竟然知道我幫杜軍要錢這件事。其實我並不想做什麼，只是杜軍求到了我，我不出手也不太好。」

束濤繼續說：「孟董啊，你這話騙騙三歲的孩子可以，你如果對杜軍這件事沒什麼想法，你會出手？你應該知道，杜軍這件事針對的可是海平區政府，如果你沒有什麼想法的話，應該對這件事躲得老遠的吧？」

孟森說：「我不清楚束哥您說這些是什麼意思，這社會真是有意思，想要做點好事，都被人家懷疑目的不單純。」

束濤知道再勸下去也沒什麼意思，就笑笑說：

「孟董啊，你也別先急著拒絕我，你考慮考慮再給我答覆吧。我還是那句老話，你要想在海川建立起你想要的那種威望，光憑幫人要要賬那種小把戲是不行的，你還是要靠真實力來說話。今天就這樣吧，我走了。」

束濤站了起來，孟森並沒有留他，也跟著站了起來，說：「我送您。」

兩人一起出了孟森的辦公室，孟森本想將束濤送到車上，可就在這時，孟森的手機響了起來，孟森一看電話號碼，這是他一定要接的一個電話，就有點遲疑。

束濤笑了笑說：「你有事就留步吧。」

孟森只好說：「不好意思，這個電話我必須要接，就不送您了。」

束濤笑笑說：「不需要送了，不過，我說的事你可要儘快考慮，如果等市政府跟人家簽了協議，可就什麼都完了。」

孟森點了點頭，說：「我會考慮一下的。」

東濤就一個人往外走了。

孟森轉身回到辦公室，關上門之後，接通了電話。

電話是孟森在公安局內部的暗線打來的，孟森接了電話後，說：「不好意思，我剛才這邊有個客人在，不能馬上接，什麼事啊？」

對方說：「孟董，有件事你需要注意一下，我們的麥局長被派去中緬邊境抓穆廣了。」

孟森沒有在意，說：「他去就去吧，關我什麼事啊？」

對方說：「可你知道是誰推薦麥局長的嗎？」

「誰啊？」孟森問。

「是孫守義副市長。」

孟森愣了一下，孫守義整治麥局長的事很多人都知道，他大力推薦麥局長，絕對不是真心認同麥局長的能力，肯定是另有居心的。

難道是調虎離山之計？可是調離麥局長這隻老虎是爲了什麼呢？

孟森一下子緊張了起來，他明白孫守義爲什麼這麼做了，孫守義肯定是還想展開對他的調查，因此才會將阻擋調查的麥局長調離。

孟森就問：「那你這一次去不去？」

對方說：「局裏對抓捕穆廣這件事情很重視，抽調了精幹力量，我也在其中。」

孟森聽了說：「這可不太妙啊。」

對方說：「孟董的意思是，孫守義把麥局長給支出去，是想針對你？」

孟森說：「我覺得很可能是這樣子的。你能不能找個理由不去啊？」

對方爲難地說：「好像不行啊。」

孟森交代說：「那讓你在局裏的朋友幫你留意一下，看看麥局長離開之後，有沒有什麼人有異常行動，這總行吧？」

對方答應說：「這個可以，我在局裏有一些很鐵的哥們，我會叫他們留意一下的。這段時間孟董你也謹慎一點，不要做什麼出格的行動。」

孟森說：「這你放心，我會小心的。」

對方便說：「那我掛了，有什麼異常，我會通知你的。」

孟森說：「好的。」

對方就掛了電話，孟森眉頭皺了起來，這個孫守義還真是跗骨之蛆啊，怎麼咬住了他就不放了呢？這傢伙還真是狡猾，表面上裝著跟他很和氣，像好朋友一樣，背地裏卻想著如何對他下刀子，真是狠毒啊。

要如何應付孫守義呢？孟森現在已經不想再去跟孟副省長商量這件事了，他知道孟副省長為了仕途，一定會讓他忍讓下去的，但是現在是他想忍讓，人家卻不允許他忍讓啊？看孫守義這個架勢，是想非要整死他才肯善罷甘休。

孟森心裏罵了句娘，心說：孫守義，你也太不夠意思了吧，我不過就是去跟你鬧了一次酒，欺負了一次你的客人嘛，又沒掘你家的祖墳，你有必要這樣子恨我嗎？

孟森知道自己絕不能就這樣子坐以待斃，如果任由孫守義這麼折騰下去，總有一天，孫守義會找到能置他於死地的把柄的。

他也不能老是這樣子束手束腳的不做什麼越軌的事情，那樣他雖然可以避免被孫守義抓到什麼把柄，但是他手下還有一堆跟著他吃飯的兄弟呢，他必須做點什麼才能賺到錢養活這一堆人。這些人可都不是善類，一個個都是狠角色，如果沒有錢養著他們，他們會反噬其主的。

一定要想個辦法出來才行啊，否則的話，就算孫守義沒做什麼，他也是會被困死的。

這可怎麼辦呢？孟森感受到了前所未有的壓力和危險，如何走出眼前的困境呢？

第十一章

各取所需

林珊珊說：「沈姐，你身上的香水是『真我』系列的淡香水對吧？」
沈佳點點頭。林珊珊得意地說：「那沈姐你猜我用的是什麼？」
沈佳聞了聞說：「玫瑰花的優雅柔媚和覆盆子的濃郁甜香，粉紅誘惑？！」

孟森開始在辦公室裏轉著圈想辦法，轉了半天，也沒想出個好辦法來，不由得脫口罵道：「媽的，孫守義你這個王八蛋，真要把老子惹急了，老子索性豁出去跟你魚死網破好了，到時候看看是老子先整死你，還是你先整死老子！」

眼見就要到了生死關頭，孟森也顧不上像以前一樣要去注意什麼不要殺人害命的禁忌了，他還從來沒被人逼得這麼近，心中恨孫守義恨到了一個極點，也開始對孫守義動了殺機。

他覺得實在不行的話，索性幹掉孫守義，這樣就可以一了百了的解決問題了。至於這樣做會引起什麼後果，他已經管不了了，人家都想要讓你死了，你顧忌這個顧忌那個的有什麼必要啊？

孟森在辦公室裏轉了好一會兒之後，有點累了。

他坐了下來，頭腦也從盛怒中多少冷靜了一些，他曉得目前形勢還沒有壞到要動用最後手段的地步。也許想點別的辦法能夠把自己從這個危局當中解脫出來呢？

現在形勢需要重新評估了，原本孟森以爲他跟孫守義之間算是梁子已經過去了，現在看來並不是這樣，那麼有些事情就需要重新考慮了。

孟森知道，如果孟副省長不支持他，單憑興孟集團現在的實力，他是無法跟一個常務副市長對抗的。而孟副省長的態度很明顯，在孫守義這件事上，他很難站在孟森這一邊。

既然實力不足，那現在需要做的，就是壯大自己的實力，要想辦法把自己壯大到能夠跟孫守義對抗的程度才行。

想到這裏，孟森臉上露出了笑容，剛剛不是就有一個海川商界的老大想跟自己結盟嗎？

老天還是很眷顧他的嘛，想要什麼就給他送來什麼。雖然束濤是想拿他當槍使，不過他現在也想得到束濤勢力的庇護，這是一個各取所需的合作，何樂而不爲呢？

而且束濤一定會用他的人馬從事拆遷活動的，這也給他手下的人找了一條出路，孟森就不需要擔心手下那幫閒人沒事做，到處惹事了。就算手下這幫人在拆遷中惹出了事，也可以讓束濤出面來扛，自己大可不用擔心還需要負什麼責任。

孟森想到這裏，臉上的笑容更歡了，他猜測束濤大概還不知道孫守義想要對付他，因此才會找他來聯盟的。

此外，中天集團的談判正好是由孫守義主持，束濤現在插一手，也等於是壞了孫守義的好事，因此束濤也會成爲孫守義的敵人。能給自己的敵人增加一位敵人，這也未嘗不是一件好事，最好是他們能先鬥個你死我活，那樣孫守義就無法兼顧到自己這一方了。

孟森突然覺得束濤有點好笑，他也算是海川商界大老級的人物，竟然會這麼不懂得看風向，爲了一點利益，就貿然地糾纏進孫守義跟自己的鬥爭之中，看來他也不是一個什麼聰明的人物啊。

好吧，你不是想跟我合作嗎，那我就給你想要的好了。孟森就伸手抓起了電話，想要打給束濤。

手剛碰到話筒的時候，他又停了下來。

不行！現在還不能打這個電話，現在打，似乎態度轉變的太快了點。剛剛還態度堅決的拒絕了他，轉過頭來還沒多久時間就說要合作，這樣子說不定束濤會懷疑其中有詐。

還是等一等再說好了，要讓束濤覺得自己是經過一番慎重考慮之後才決定跟他合作的，最好是能等他主動打電話來，那樣子主動權就在自己這一邊，在合作協議的討價還價上也能爲自己爭取更多一些的好條件。

孟森便縮回了手，他決定再等兩天，如果兩天之內束濤不打電話過來，他再打電話過去，主動跟束濤談合作的事。

北京，沈佳家裏，有人按門鈴。

沈佳從貓眼中看出去，不覺愣了一下，趕緊打開了門，說：「老爺子，您怎麼突然來了，快進來。」

原來門外站的是趙老。

趙老邊往裏走邊說：「我不來怎麼辦，你爸爸跟我說，你這些天都悶在家中，哪裡都不去，這樣下去會把身體悶出病來的，所以我就跑來看看你了。」

沈佳說：「我沒事的，老爺子，您可以打電話來把我叫過去的嘛，還專程跑來一趟。」

趙老笑笑說：「反正我在家裏也沒什麼事，跑跑就當鬆鬆筋骨啦。」

沈佳趕忙給趙老泡了杯茶，放到趙老手邊，說：「老爺子，您喝茶。」

趙老說：「小佳，你跟我就不用客氣了，別忙活了，坐下來，陪我聊兩句。」

沈佳點點頭，坐到趙老的身旁。

趙老仔細端詳了一下沈佳，心疼的說：「小佳，你的氣色怎麼這麼差啊，這樣下去不行。叫我說，你還是打起精神來去上班好了，別在家這麼悶著了，上班起碼還有人跟你聊聊天。」

沈佳笑笑說：「我正有這個打算呢，老爺子。」

趙老說：「那就去吧。誒，小佳啊，小孫最近有沒有打電話回來問問你的情況啊？」

沈佳偷瞄了眼趙老，她懷疑老爺子似乎是感覺到了什麼，不過她還不想讓趙老攙和他們夫妻的事，就笑笑說：「打了啊，前兩天才打的。」

沈佳說的倒也不是謊話，孫守義前幾天倒真是打過電話來，不過打電話的目的不是像趙老想的那樣，是慰問病情來的，而是跟沈佳攤牌的。

趙老看了看沈佳，說：「小佳啊，現在就我們兩個人，你跟我說實話，是不是你跟小孫之間鬧彆扭了？」

沈佳心慌了一下，這老爺子真是人老成精，竟然看出了端倪，她強笑了一下，說：「老爺子，您怎麼瞎說呢，我跟孫守義之間挺好的，沒什麼彆扭啊。」

趙老搖搖頭說：「你別騙我了小佳，你從前在我面前稱呼小孫都是守義守義的，從來沒有連名帶姓一起叫的，你現在叫他孫守義，不是鬧了彆扭是什麼？」

沈佳被拆穿了，越發顯得有些慌亂，她臉紅了一下，也不敢去看趙老，只是否認說：「真的沒有，我只是一時口誤罷了。」

趙老和藹地說：「好了小佳，我是看著你長大的，你什麼個性我還不知道嗎？我從來沒見過你這樣子難受過，不用說，你這次肯定是受了大委屈的。有些事情你別悶在心裏，跟老爺子我說說，說出來會好受一點的。」

沈佳很爲難，這不單關係到他們夫妻未來的關係，還會牽連到孫守義的仕途，沈佳很擔心趙老知道事情真相後，會雷霆一怒毀掉孫守義。

這幾天沈佳悶在家中，想了很多她跟孫守義之間的點點滴滴。憑心而論，除了林珊珊這件事之外，孫守義對她算是不錯的，所以沈佳決定，不論離不離婚，她都不想去影響孫守義未來的仕途。

沈佳苦笑著說：「老爺子，您今天是怎麼啦，非想要我和守義鬧點彆扭不可啊？」

趙老搖了搖頭，說：「不是這樣子的，小佳，你們明明就是有事，偏偏你就不想讓我知道。好啦，我知道你不想說是爲了維護小孫，你是擔心我會遷怒到小孫身上，對吧？」

沈佳否認說：「真的沒有。」

趙老只好說：「不說就不說吧。我也不去追問你究竟跟小孫之間發生什麼事了。既然你不說，那就聽我說。你和小孫的結合，前前後後我都是知道的，你們究竟過得怎麼樣，我也都看在眼中。坦白說，小孫在北京的這些年，對你和這個家都很不錯，算是一個好丈夫，好父親，也沒有什麼花花事情傳出來，這在現在這個社會中，也算是難能可貴的。這點我沒說錯吧？」

趙老說的跟沈佳的感受是一致的，她點點頭說：「是的老爺子，你說的沒錯，守義這一點確實做得挺好的。」

趙老接著說：「雖然你們都不跟我說實話，但我沒猜錯的話，問題可能是出在守義的身上，守義是有別的女人啦。你不用跟我搖頭，我不是傻瓜，我這雙老眼亮著呢，究竟是怎麼回事，你們瞞不住我。」

沈佳低下了頭，不再說話了。她知道這時候再怎麼否認也是沒用的，趙老不會相信她的。

趙老又說：「你放心，小佳，這件事我不會跟你父母說的，你瞞著這件事，就表示你還在乎這段婚姻，你不想鬧得滿城風雨。」

沈佳決定不再回避，她抬起了頭，說：「老爺子，我就知道瞞不過您，您是不是覺得我很失敗，連自己的老公都看不住？」

趙老搖搖頭說：「小佳啊，你這人就是這一點不好，太要強了，連別人犯錯你還要苦著自己，何必呢？錯的又不是你。」

沈佳苦笑說：「我也知道不要用別人的錯誤來懲罰自己，可就是身不由己啊，這就是我的個性，改不掉的。」

趙老嘆了口氣說：「唉，性格就是命運，有些事情也是注定的。事情已經到了這一步，往後你打算怎麼辦？」

沈佳說：「老爺子，我現在心裏矛盾得很，我不知道該怎麼辦了。」

「小孫目前是個什麼態度？」趙老問。

沈佳說：「他倒是跟我說過很多次的對不起，不過我始終沒給他好臉色看，他有些受不住，就說讓我來決定我們未來要怎麼辦，他什麼都接受。」

趙老說：「那你想怎麼辦？」

沈佳苦笑著說：「我就是拿不定主意要怎麼辦，才會在家裏悶了這麼些天。老爺子，您說我該怎麼辦啊？」

趙老說：「這種事情別人的意見是不能做準的，要看你們自己的意思。小佳，你跟我說實話，你想要跟小孫離婚嗎？」

沈佳爲難地說：「我現在心裏很矛盾，離的話，兒子會不會因此恨我啊？可是不離的話，我心裏始終有根刺在那裏。老爺子，您告訴我，我應該離還是不離啊？」

趙老想了想說：「如果你真要問我的意見的話，我的意見是不要離。」

沈佳愣了一下，她沒想到趙老的意見竟然是站在維護孫守義的立場上的，這令她很意外。

趙老說：「你不用這麼看著我，我這麼說倒不是向著小孫，我這是爲你考慮。理由呢，你聽我說。一是你們還有一個那麼好的兒子，不爲別的，就是爲了兒子，你們也要慎重考慮是不是要離這個婚；二是，男人嘛，幾乎沒有不好色的，小孫這樣子的還算是好的呢，我知道很多男人，尤其是當官的，在外面三奶四奶都養上了，雖然我不知道小孫這一次究竟做了什麼，但是我想他在你面前既然已經有了悔意，說明他還是以這個家庭爲重的，這就足夠了。你總要給人家一個改過的機會吧。第三，你這個人向來很果斷，之所以猶豫這麼久還不想把這件事告訴我，就是你也捨不得這段婚姻，既然這樣，還是拿出你果斷的一面來，放下小孫犯錯的那部分，好好的跟他繼續過日子吧。」

沈佳基本上已經被趙老的話說服了，但是她又覺得由她提出讓孫守義回來，似乎有點太沒面子了，於是說：「可是……」

「不用可是了，」趙老揮手打斷了沈佳的話，說：「我知道你想說什麼，你覺得由你來開口說跟小孫和好的話，你很沒面子。這樣吧，這話我替你跟小孫說，順便我也替你好好罵一下他，也讓他別再犯這樣的錯誤了。這樣子總可以了吧？」

沈佳點點頭，說：「老爺子，你也別說得太重了。」

畢竟她還要跟孫守義繼續過日子下去，既然打算和好，沈佳就不想讓趙老罵孫守義罵得太狠，否則孫守義心裏也會有根刺，那樣子他們夫妻將來的日子也過不好的。

趙老笑說：「你放心，我知道分寸的。我不會讓你難做的。」

沈佳心裏輕鬆了許多，她這些日子擔心的事都被趙老給解決了，就笑笑說：「謝謝您了，老爺子，還是您疼我。」

海川。

束濤並沒有讓孟森等上幾天，剛過去一天他就打給孟森了。

孟森看到束濤的電話號碼，心說這傢伙還真是急不可耐啊，連兩天都等不上。

這人啊，還真是不能扯上什麼意氣之爭，只要扯上了意氣之爭，往往就會失去理智。束濤現在這個樣子，就是因爲要跟丁江別這個苗頭，才會這麼急切地想要跟自己合作。

孟森就有些想逗逗束濤，能夠逗弄一下這個海川商界的大老級人物，讓他心中別有一種快感，於是孟森故意不去接電話，看看束濤會不會再次打來。

電話響了一陣就斷了，孟森坐在那裏看著手錶，看看束濤會等多久再打來。

五分鐘過去了，十分鐘過去了，束濤還沒打過來，這一次換孟森有點沉不住氣了，他伸手就想拿起電話打回去。

好像是心有靈犀一樣，恰在此時，電話再次響了起來，孟森笑了，束濤還是不如他想的那麼能沉得住氣嘛。

他拿起電話，笑笑說：「不好意思啊，束哥，我剛才看到您的號碼，正想給您打回去呢，沒想到您先打過來了。您找我有事？」

束濤說：「也沒什麼事，就是想問你一下，我昨天跟你說的那件事，你考慮的怎麼樣了？」

孟森笑笑說：「束哥，我對房產開發這一行真是不熟悉啊，我怕做不好，反而會給您添麻煩的。」

束濤說：「孟董啊，你這個擔心似乎是多餘了一點，你不熟悉我熟悉啊，你不懂的地方可以問我啊。怎麼，你信不過我，怕我騙你不成？」

孟森心說：在海川能騙得過我的人還沒有出生呢，我什麼沒見過啊？你雖然比我錢賺得多，不代表你就能要得過我。

孟森笑了笑說：「束哥真是會說笑，我怎麼會不相信您呢，您在海川是什麼地位，又怎麼會來騙我呢？」

束濤說：「既然你相信我，爲什麼就不肯跟我合作一次呢？」

孟森假意說：「束哥，我就是想要跟您合作，也得有那個實力啊，你也知道，跟您的城邑集團相比，我的興孟集團根本就不值一提，尤其是資金方面，我能拿出來的可是很有限的。」

束濤笑笑說：「資金方面我已經考慮好了，除了我們合作自籌一部分啟動資金之外，其餘部分，我們可以跟銀行貸款，最近我跟幾大銀行的行長吃過飯，他們已經允諾支持我們城邑集團，現在再加上你們興孟集團，他們肯定會更高興的。貸款什麼的這些都是後續的事，可以再協商，你先跟我說願不願意跟我玩這一把吧？」

孟森說：「束哥，我叫您說的還真有點心動了，不過，現在的問題是市政府跟人家中天集團已經談得熱火朝天的了，我們怎麼讓人家停下來啊？」

束濤說：「這就更好辦了，我們可以透過一些部門轉達我們對這個項目由中天集團來

開發的反對意見，向市政府施加壓力，迫使他們對這個項目採取招標的方式。」

孟森說：「這能行嗎？」

東濤笑笑說：「雖然我對自己的方案有信心，不過我也不能跟你打包票。行不行就試一把吧，你又沒損失什麼，是不是啊？」

孟森說：「這倒也是，那這樣吧，東哥，如果您能讓市政府把這個項目拿出來用招標的方式，我就陪您玩一玩，跟東哥發發財。」

東濤高興地說：「行，我們就說定了。我去安排了。」

「好啊，我等您的好消息。」孟森笑笑說。

過了兩天，張琳在開書記會的時候，問金達：「金達同志啊，舊城改造項目你們市政府跟中天集團談的怎麼樣了？」

金達見張琳突然問起舊城改造項目，愣了一下，以前他對這件事情並沒有太多關注，現在為什麼又關心了起來呢？

金達回答說：「具體進度可能要問守義同志，這件事是他在主持，不過據我瞭解，應該是談得差不多了，應該快要達成協議了。怎麼了張書記，您不會是覺得這裏面有什麼問題吧？」

張琳眉頭皺了一下，說：「我是沒覺得有什麼問題，可是最近有些人對這件事開始有些不同的意見出來。」

金達詫異地說：「什麼不同的意見啊？」

張琳說：「有人說這個項目是海川目前最大的項目，讓北京人來開發，好處都被北京人給賺走了，對海川商界很不公平。要市裏面也要多扶持一下海川本地的企業，不要老是把眼睛盯在外面的客商身上。」

金達苦笑了一下，說：「這些人是什麼意思啊？什麼叫好處都叫北京人賺走了？張書記，您也不是不知道，這個項目提出來要開發很長時間了，海川本地的企業都覺得這是一塊難啃的骨頭，沒有人願意承攬，我們才不得不向外招商的。現在好不容易有北京的客商願意承攬這個項目，這些人又眼紅想要來爭了，這算是什麼玩意啊？」

張琳說：「瘦田無人種，耕開有人爭。現在就這麼個社會啊。」

金達看了張琳一眼，他感覺既然張琳跟他提出了這件事，肯定就是有一些什麼想法了，便問道：「張書記，那您是什麼意思？」

張書記說：「我個人是沒什麼意思啦，只是有些輿論的東西我們也是要注意一下的，特別是有人提出來，現在政府工程都應該通過招標的方式來確定執行的廠商，如果市政府搞什麼協議轉讓，好像其中有什麼臺面下的交易，特別是守義同志也是北京來的，如果把這個項目給北京客商，瓜田李下，守義同志難免會有些說不清楚的地方。」

「胡說八道！」金達不禁火氣了起來，說：「這根本就是在污蔑守義同志，什麼叫也是北京來的，守義同志如果不是北京來的，也不可能把中天集團給請到海川來，我知道守義同志爲了請中天集團過來，可是費了很多的心血的。這些人說話怎麼這麼不負責任啊？說的好像是守義同志跟中天集團有什麼私下的交易似的。」

張琳笑笑說：「你別急嘛，金達同志，我又不是說守義同志一定跟中天集團有什麼私下交易。我只是把外面的一些輿論反映給你聽一下，讓你知道一下外面都在說些什麼罷了。」

金達搞不清楚張琳葫蘆裏賣的什麼藥，既然張琳提出這件事，心中肯定是有了什麼想法，難道他想推翻市政府跟中天集團的談判，轉而讓海川本地的企業來承接這個項目嗎？看張琳的態度很像是這樣啊。

此刻金達有點後悔不該在談判時跟中天集團過於錙銖必較了，不然的話，雙方早就達成了轉讓協議，也不會讓一些眼紅的人從中弄出這些是非來了。

不行，不能讓張琳這麼做，這麼做等於是毀掉了市政府這段時間以來跟中天集團的辛苦談判結果。必須想辦法堵住張琳的嘴。

他便對張琳說道：「這些輿論根本就是在胡說八道，不值一駁的。您和我都知道這件事情的來龍去脈，我相信您一定也是支持守義同志的。」

張琳笑了笑說：「我是支持守義同志不假，但是……」

金達一聽張琳說了但是，心裏就一涼，他知道張琳這麼說，就是打定主意要把談判結果給推翻了。

金達看了張琳一眼，說：「張書記，您這麼說，就是不想讓中天集團跟市政府的談判繼續下去囉？」

張琳笑笑說：「你也別這麼急，聽我說完好不好？這個項目我並不是說不讓中天集團繼續搞下去，只是如果有人能加入進來跟他們競爭，是不是對市政府更有利一些呢？所以我想最好是放棄協議轉讓的方式，改採招標的方式，這樣子的話，中天集團如果想參與的話，仍然可以參加競標嘛，對我們市裏面來說，也可以給那些反對的輿論一個交代。對雙方都有利，何樂而不爲呢？」

「不行，我不同意這樣子做。」金達心中氣惱到了一個極點，脫口就提出了反對的話。

張琳愣住了，他跟金達搭班子以來，金達像這樣一點面子都不給他、直接就頂撞他的情況還是第一次。這讓他面子有點下不來台了，便說：

「金達同志，你一個人似乎決定不了我們海川市要做什麼吧？」

金達聽出張琳口吻明顯是有些不高興，意識到自己說的話有點過分了，便軟化了下來，說：「張書記，如果現在再搞什麼招標，我們市政府跟人家中天集團沒辦法交代啊，人無信不立，政府也是一樣的。」

張琳卻不以爲然，說：「我們現在不是還沒跟他們簽訂正式的協議嗎？這個時候大家都可以反悔的。如果我們改用招標的方式，中天集團也說不出什麼反對意見的。我知道這時候突然說不跟中天集團談協議了，你心裏接受不了，我也不想這麼做的。不過呢，事情不是我們想怎麼樣就怎麼樣的，金達同志。」

金達看了看張琳，他知道張琳的爲人風格，這倒不是一個壞人，就是抗壓性不強，性格太軟弱，便說：「是不是上面什麼人給您壓力了？」

張琳臉上暗了一下，說：「不要說這些了，金達同志，有些時候我們也只能做好自己的本分。」

金達擔心地說：「可是如果取消了跟中天集團的談判，中天集團說不定就退出舊城改造項目了，到時候如果沒有人接手這個項目，我們豈不是兩頭都落空了？」

張琳說：「這個你就不用擔心了，有人對這個項目很有意思的。」

金達納悶地說：「海川能有這個實力的公司並不多啊，勉強說來，可能只有束濤的城邑集團還可以，難道是束濤想要爭取這個項目？」

張琳點了點頭，說：「我就知道瞞不過你，的確是他想要這個項目，他還透過省裏的一位老領導專門給我打了電話。」

金達抱怨說：「這傢伙早幹什麼去了，這時候才跳出來，這不是跟市政府搗亂嗎？」

張琳苦笑了一下，說：「那些我們管不了，人家說的也不無道理，採取招標方式，我們對誰都好交代的。」

金達不禁皺眉說：「可是這樣子我跟守義同志就不好交代了。」

張琳說：「你跟他好好說一下，我想他應該能接受的。」

金達搖搖頭說：「我不想跟他說，這件事情我都覺得彆扭，怎麼跟他說啊？說市裏面受到了壓力，只好對這次的談判喊停了？」

張琳說：「那我來跟他說，反正上面也有指示說工程項目要儘量採取招標的方式處理，我來勸服他好了。」

金達說：「那隨便您了，反正我不管了。」

當孫守義聽到張琳說要他停下市政府跟中天集團的協議談判時，立時愣住了。

他看著張琳說：「怎麼回事啊，張書記，談得好好的，爲什麼要停下來啊？」

張琳說：「守義同志啊，省裏面最近有一個指示，對一些公共項目的出讓要求我們儘量採取招標的方式，這個舊城改造項目也算是一個公共項目，我們需要遵照省裏的指示，所以只能放棄協議轉讓的方式了。」

孫守義有點哭笑不得的感覺，說：「張書記，您不是在跟我開玩笑吧？這個項目原本是沒人參與的，是我們費了好大勁才把中天集團給請過來的，前前後後也談了好一段時間，眼看著就要達成協議了，您卻跟我說不能用協議轉讓的方式，您這樣子不等於是在耍人家中天集團嗎？」

張琳委婉地說：「守義同志，你沒理解我的意思，我並不是要將中天集團排除在這個項目之外，他們願意參與，我們還是很歡迎的。」

孫守義說：「我們這麼耍人家，人家還參與什麼啊？」

張琳笑笑說：「那可不一定啊，商人都是以賺錢爲目的的，中天集團能從北京趕過來做這個項目，也是有利可圖才來的，既然有利可圖，他們就不一定會放棄啊，畢竟他們爲了這個項目也付出了很多。好了，你去跟中天集團的人談一下，就說我們市裏政策有點變化，對這個項目要採取招標方式出讓，只好放棄跟他們的談判了，同時告訴他們，歡迎中天集團參與這個項目的競標。」

孫守義看了張琳一眼，說：「一定要這個樣子嗎？」

張琳說：「這不是我個人的決定，書記會上我跟金達同志談過了，他也同意這樣子做的。」

金達也同意了？孫守義心裏就有些彆扭，金達怎麼一點消息都沒跟自己透露呢？這算是什麼啊？媽的，這幫坐地戶聯合起來欺負我一個外來的啊?!

不過張琳和金達聯合起來，等於說局面已經定了，孫守義再做什麼抗爭都是無用的。

孫守義長出了一口氣，勉強壓下心中的火氣，臉色鐵青的離開了。

孫守義打開自己辦公室的時候，看了看金達的辦公室那邊，終究還是忍不住過去敲了敲門，金達正在辦公室裏，他就推門進去了。

金達看到孫守義臉色鐵青，帶著怒意看著他，便知道張琳跟孫守義談過了，就說：「老孫啊，你不要這樣子看我，跟中天集團終止談判這件事我也是不贊同的，所以我才沒跟你說，讓張琳同志跟你說的。」

原來金達也不同意啊，孫守義心裏這才舒坦了一點，便苦著臉說：「市長啊，張書記這是怎麼了？怎麼突然叫停了我們跟中天集團的談判了？」

金達無奈地說：「現在有人對我們要把項目轉讓給中天集團有些非議，張書記也是不得已。」

孫守義氣憤地說：「張書記的抗壓力也太差了吧？現在我們政府做什麼人家沒有非議

啊？」

金達勸說：「好了，老孫，你就別管那麼多了。你就按照張書記說的去辦就好了。」

孫守義一臉難色地說：「問題是我跟人家中天集團怎麼交代啊？我看是有人看上了這個項目才是真的。金市長，你知不知道是哪家公司看上這個項目了？」

金達不願多說，便說：「老孫，你就別管這麼多了。」

孫守義看金達欲言又止的表情，便說：「金市長，這麼說您是知道哪家公司看上這個項目了？您也沒必要跟我遮著掩著了吧，反正日後他們必然會出來爭取這個項目的。我看您也是爽快人，就跟我說句爽快話吧。」

金達看了孫守義一眼，說：「我也只是猜測，據我看，海川現在勉強有這個實力的，只有束濤的城邑集團。」

孫守義詫異地說：「束濤？城邑集團？是不是張書記跟這個束濤有什麼關係啊？」

金達心裏頓了一下，他倒是沒往這方面去想，他只以為張琳是受到了老領導的壓力，就沒有多想，現在叫孫守義這麼一說，他再一想，好像平常張琳跟束濤的往來還挺頻繁的，這麼一看，事情還真是不簡單，也許這裏面不僅僅有省裏老領導的壓力，還有張琳跟束濤之間的交情了。

不過這些金達是不能跟孫守義明說的，便笑了笑說：「這個我可不敢瞎說，我可沒聽說這方面的事。」

孫守義用懷疑的眼光看了看金達，他不相信張琳跟束濤之間沒什麼密切的關係。束濤他見過，當時有人介紹說他是海川市的首富。束濤雖然自謙說那個介紹人是瞎說，海川比他有錢的人很多，但是說這句話的時候，束濤神色之間是有幾分自得之意的，顯見這傢伙對他被稱作海川首富還是有著幾分的得意。

這樣一個在海川有影響力的人，如果說跟市委書記一點交集都沒有，孫守義是打死也不信的。

每一個大人物背後，可能都站著一個老闆；同樣的，每一個老闆的背後，也少不了大人物的身影。束濤這種層次的老闆，可能身後站著的還不止這一個大人物呢。

孫守義很沮喪，他有一點被耍了的感覺。跟中天集團談判舊城改造項目，算是他來海川主持的第一個大的項目，成功的話，也勉強算是一個拿得出手的政績，現在就這樣被不著痕跡地給毀了，他實在是有些不甘心。

另一方面，這也等於是打了孫守義一個耳光，中天集團能來海川，他出了不少的力。前前後後他也在林董面前打了不少的包票，現在要終止談判，趕人家走，就算是孫守義已經經歷過很多的風雨，對此也是有點下不來台的感覺。

但是事情既然已經是這樣子了，孫守義也只有認了，他沒有實力去對抗張琳和金達。

他看了看金達，說：「好吧，既然您跟張書記達成了一致，我就去跟中天集團的人說要終止談判，這件事情我不再管了。」

雖然可以派別人來做這個壞人，可孫守義覺得跟中天集團說終止談判的事，自己一定要親自出面的，這容不得他回避。現在他感覺已經很對不起中天集團了，如果再不去面對人家，他會覺得太沒有人味了。

金達臉色也不好看，說：「老孫啊，你出面也好，我覺得我們欠人家中天集團一個道歉，你就替我跟他們說聲對不起吧。」

金達這話說得還算上道，孫守義笑了笑說：「這個道歉我會說的。我也想回北京一趟，去見見林董，有些事情還是當面跟他解釋一下比較好。」

孫守義也想趁機回去處理一下跟沈佳的關係，藉著這個機會，好好把兩人的問題解決了。

金達看了看孫守義，他覺得孫守義是對強行終止談判有意見才想要回北京的，不過讓孫守義回北京一趟，放鬆一下心情，緩衝一下也好，這些下來的京官都是有些傲氣的主兒，金達還真擔心孫守義會一時克制不住，跟張琳發生什麼衝突之類的就不好了，便說：

「行，你回去一趟也好，也不用太急著回來，多在家陪陪夫人吧。」

第十二章

任督二脈

看來趙老也動了真火了，孫守義巴不得他這個樣子，

老爺子如果出手，很多事情解決起來就好辦多了。

孫守義高興地說：「老爺子，您這下子出手了，我就能打通任督二脈，

我就不信還有什麼問題解決不掉啦。」

當中天集團帶隊來談判的副總聽孫守義說海川市政府要終止談判的時候，這位副總笑了起來，說：「孫副市長，你別開玩笑了，這又是你們爲了提高要價玩的伎倆吧？你可要想清楚啊，我們是被你們請過來開發這個項目的，我還沒見過求人家還這麼硬氣的。」

孫守義臉上的表情十分的尷尬，他說：「對不起，我沒跟你開玩笑，我們市委市政府決定對舊城改造項目採用招標的方式出讓，所以只能終止跟你們中天集團的談判了。」

副總臉上的笑容沒有了，項目終止談判，就等於他這一次是無功而返了，雖然責任並不在他，但他是帶隊領導，空手回去總不是件令人高興的事情，便說：「孫副市長，你們這是什麼意思啊，什麼叫你們決定採用招標的方式，既然這麼決定，你請我們來談這麼長時間幹什麼啊？要我們啊？」

孫守義苦笑著說：「對不起，這是我們市裏面的決定，並不是我一個人的決定，這件事情我會去北京跟林董解釋的，希望他能諒解。」

副總哼了聲說：「諒解?!孫副市長，你知道這段時間我們爲了這個談判付出了多少人力物力啊？你們一句話就不談了，等於我們前期做的那些工作都付諸流水了。諒解？諒解能彌補我們的損失嗎？」

孫守義只好一再道歉著說：「對不起。」

副總忍不住抓起手裏的文件狠狠地摔在桌子上，說：「你們海川市政府真不是個東西。」

孫守義看著這一切，也只能有苦自己呑，他自己都覺得自己真的不是東西。通知完中天集團的人，孫守義回到市政府，開始安排手頭的工作，他準備儘快離開海川，海川現在實在讓他鬱悶的很。

孫守義也沒忘記跟唐政委聯繫一下，看看那邊對孟森調查的怎麼樣了。

唐政委的回答並沒有讓孫守義心情有絲毫的愉悅，反而更加沉重了。因爲唐政委跟他說，孟森最近很警覺，手下的夜總會都很規矩，他找過幾個以前被孟森加害過的人，那些人竟然也改口不再說要追究孟森了，似乎孟森從中做了工作了。

種種跡象表明，孟森因爲麥局長的出差，而加強了防備。

孫守義嘆了口氣說：「看來這傢伙是有所防備了，肯定是有人提醒他了。誒，老唐啊，最近你有沒注意到孟森跟誰往來的比較頻繁啊？」

唐政委想了想說：「這個嘛，最近好像也只有城邑集團的束濤跟孟森走的很近而已。」

孫守義訝異地說：「你說誰？束濤？真的嗎？」

唐政委斬釘截鐵地說：「真的，有人看到束濤去了孟森的辦公室，這兩人以前並沒有什麼交集，不知道爲什麼束濤會過去找孟森。」

孫守義心裏一下子亮堂了起來，他知道爲什麼束濤會突然看上舊城改造這個項目了，這裏面一定有孟森的因素。一定是孟森挑唆束濤來爭取舊城改造項目，從而破壞掉自己眼看就要跟中天集團達成的協議，讓自己這段時間的心血付諸東流。

這傢伙是什麼意思啊？非要跟我鬥個你死我活是吧？

這還真是遇到冤家了，不單是自己不放過他，他也沒有要放過自己的意思啊。看來自己遇到孟森還真是宿命啊，估計上輩子他們可能是不死不休的仇敵啊。

現在又有一個束濤攪合了進來，事情越來越複雜了，也不知道這個束濤知不知道這麼做是在跟他爲敵，如果知道了卻仍然要這麼做的話，那他的敵人當中，就又多了一個了。

孫守義臉上露出一絲陰冷的笑容，他覺得事情越來越好玩了，他心裏暗道：來吧，我會讓你們知道我孫某人的厲害的。

跟唐政委通完話，孫守義剛想喝口水，手機卻響了起來，一看號碼，是林珊珊的，他的頭又大了。

從林珊珊離開海川後，這還是她第一次打電話來，孫守義很清楚林珊珊絕不是爲了跟他之間的事才打來，而是爲了終止談判的事情。

中天集團能來海川，這裏面多少是有林珊珊的因素，現在終止了談判，林珊珊這邊多少也是要交代一下的。

孫守義按下了接通鍵，林珊珊的聲音大聲地傳了進來：

「孫守義，你還算是人嗎？你跟我分手就算了，幹什麼爲了跟我撇清關係，要把中天集團趕出海川？」

孫守義說：「珊珊，你聽我說，根本就不是你想的那樣子……」

林珊珊叫說：「我不想聽你說，你這人太混蛋了，你也知道當初我是爲了去海川見你，才想辦法讓中天集團去海川參與開發項目的，現在中天集團爲這個項目費了不少的人力物力，你一句話就想把這一切抹殺了，你那個醜老婆就這麼可怕嗎，嚇得你不但要趕走我，還要趕走中天集團？」

孫守義苦笑說：「這不是我的決定，我也是服從領導的安排罷了，這件事我會回北京跟你父親解釋的。」

林珊珊氣說：「最好是這樣，否則讓我知道你是爲了你的醜老婆才這麼做的，我不會放過你的。」林珊珊說完就掛了電話。

孫守義惱火的一拍桌子，心說自己這個副市長做得處處被人擠兌不說，連個情人都安撫不住，真是夠窩囊的。

聽到孫守義辦公室傳出很響的聲音，劉根探頭進來，想看看發生了什麼事。

孫守義看到劉根，說：「小劉，馬上給我安排明天回北京的機票，我明天回北京。」

劉根說：「孫副市長，您還有些事情沒處理完呢。」

孫守義此刻卻一刻也不想留在海川了，便說道：「不用管他們了，沒處理完的就先放下，等回來再說。」

劉根看孫守義臉色很難看，就沒敢再說別的，答應了一聲就出去訂飛機票了。

孫守義瞬間有處處受制的感覺，他有點後悔當初不該答應趙老來海川了，雖然看上去他好像是升官了，但現在他似乎有點水土不服，被海川當地的這些王八蛋耍得團團轉。如果他沒離開北京的話，林珊珊此刻還跟他卿卿我我著呢，沈佳也不會跟他鬧彆扭，他的生活也不會像現在這樣子一團糟。

想到了趙老，孫守義覺得要回去前他得跟趙老打個電話，原本是說他要在海川等穆廣被抓的消息，現在麥局長去了邊境，沒有進一步的消息，他也該跟趙老說一聲。

趙老一聽孫守義說要回北京，不由得愣了一下，說：「怎麼了，你跟小佳之間又鬧彆扭了？」

孫守義說：「沒有，我只是想回去調適一下，老爺子，這些等我回去跟你談吧。」

趙老又問起穆廣的事，「穆廣還沒消息嗎？」

孫守義說：「這邊的人去了一段時間，沒什麼進展。」

趙老聽了說：「哦，既然這樣子，你就回來吧。我跟你說，你回來後，可要跟小佳好好賠個不是啊。」

孫守義心驚了一下，趙老這麼說，一定是知道些什麼了，便問道：「老爺子，您這麼說，是不是小佳跟你談了什麼啦？」

趙老語重心長地說：「小佳倒是一直在我面前維護你，沒說你做了什麼事情，不過我也不是傻瓜，你們鬧到這個程度，我自然知道出了問題。本來我想好好罵你一頓的，但現在看你的情緒也有點不好，我就不說什麼了。小孫啊，大道理呢，你懂得不比我少，家和才能萬事興，我看小佳還是處處維護你的，回來後，你要多哄哄她，你們兩個別再給我鬧彆扭了。」

孫守義乾笑了一下，說：「我知道了老爺子。」

趙老又說：「小孫啊，看來你在海川待得也不是很愉快，回來之後，你到我這裏來吧，我們爺倆好好聊聊。」

孫守義心裏感覺到一絲溫暖，看來老爺子還是很愛護他的，雖然平時對他很嚴厲，但是知道沈佳跟他發生了問題，倒也沒太指責他。

孫守義說：「行，我一回去就馬上去見您。」

第二天，孫守義就帶著劉根登上了去北京的飛機，臨行前，他只跟金達說了一聲，其他也沒做什麼安排。金達知道他心裏不痛快，也沒說什麼。

到了北京，傅華已經等在機場了。孫守義雖然來海川時間不長，可是被傅華迎來送往的倒是不少次了，傅華還是那個樣子，並沒有什麼改變，可是孫守義卻覺得自己心態變老了很多，這大概是被海川那些王八蛋給折騰的吧。

孫守義跟傅華握了握手，有感而發的說：「傅華啊，我現在有點羨慕你了，還是你這個駐京辦主任自在啊。」

傅華不知道孫守義這沒頭沒腦的話是什麼意思，便趕緊說道：「我自在什麼啊，每天也是忙不完，不過我忙的都是雞毛蒜皮的事，您忙的是市裏面的大事而已。」

孫守義笑笑說：「你別這麼緊張，我不是想指責你什麼。」

上車後，傅華問孫守義去哪裡，孫守義說：「送我回家吧。」

車子就往孫守義家裏開。

孫守義問傅華：「傅華，你明天有沒有安排什麼事？」

傅華搖搖頭說：「沒有，您有事要安排我做嗎？」

孫守義說：「中天集團的事你大概聽說了吧？明天陪我去一趟中天集團，我要跟林董解釋一下。」

傅華忍不住問道：「中天集團的事我聽說了一點，爲什麼市裏會突然喊停呢？」

孫守義說：「我現在很累，回頭再跟你解釋這件事情吧。」

孫守義就靠在椅背上閉目養神，傅華看他的神情很嚴肅，就沒再敢問下去。

到了孫守義家，孫守義吩咐傅華第二天早一點過來接他，就回家了。劉根則和傅華一起回到駐京辦。

路上，傅華看著劉根，劉根說：「傅主任，你別看我了，我也不知道發生了什麼事，只是聽說是張琳書記喊停跟中天集團合作的。」

孫守義進了家門，沈佳上班去了，家裏空無一人，他想要休息一下，在床上躺了一會兒，卻怎麼也睡不著，就起身，看看沈佳就要回來了，打電話叫了幾個沈佳愛吃的外賣菜，準備等沈佳回來一起吃。

沈佳開門看到孫守義在家裏，略微尷尬了一下，然後說：「你怎麼回來了？」

孫守義說：「我們市裏面跟中天集團的合作終止了，我趕回來是要跟他們的林董道歉的。」

說到這裏，孫守義意識到提到中天集團，就跟林珊珊扯上了關係，這麼說倒好像他是回來跟林珊珊見面的，趕忙解釋說：

「不過這跟林珊珊一點關係都沒有，我只是因爲中天集團當初是我請過去的，突然要跟他們終止合作，我需要跟人家解釋一下。」

沈佳乾笑了一下，說：「你不用這麼緊張，我沒往那方面想。」

孫守義看了看沈佳，說：「小佳，你的氣色還是很差啊。」

沈佳說：「已經好很多了，最近開始上班，有同事跟我聊天，我也就不那麼悶了。」

孫守義聽了說：「那就好，過來吃飯吧，我叫了你愛吃的菜。」

沈佳笑笑說：「你還記得我愛吃什麼菜嗎？」

孫守義說：「當然記得了。」

兩人就坐到餐桌旁，氣氛還是略顯尷尬。

孫守義說：「謝謝你了，小佳，你一直在趙老那裏維護我。」

沈佳苦笑了一下，說：「我們終究還是夫妻，維護你也是應該的。」

聽沈佳的口氣，說明她決定要維持這段婚姻了，孫守義心中鬆了口氣，說：「小佳，我答應你，再也不犯那種錯誤了。」

沈佳點點頭說：「守義，我相信你，可能我這個做妻子的也有些不太稱職，很多方面都沒考慮到你的想法，老爺子爲這個也批評我了，我今後也會注意的。」

沈佳這麼說，代表她的態度軟化了，橫亙在他們之間的冰山算是融掉了，這頓飯吃得還算完美。

吃完飯後，沈佳問孫守義爲什麼市政府要突然中斷跟中天集團的合作，孫守義就講了有人看上了舊城改造這個項目，迫使他不得不跟中天集團中止合作。

爲此，沈佳的眉頭皺了起來，她說：「守義，看來海川有不少人在算計你啊。」

沈佳又恢復了以往那種喜愛指點孫守義工作的態度，這讓孫守義覺得那個熟悉的沈佳又回來了，生活又恢復常態了。

孫守義笑了笑說：「是啊，不過我也沒在怕他們的。回來之前我跟老爺子講過這個情況了，老爺子讓我過去一趟，跟他商量一下後面的事要怎麼做。」

沈佳聽了說：「那你趕緊去吧，我現在才知道，老爺子對你是很愛護的。以前我覺得他是因爲我才對你那麼好，這次出了林珊珊這件事之後，我才發現原來他對你比對我還好呢。」

聽沈佳又提起林珊珊來，孫守義就有些尷尬，不知道該說什麼，只好乾笑了一下。

沈佳看到孫守義的表情，笑了笑說：「守義，你不用這個樣子，那個關卡我已經過去了，我不會再去計較了。」

孫守義這才放下心來，說：「那我去老爺子那兒啦。」

趙老看到孫守義，說：「小孫，你瘦了不少，下面的日子不好過吧？」

孫守義搖了搖頭，說：「在政府裏工作，是比在部委裏面工作複雜，千頭萬緒，你不知道哪個地方會突然跳出來給你找麻煩。我下去才這麼幾個月的時間，可是感覺比我在部委這兒幾年學到的東西都多。」

趙老說：「是啊，這對你來說未嘗不是一件好事。來，坐下來跟我說說海川那邊的情形。」

孫守義就坐在趙老身旁，跟趙老講了他在海川這段時間所發生的事情，特別是跟孟森有關的一切。

趙老認真地聽著，聽完之後，趙老看了看孫守義，說：「接下來你想怎麼辦？是妥協，還是繼續跟他們鬥下去？」

孫守義說：「我自然是不想退縮的，如果這麼點坎坷我就退縮了，那他們以後肯定就會更騎在我頭上了。」

趙老點點頭說：「對，這麼點陣仗就被嚇了回去的話，那以後就更不用抬頭了。不過小孫啊，光蠻幹也是不行的，匹夫之勇是很難成事的。」

孫守義看了看趙老，說：「老爺子，您是說我的方法不對？」

趙老點點頭，笑笑說：「嗯，我是覺得你的方法不對。」

孫守義不解地說：「那老爺子，您告訴我，我什麼地方做得不對了？」

趙老分析說：「就我看來，起碼有幾點你沒做對，第一，你沒接地氣，你沒有跟海川的本地勢力結合起來，這讓你就像無根的浮萍一樣，在跟孟森、束濤這些人鬥的時候，你沒有後方依靠和支持，人家根深蒂固，你卻是無根浮萍，這樣子，人家只要化解了你前面的三斧頭，你就後繼無力，只能看著對方佔據上風了。」

孫守義想了想，說：「老爺子，您說的很有道理，不過急切之間，我這個地氣很難馬上就接上的。現在一個傅華，勉強還算是我可以依靠的力量，可是他遠在北京，並不能幫上太多的忙。」

趙老笑了起來，說：「你說的這個駐京辦主任是有用處的，不過不是你這麼用的。我聽你說，他算是海川的本地人，很早就是市長的秘書了，這種人肯定跟海川各方面都熟悉，他願意幫你是你的運氣，你應該讓他給你起一個穿針引線的作用，讓他多介紹一些海川本土有能力的勢力，這樣子你就能接上海川的地氣了。」

孫守義說：「其實這個傅華也給我介紹了不少海川本地的勢力，只是我跟他們之間還不是那麼親近。」

趙老說：「這就是你的問題了，我聽你說的那個要跟中天集團合作的天和房產，看上去就是在海川很有影響的勢力，還是上市公司，現在這家公司遇到了暫時的困境，不得不跟中天集團合作求發展，這對你來說，就是一個很好的切入點啊，你如果伸出援手，我相信這家公司肯定會成爲你死忠的後援。還有康盛公司那個劉董，他跟你一樣也是過江龍，可是他在那邊順風順水，肯定是跟本土勢力有著某種程度上的結合的，這種人對你是很有用的。」

孫守義聽了說：「我跟這個劉董感覺還行，他上次跟市政府要款項，我沒有爲難他，所以他對我印象不錯。不過，我會試探著問過他孟森的事，對方沒什麼反應。」

趙老開導他說：「小孫啊，現在是你要用到人家，應該主動示好才對。這些人實際上都是有求於你的，你如果能主動示好，他們肯定會團結在你身邊的。現在那個天和房產就是，束濤攬了他們的項目，他們肯定會跟你同一陣線的，只是這個劉董，你就需要動動腦筋了，看怎麼樣能把他籠絡住。這個人對你會很有用的。」

孫守義看了看趙老，說：「老爺子，您覺得他對我會很有用？」

趙老說：「當然啦，你去下面也算有幾個月了，應該知道如果不是黑白兩道都吃得開的人物，一個外地人是不可能在海川做那麼大的工程的。現在你招惹的孟森，也是一個黑白兩道都踩的人物，這個劉董如果用好了，會是你對抗孟森的一張王牌。」

孫守義覺得趙老說的很對，點點頭說：「老爺子，您說的很有道理，回頭我就想辦法跟劉董熱絡熱絡。那您說，除了這一點，我還有什麼地方做得不好？」

趙老說：「地氣你沒接上，天線你也沒搭好。」

孫守義不禁失笑了，說：「老爺子，您是說我跟省裏的關係也沒處理好，是嗎？」

趙老說：「是啊，對方雖然知道你是京官下放，可是省裏面的領導們對你並沒有表現出太多的眷顧，這就讓不少人以爲你沒什麼後臺，以爲你是一個軟柿子，可以隨便拿捏你，一個小小的海川首富竟然也敢耍陰謀，毀了你主持的談判，這不是蔑視你是什麼？不過，這方面我也有責任，你去東海，我只跟郭奎打了招呼，其他的關係我並沒有給你。郭奎那種層級的領導，你也不可能一點小事就去驚動人家，這樣子反而有用也變成沒用了。」

孫守義點點頭說：「是啊，我也不太可能什麼事情都去找郭奎。」

趙老說：「這方面也很好解決，回頭我介紹幾個我還能指使得動的關係給你，我要讓跟你作對的那些人看看，從我老趙這邊出去的人，不是他們隨便就可以欺負的。」

看來趙老也動了真火了，孫守義巴不得他這個樣子，老爺子如果出手，很多事情解決起來就好辦多了。

孫守義高興地說：「老爺子，您這下子出手了，我就能打通任督二脈，我就不信還有什麼問題解決不掉啦。」

趙老搖了搖頭，說：「小孫啊，你這樣子看問題就有點太膚淺了，看來你還是太嫩了，需要學的東西還很多。」

孫守義臉紅了一下，說：「老爺子，您是說我還是沒抓住關鍵的東西？」

趙老點點頭，說：「我前面說的這兩點是很重要，但卻不是起決定性作用的部分。你知道你最欠缺的是什麼嗎？」

孫守義搖了搖頭，說：「這個我還真是不清楚，老爺子您說是什麼？」

趙老教訓他說：「整件事情當中，你最欠缺的是你給對方設置的局不行，不是死局，這樣子對方化解了你的局之後，你反而被將住了。好比你要換掉公安局長，把腦筋動到了人家的身體上，這根本就不靠譜，且不說他身體還沒病到要退休的地步，就算是病到了非要退休的程步，你也不一定能逼著人家退休，現在很多在治療卻仍不離開崗位的人還少嗎？你要他讓出這個位置，你就必須能拿出讓他一定要讓出這個位置的手段來。現在倒好，你沒換掉人家，反而把一個中立的人逼到了對手那方去了。再是你跟那個唐政委搞的那個地下活動，表面上看似乎很聰明，實際上卻是很難起到什麼作用的，孟森和麥局長的人已經把公安局給卡死了，麥局長不在，不代表你可以突破他們的防線，所以最後你還是不得不徒勞無功。」

孫守義被說得臉上白一陣紅一陣的，他原本告訴趙老這些事情，是想表示自己在下面還是做了一些工作的，也是想向趙老示意，說你看我很聰明吧?哪知道這些小伎倆在趙老這個政治老手面前根本就不值一哂。

孫守義自嘲地說：「老爺子，叫您這麼一說，我後背的汗都下來了。本來我還覺得我算是做得不錯的。」

趙老笑笑說：「你也不用覺得不好意思，這也是因爲你在上面這些部委太平日子過得太久了，沒有遇到過像海川這樣複雜局面的緣故。你能做到這樣子，也算是不錯了，起碼比那些一下去地方就被打得爬不起來的人強太多了。」

孫守義攤了攤手說：「可是還是很不夠啊。老爺子，您跟我說了這麼多，心裏對我該怎麼做肯定是成竹在胸了，您趕緊告訴我，下一步我該怎麼辦?」

趙老笑說：「現在你不需要稍微調整一下心情了嗎?」

孫守義誠心地說：「叫老爺子您這麼一說，我茅塞頓開，知道我處處受制的癥結在什麼地方了，您就好人做到底，指點我一二吧。」

趙老笑笑說：「這一次我可以幫你，但是以後可要靠你自己了，我總不能跟在你後面一輩子吧?」

孫守義感激地說：「好的，老爺子，我會記住您這些政治經驗的。」

趙老教導他說：「這件事情呢，你要分兩部分來進行，首先，海川市那個公安局長是一定要換掉的，不過呢，換的方式不能靠病，你必須找出那傢伙身上真正的弱點才行，我想這個應該不難，現在的官員幾乎都是禁不起查的。只要找到了他的弱點，你跟我說一聲，我會給郭奎和呂紀打個招呼，讓他們想辦法給你派一個強而有力、靠得住的公安局長過去。要解決掉孟森，這一步是必須要做的。查這個局長底的這件事，我覺得你可以交給劉董去做，他是商人，做起來相對方便一些。」

孫守義點了點頭，覺得受益匪淺。他也覺得把這件事交給人在北京、立場相對比較超脫的劉康來做，是很合適的。

趙老接著又說：「至於那個舊城改造項目，既然你們的市委書記發話了，你就按照他的意思去做好了，不過那個束濤是一定要教訓的。至於怎麼教訓，很簡單，就利用你分管的財稅這部分的權力好了，查他的稅，追繳他應繳的土地款。現在的房產開發企業，這兩方面肯定都是有問題的，一追絕對逃不掉。但是你要記住一點，一定要抗得住市委書記可能施加的壓力，他不是用政策來壓你嗎，你也可以用政策來跟他對抗，這方面你無需怕他，而且聽你說的，這個市委書記張琳並不是那種強硬的領導，只要你頂住的話，他一定不敢硬來。」

孫守義頻頻點頭，佩服著說：「老爺子，您對人心還真是把握的很到位啊。」

趙老笑了起來，說：「管幹部是什麼，就是琢磨人，我做了這麼多年組織工作，這點還把握不到位，那不等於是白幹啦。」

孫守義笑笑說：「那是，叫您這麼一說，我心裏徹底敞亮了。早知道這樣子，我早該從海川回來請教您了。」

趙老笑說：「現在也不晚啊。好啦，工作上的事情就談到這裏吧，談談你跟小佳吧。你回來見過她了？」

孫守義點點頭，說：「見過了，我們中午一起吃的飯。老爺子，你放心吧，我跟小佳已經沒事了。」

趙老安慰地說：「沒事就好，不過呢，我這個老頭子還是要訓你幾句。小孫啊，公平來講，小佳的模樣是配不上你的，但是當初你選擇小佳是為了什麼，你心裏肯定是很清楚的。現在小佳能幫你的都幫你了，就算你出了那樣的事情，她還是沒在我們這些老傢伙面前說你半個不字，這樣的女人你再對不起她，那就是你這個人的人品有問題了。」

孫守義被說得滿臉通紅，他說：「老爺子，這件事情我做的是離譜了，以後我再也不敢這麼做了。」

趙老瞅了一眼孫守義，說：「小孫啊，我還是那句話，你有本事能在外面玩不讓家裏知道也行，如果沒那個本事，你還是給我老實一點比較好。我跟你說這些倒不是僅僅為了小佳，你心裏應該很清楚，我們這些仕途中人，最需要的就是一個安定的家庭，小三這種花花事是最能毀掉一個官員的。我們這些老傢伙把你給拱起來，是對你有很大期望的，可不是想看到你出事。」

孫守義臉上的汗流了下來，發著誓說：「老爺子，您說的這些我會刻在心裏的，我現在向您保證，絕對不會再有這種事了。」

趙老笑了起來，說：「保證這種東西我是不太相信的，以後你做或不做這種事完全在你自己，這種事情管是管不住的。小孫啊，你很年輕的時候就跟在我身邊做秘書了，可以說你算是在我身邊成長起來的。有些時候，我也分不清楚是對你親一點，還是對小佳更親一點。我這個老頭子希望你能在仕途上走得更遠一些，我現在也盡力幫你創造機會走得更遠一些，你可不要讓我失望啊！」

趙老這種不是責備的責備，越發讓孫守義汗顏，同時也十分感動，老爺子說的不錯，這些年他對自己真的是很關心，相處這麼多年下來，彼此之間也有一種親情，孫守義暗自下定決心，真要好好約束一下自己，不要再讓趙老對他失望了。

晚上，劉康打電話給傅華，說：「傅華，你知不知道孫守義要找我做什麼啊？」

傅華愣了一下，說：「孫守義約你見面？我不知道啊，他沒跟我說這件事情。」

劉康說：「是啊，剛剛他給我打電話，說他回北京了，想約我吃頓飯。你覺得他這是什麼意思啊，是不是在海川批了錢給我，現在在北京想找我拿回扣了？」

傅華說：「應該不會吧？他不是跟你說過不需要的嗎？」

劉康不解地說：「如果不是這樣的話，那會是什麼啊？我倒覺得應該是，你想啊，在我沒找他批錢之前，他根本就沒主動聯繫過我，現在錢我拿到了，他就找上門來了。除了要回扣，我覺得不會是別的事了。」

傅華說：「那你答應他見面了？」

劉康說：「我能不答應嗎，工程上我還有很多事情需要他幫忙呢，再說給回扣這也是慣例，本來我就準備給的，到時候帶給他好了。」

傅華說：「要怎麼做隨便你了，這種事本來我就不摻和的。」

第二天，傅華去接了孫守義，看上去經過這一晚的休整，孫守義精神好了很多，不像剛到北京時那種疲憊的樣子。

兩人就去了中天集團林董的辦公室，他們已經跟林董約好了見面。

第十三章

官方說法

孫守義有些尷尬，乾笑了一下，說：

「這個嘛，我不是跟你們中天集團的的人說過了嗎？」

林董說：「孫副市長，你最好不要用那種官方的說法來搪塞我們，

畢竟我們是你請去的，你是不是也應該跟我們坦誠一點啊？」

一路上，傅華很希望孫守義能主動跟自己談他爲什麼會約劉康吃飯，可是孫守義隻字未提，傅華心裏就有點相信劉康的說法了，看來孫守義果然是在向劉康要求回報了。

一進林董的辦公室，孫守義本來臉上的笑容瞬間消失了。他沒想到林珊珊也在林董的辦公室。林珊珊在他跟林董約定見面的時間出現，是想幹什麼啊？不會是想來鬧場吧？

雖然心裏有些發慌，可是孫守義總還算有些鎮靜，他馬上就恢復了正常，笑著朝林董說：「林董，我和傅主任是專門來跟你道歉的，對不起，因爲我的緣故，浪費了貴集團不少的人力物力啊。」

林董語氣平和地說：「孫副市長，恐怕這件事被叫停，也不是你能左右的吧？」

孫守義面帶歉意說：「林董是明白人，孫某人畢竟權力有限，確實不是能最終拍板的人，不過貴集團也算是被我請過去的，折騰了半天，卻是這樣一個結果，我總是有些責任的。」

林董笑笑說：「孫副市長不需要把事情往自己身上攬了，這件事呢，當初是由我而起，雖然中途有些反覆，可是我去海川總是有我們公司自己的利益盤算。做生意嘛，不可能事事都順利的，付出成本卻沒有收穫，這也是兵家常事，怪不得別人的。」

「林董還真是一個明事理的人啊。」說到這裏，孫守義一副好像才看到林珊珊的樣子，打招呼說：「林小姐也在啊？」

林珊珊臉色陰沉著說：「你不用跟我套交情了。我本來是想來質問你的，你們總是政府機關，這樣言而無信的對待我們中天集團，算是怎麼回事啊？不過我爸爸說事情不能怪你，我也不能駁他的面子，就不去跟你計較了。」

孫守義覺得林珊珊是借這件事情來對他發作，好發洩在分手一事上對他的不滿，不過這些他也無法說出來，只好尷尬的笑了笑。

林董打圓場說：「孫副市長，你可別見怪啊，我這個女兒是第一次參與公司的事務，結果卻是無功而返，當然對你們海川人是有些意見了。」

孫守義說：「林董啊，我沒事，林小姐說的也不無道理，這一次我們政府確實是言而無信了。」

林董笑笑說：「好了，我們別說這些了，大家坐吧。」

四人就分賓主坐下，林董說：「孫副市長，我想我們大家算是很熟的朋友了，你能不能告訴我，這一次中斷談判的真正原因是什麼？」

孫守義有些尷尬，因爲有些話似乎不好說得太清楚，他乾笑了一下，說：「這個嘛，我不是跟你們中天集團的人說過了嗎？」

林董搖了搖頭，說：「孫副市長，你最好不要用那種官方的說法來搪塞我們，畢竟我們是你請去的，雖然我並沒有追究的意思，但是你是不是也應該跟我們坦誠一點啊？」

「是啊，我們中天集團現在被人家耍了，起碼你也應該跟我們說清楚，我們是爲什麼被耍的吧？」一旁的林珊珊插嘴說。

孫守義尷尬地說：「不是的林小姐，我可沒有耍過你們。」

林珊珊冷笑一聲，說：「孫副市長，你別覺得你這個副市長有什麼了不起的，我爸跟我說了，你跟我們中天集團一樣，也是被人家耍的那個。」

這話說得絲毫不留餘地，孫守義的臉不自覺得紅了一下，有點下不來台的感覺，這個林珊珊又在借機譏諷他了。

林董看出孫守義的不自在，便對林珊珊說：「珊珊，你怎麼跟客人說話的？」

林珊珊說：「我也沒說錯什麼，他是跟我們一樣被人家耍了嘛。」

這時候孫守義再不說點什麼，就會更尷尬的，他便乾笑了一下，說：

「林小姐說的沒錯，我也確實是被人耍的那一個。林董啊，我跟你實話實說吧，市裏面這一次爲什麼會中斷跟你們的談判，是因爲海川本地的一家集團看上了這個項目，想要出手爭取。」

林董笑笑說：「我猜大概也是這麼回事，這家公司在海川應該影響力挺大的，找了比孫副市長權力更大的領導了。」

孫守義理虧地說：「這我就不好發表什麼意見了。誒，林董，接下來你打算怎麼辦？」

林董說：「什麼怎麼辦，既然已經參與了，那我們就陪著玩下去吧。」

孫守義愣了一下，說：「這麼說，林董不想從這個項目撤出來？」

林董說：「我們中天集團為了這個項目做了那麼多的工作，現在撤出來，那些努力豈不是白費了？再說，我們如果撤出來了，豈不是正好遂了那家在背後搞鬼的公司的心願了？沒那麼便宜的事！你們不是說歡迎我們去參加招標嗎，我們就去參加。」

孫守義本來以為中天集團會因為終止談判而退出這個項目的，沒想到中天集團竟然會選擇繼續纏鬥下去。這算是一個意外之喜。

孫守義也不想讓中天集團就這麼退出戰局，讓束濤他們垂手就得到一個大便宜。這樣子就算是中天集團最終落敗，束濤也必然會付出相當大的代價的。

孫守義點點頭說：「這樣是最好不過了。」

林董說：「我也是氣不過，不過孫副市長，如果到時候需要你給予配合，還希望你不要忘記我們都是被人家耍過的啊。」

孫守義笑了笑，說：「這個我不會忘記的。林董放心，到時候需要我幫什麼忙，我一定全力以赴。」

林董滿意地說：「那就好，我倒要看看這家橫插一刀的公司，究竟有幾斤幾兩重。」

孫守義心說：我也想掂掂他們的分量，竟然敢跑出來壞我的事，你想爭取舊城改造項目不是嗎？那就看看你們有沒有這個能力了。

從中天集團出來，孫守義徹底放鬆了下來，林珊珊雖然一直在現場，總算是沒說什麼太讓他下不來台的話。

傅華問孫守義接下來要去那裏？孫守義說送他回家就好了，今天傅華就不用再管他了。傅華知道晚上孫守義是約了要見劉康，看來孫守義並沒有打算讓他知道這件事。

晚上，孫守義和劉康去了烏魯木齊的駐京辦，這裏開了一間新疆飯莊。

地點是孫守義選的，他選這個地方，主要是這裏很安靜，另一方面，這裏的菜色口味很粗獷，適合兩個大男人一起吃。

坐定後，孫守義說：「劉董啊，我不知道你是否喜歡塞外風味，不過這裏的烤羊排真是很道地的。」

劉康笑笑說：「不錯啊，我也很喜歡。」

孫守義點了烤羊排、椒麻雞、手抓飯等招牌菜，然後對劉康說：「劉董是道地的北京人，我們今天就喝二鍋頭吧。」

劉康笑笑說：「孫副市長還真是瞭解我啊。」

孫守義說：「我也在北京住過多年，老北京人喜歡什麼，我還是很清楚的。」

菜很快上來，孫守義給劉康倒上酒，然後端起了酒杯，說：

「劉董，我們倆也算是有緣，家都安在北京，卻因爲海川而相識。來，我們碰下杯吧，爲了我們的緣分乾杯。」

劉康笑了笑，也沒跟孫守義太過客套，跟他碰了一下杯之後，兩人把杯中酒都乾掉了。

酒再次倒滿，孫守義又把杯子端了起來，想要跟劉康喝第二杯，劉康卻伸手按住了孫守義，笑笑說：「孫副市長，這酒先不要喝，我有事情要跟你說。」

孫守義放下杯子，說：「有什麼事你儘管說吧。」

劉康說：「我看孫副市長也算是個爽快人，如果你願意跟我交個朋友的話，就請收下。」說著，劉康把一張卡放在了孫守義的面前。

孫守義看了劉康一眼，說：「劉董啊，你怎麼這個樣子，我不是跟你說過了，這些東西我是不會收的。」

劉康笑笑說：「孫副市長，這就是你的不應該了，這是慣例，並不是我特別爲你準備的，你不收的話，我會覺得不好意思的。你當我是朋友的話，就收下。」

孫守義搖搖頭說：「劉董，這我就不懂了，難道說朋友之間除了金錢之外，就不能有點別的嗎？我是想跟你做朋友，不過呢，並不是這種金錢上的朋友。」

劉康是走江湖的，他馬上就明白孫守義想要的並不是金錢，而是別的東西。這讓他的心反而懸了起來。

他並不希望這個樣子。錢這種東西他並不缺，而且可以一下子就付清，雙方可以避免進一步的糾纏。如果孫守義要的是別的，相對來說，反而麻煩得多。劉康相信一個副市長跟自己要求別的，絕對不會是很容易就能辦到的事。

劉康決定讓孫守義打開天窗說亮話，把他想要的東西說出來，他不想再跟孫守義打啞謎下去了，便將卡片收了起來，說：「看來孫副市長志不在此啊，那你能不能告訴我，你希望我幫你做什麼呢？」

孫守義看了看劉康，說：「劉董還真是直接，行，大家都是聰明人，也沒必要打啞謎下去了，那我就告訴你我想要的是什麼。我想劉董大概也知道我這個副市長在海川做得並不順利吧？」

劉康點點頭，說：「聽說過一二。不過，劉某人現在基本上都待在北京，海川那邊的事務都是交給我的屬下在處理，你如果是想要我幫你去對付孟森，恐怕我是愛莫能助的。孫副市長如果瞭解我的話，就應該知道我原本依靠的鄭勝已經完蛋了，我並沒有實力去跟現在的孟森鬥。」

孫守義心裏罵道：這個老狐狸，你怕我讓你出面跟孟森鬥，一來就把路給先堵死了，真是夠狡猾的。

不過你算計錯了，我想要的並不是叫你直接去跟孟森鬥，我並不想掀起一場黑吃黑的風暴，那樣子也與我這個常務副市長的身分不符。

孫守義便笑笑說：「劉董，你搞錯了，我沒有要你去跟孟森鬥，我是副市長，不是黑社會老大。」

劉康這下搞矇了，說：「那我就不知道能幫孫副市長什麼啦。」

孫守義笑笑說：「估計劉董也看出來了，我之所以在海川處處受制，是因爲我並沒有什麼根基，尤其是沒什麼人脈，沒有人脈，就無法做到耳聰目明，也就無法應付海川的局面。這一點，正是我需要劉董幫忙我的地方，你原來依靠的鄭勝雖然完蛋了，可不代表鄭勝手下那些人也跟著完蛋了，這些人也許不能明著跟孟森鬥法，可是不代表他們不能幫你提供一些和孟森相關的消息啊？」

劉康看了看孫守義，說：「你想要的是情報？」

孫守義點點頭說：「對啊，我只有掌握了情報，才能佔據主動，才能扭轉現在被動的局面。你我現在都在海川發展，我的存在，實際上也有利於你的項目的，你幫我，也等於是在幫自己，我想這其中的道理不需要我做太多的解釋吧？」

劉康知道孫守義的確是可以在他的項目上找出不少的麻煩，但是孫守義並沒有這麼做，有這樣一個副市長的存在，對他的項目開展還真是很有利的。

孫守義接著說道：「我現在要你做的，只是暗中提供一些情報給我，並不需要你直接跟孟森那幫人對抗，這對你來說，並沒有什麼太大的風險，我想你不會連這麼點忙都不肯幫我吧？」

劉康笑了笑，說：「這個忙我倒是可以幫你，不過呢，我現在人不在海川，不可能事無巨細的全面幫你盯著孟森。這樣吧，孫副市長，你交代具體一點，說個題目出來，我安排人幫你解決就是了。」

孫守義露出了笑容說：「劉董真是聰明人，一下就能抓住問題的核心，那我說題目啦，我想瞭解一下公安局的麥局長有沒有什麼見不得光的事情。」

劉康這才恍然大悟，原來孫守義是想要動公安局局長，這表示他是打算徹底的解決掉孟森了，這個動靜可不會小，便說：「你要動麥局長啊，看來你要下一盤大棋啊。」

孫守義笑笑說：「要下多大的棋，就是我的事情了，我需要劉董做的，就是把相關的證據和情報給我，剩下的就交由我來處理，不知道劉董能幫我這個忙嗎？」

劉康想了想說：「我沒跟麥局長打過多少交道，不過我倒是能安排人盯著麥局長，至於麥局長乾不乾淨，那就要看孫副市長你的運氣了。」

孫守義笑說：「那我們就這麼說定了。」

到此，兩人算是達成了一致，孫守義再次端起杯子，說：「那這杯我就先感謝劉董的幫忙了。」

這一次劉康沒有拒絕，跟孫守義碰了一下杯子，兩人一飲而盡。

放下杯子後，兩人吃了一點菜，孫守義說道：「劉董，這件事情我希望就我們兩人知道就好了，不要跟傅華說。」

劉康點點頭說：「這個自然，他知道這種事情也沒什麼好處。」

孫守義又問：「你辦這件事情需要親自跑一趟海川嗎？」

劉康搖搖頭說：「不需要，鄭勝有些手下在鄭勝完蛋之後投奔了我，我只要打個電話跟他們說一聲就好了。」

孫守義說：「既然這樣子，這件事情就儘快啓動吧，現在麥局長人在緬甸，對海川的事情顧不上，我也不在海川，那些人的防範心可能會降低很多，這個時候開始，應該是很合適的。」

劉康點了點頭，說：「晚上回去我就會打電話安排這件事情。」

孫守義又交代說：「我不說劉董肯定也知道，這件事情如果讓人知道牽涉到我，可能就會很麻煩，所以我希望你謹慎一點，除了你之外，不要讓任何人知道是我讓你這麼做的。」

確實是，一個副市長在背後搞一個公安局長的小動作，傳出去絕對是件很大的政治醜聞，到時候恐怕孫守義會因此丟掉烏紗帽，因此這必須是謹慎再謹慎的事情。

劉康拍拍胸脯說：「這您放心，除了你我，絕不會有第三個人知道是你在查麥局長的。」

在劉康和孫守義在盤算著如何算計麥局長的時候，身在緬甸的麥局長日子並不好過。

他現在身在緬甸國家級口岸城市的木姐，這裏緊鄰瑞麗的姐告開發區，跟姐告只有一網之隔，是撣邦的一個縣。

緬甸是佛教國家，過了邊境之後，處處可見僧侶、佛寺、金塔，不過這裏的佛教屬南傳佛教，又稱小乘佛教，盛行於東南亞，和一般在海川所見的佛教有所不同，建築風格也很不一樣。

由於沒有網絡，所以這邊既不能用手機，也不能上網，這讓享受慣了現代生活的麥局長一行人很是不習慣。

看著眼前的緬甸警察，麥局長不禁暗自苦笑，這人說了半天也沒說清楚他們發現的那個嫌疑人，究竟跟麥局長拿出的穆廣照片是不是同一個人。一會兒說像，一會兒又不確定，把麥局長都說糊塗了。

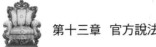

這個警察是麥局長通過當地華僑認識的，據說穆廣曾經出現的區域就是這個警察的管區，麥局長很需要這個人的配合。

因爲並不確定那個人就是穆廣，麥局長這一行人並不是以官方的身分，而是以私人身分過來的，這也給麥局長一行人的行動增加了不少困難。還好木姐當地有很多的華僑，麥局長一行人倒是沒有什麼語言溝通上的困難。

緬甸不但經濟落後，人的頭腦似乎也有些顢頇，這個警察雖不是不幫忙，就是有點纏夾不清。跟他廢話了半天，麥局長頭有點大，看來這一趟的差事並不輕鬆。

到最後，麥局長只好讓這個警察帶他們去實地偷著看看，究竟那個人是什麼樣子。那個警察同意了，麥局長就被帶到了據說是穆廣曾經出現的地方，結果據說是穆廣的那個人卻找不到了。透過那個警察又費了半天的勁，麥局長一行人才搞清楚，那個可能是穆廣的人前幾天去了南坎。

南坎是離木姐幾十公里的另一個城市，麥局長一行人不敢耽擱，直接殺奔南坎，結果再次撲了一個空。那個據說是穆廣的人在他們到達南坎的時候，突然失蹤了。

不過，南坎之行也並非完全沒有收穫，麥局長一行人送了當地警察一點禮物，當地警察就默許麥局長一行人搜索了那個突然消失的人的住處，結果麥局長發現，那個人的住處很凌亂，隨身物品都還遺留在房間中，看來走得很倉促。

在這些私人物品當中，發現了穆廣的全家福，所以基本上可以確定，這個人的確是穆廣無疑了。

同時根據現場勘驗的結果判斷，穆廣並不是自願離開這個住處的，他很可能是被人綁架了。

線索自此中斷，麥局長一行人在緬甸並無執法權，因此也無法再繼續調查下去。

麥局長跟國內彙報了之後，相關部門說會將穆廣這件事移交給緬甸的國際刑警組織，讓他們協助抓捕穆廣。至於麥局長一行人，因爲已經確認了嫌疑人的身分，算是完成了任務，再留在緬甸也沒什麼必要，就通知他們可以回國了。

穆廣醒過來的時候，眼前一片漆黑，頭痛得要命，他在腦子裏用力的回想，這才想起來自己在南坎的住處突然闖進來三個大漢，自己正要問他們想幹什麼，腦袋就遭受了重重的一擊，他眼前一黑，就什麼也不知道了。

想到這裏，穆廣心裏一陣恐懼，在這異國他鄉，他沒有什麼可以依靠的朋友，如果有什麼人想要讓他在這個地球上徹底消失，恐怕也沒有人會注意到這件事情的。

穆廣這時有山窮水盡的感覺，他恐懼的叫道：「有人在嗎？有人在嗎？這裏是哪裡

啊？」

沒有人回答他。

喊了一會兒之後，穆廣喊累了，他停了下來。眼睛慢慢適應了黑暗，這時他注意到，他所在的地方是一間存放貨物的倉庫，而他是被人綁在了椅子上。他知道自己是被綁架了。

穆廣想不出來會是什麼人要綁架他，心就一直處在恐懼當中。

不知道過去了多久時間，穆廣在昏昏沉沉中聽到倉庫的大門打開了，但沒有什麼光透進來，穆廣知道外面現在是黑夜。

門開了之後，進來四五個人，門馬上就又關了上來，緊接著，燈被打開了，刺眼的光亮讓穆廣瞇起了眼睛，有人走到了穆廣面前，接著一個聲音笑了笑說：

「穆先生，我們又見面了。」

聽到熟悉的聲音，穆廣便知道是誰了，這是當初把他送出來的白先生。

他便有些不高興了，說：「白先生，你不該這麼做事的吧？我請你幫我偷渡出境，可是付了錢的，你現在又綁架我算是怎麼回事啊？」

白先生啪地一巴掌甩到穆廣的臉上，穆廣馬上感覺到一陣火辣辣的痛，便叫道：「你幹什麼打我？」

白先生冷冷的說：「我打你是教訓一下你，讓你知道你是個什麼東西。你還記得我送你出去之前，跟你是怎麼說的嗎？」

穆廣這時候的命運完全掌握在白先生的手裏，也不敢逞什麼英雄，只好老實的說：「你讓我在出來之後要低調一點，不要讓人知道我的身分。」

白先生問：「那你是怎麼做的？」

穆廣納悶地說：「我沒做什麼啊？」

白先生教訓說：「你還沒做什麼，現在國內已經知道你在什麼地方了，我們前腳把你帶出來，後腳國內的公安就已經到了你的住處了。這件事情幸好是你朋友事先通知了我，否則的話，你可能就被帶回國內去了。」

穆廣驚訝的說：「什麼，他們這麼快就來抓我了？」

白先生罵說：「當然了，你以為我愛這麼費勁把你帶到這裏來啊？害得我還得從國內親自過來一趟。你這傢伙真是混蛋，出來這麼短時間就被人發現了，你是想害死我們啊？」

穆廣委屈的說：「我也沒做什麼高調的事情啊？」

白先生冷哼一聲說：「你還不夠高調啊，我告訴過你，要你把官員的架勢給我收起來，可是你到現在還是一副高傲的樣子，你這不是等於在告訴別人你不是緬甸人嗎？」

穆廣苦笑著說：「對不起啊，我可能是有點不自覺了。」

白先生啪地一聲，又給了穆廣一巴掌，然後對跟著自己來的大漢說：「給我狠狠的教訓他一頓，教訓到他自覺爲止。」

幾名大漢一擁而上，頓時對穆廣拳打腳踢起來，穆廣被打得慘叫連連。

過了一會兒，白先生叫道：「好了，停下來吧，不要打死了他。」

大漢停了下來，這時穆廣已經被打得連椅子一起倒在了地上。

白先生走到他的面前，蹲了下來，一手托起了穆廣的下巴，一手指著穆廣的鼻子說：「你這下子能自覺了吧？」

穆廣恐懼的連連點頭說：「我自覺了，白先生。」

白先生又喝斥說：「姓穆的，我告訴你，我白某人做這一行有好幾年了，向來是安全第一，像你這樣子的，我還是第一次碰到。本來呢，爲除掉後患，我是想做掉你的，可是你的朋友對你還不錯，不讓我動你，所以算你幸運，交了一個好朋友，撿回一條命。不過呢，我也不能總是爲你操心，所以我警告你啊，如果你再次被警察發現你的行蹤，那你就不用再想別的啦，我一定會送你去見佛祖的，知道了嗎？」

穆廣趕緊點點頭說：「我知道了。」

白先生伸手又給了穆廣一巴掌，說：「算你乖！好了，南坎你也回不去了，你就給我待在這兒，在這裏給我躲幾個月，等事情平息了再說，吃喝我都會安排人來送給你的。」

就有人把穆廣給扶了起來，把他從椅子上解了下來，白先生扔下了一些食品和水，就帶著人離開了。

有了燈光，穆廣就能看清楚倉庫的內部狀況了，這裏面有一張行軍床，也有廁所和洗澡的地方，住幾個月倒是沒什麼問題，只是不知道倉庫外面是什麼情形。

穆廣走到了門邊，想要往外看一下，卻發現這個倉庫是密閉的，他費了好大勁，也沒看到一點外面的景色。

穆廣頹然的坐到了地上，眼淚流了下來，他十分後悔跑到這個陌生的國度來。原本以爲偷渡出來，可以享受到一點自由的空氣，結果呢，還是要被困在這裏，早知道倒不如留在君和縣呢，雖然躲在地窖裏也並不好受，但起碼身邊的人還是維護他的，他還有一定程度的自主性。

現在倒好，他的命運全部掌握在那個窮兇極惡的白先生手裏，穆廣也不知道什麼時候這個白先生會看他不順眼，就取了他的性命。

這種一直活在恐懼之中的日子要怎麼過啊？此刻穆廣甚至覺得倒不如回國投案自首算了，那樣子大不了也是一死，不過還能賺個死得痛快，總比在這邊暗無天日的過日子要好。

不過，現在說這些都沒用了，現在自己絲毫沒有了自主權，他只能任人宰割了。

穆廣在心中叫道：「真是報應啊，關蓮，看來我這條命遲早是要還給你的。」

那些往昔跟關蓮在一起的幸福日子再次浮現在穆廣眼前，這個妖媚的女人曾經給了他多少的快樂啊？自己怎麼忍心下狠手殺了她呢？不但殺了她，還把她分屍，害得至今關蓮還有一部分屍身沒找回來呢。

原來自己是這麼殘忍的一個人，相較起來，自己有什麼資格去埋怨白先生的殘忍對他呢？自己是活該啊。

穆廣又想起了他的父母，想起了他的妻小，自己原本有一個美好的家庭，可是爲了貪圖享受，他把這一切都葬送了。

穆廣眼前忽然浮現出關蓮冷笑的臉，似乎是在說：「你現在後悔了，可惜一切都晚了，後悔也沒用了，你就等著給我償命吧。」

穆廣的神經再也承受不住，他徹底崩潰了，狂叫道：「關蓮，你不就是想要我的命嗎？我還給你就是了，給你，給你……」

穆廣不停地叫著，一邊瘋狂的把頭往地上撞，撞了一會兒，暈死了過去……

過了幾日，白先生的手下來給穆廣送食物和水，打開倉庫的門，看到穆廣蹲坐在門口，滿臉的血污已經乾了，眼睛直直的，嘴裏不停地念叨著：「給你，給你，給你……」

白先生的手下推了一下子穆廣，說：「誒，你怎麼了？」

他的手一碰到穆廣的身體，穆廣就啊的一聲大叫了起來：「殺人了，殺人了，救命啊。」

白先生的手下傻眼了，穆廣這樣子似乎是瘋掉了。

第十四章

伉儷情深

鄭莉用了「伉儷情深」這個詞，是有些諷刺的意味，
她開始有點厭煩這對夫妻的惺惺作態，明明前段時間因為孫守義跟林珊珊的事，
這對夫妻鬧得很僵，轉眼沒幾天卻來裝恩愛，誰都清楚是假的。

齊州。

錢總正在跟毛棟吃飯，本來他約了萬菊一起，可是萬菊家中有事，就推辭了沒來。

毛棟端起酒杯，笑著說：「老錢，這杯我要祝賀你啊，你在海川的旅遊度假區搞得風生水起，現在又要啓動低密度住宅計畫，真是越來越發財啦。」

錢總謙虛地說：「祝賀什麼啊，我錢某人能有今天，還不都是像毛局長這樣的朋友肯幫襯。怎麼樣，這個房子回頭給你留一套？」

毛棟搖了搖頭，說：「老錢，你別逗我玩了，你開發的名義是低密度住宅，實際上就是別墅，在白灘那個地方，山明水秀的，一套可能就要上千萬，你就算打死我也要不起的。」

錢總笑笑說：「毛局長，看你這話說的，我們都是老朋友了，我還能賺你的錢嗎？你如果要的話，我收點成本價就好了。」

毛棟搖搖手說：「成本價我也買不起，我這個旅遊局的副局長可不是什麼肥缺，再說，我在海川那麼遠的地方弄一套別墅幹什麼啊？沒用。」

錢總說：「那就算啦，我就不給你留了。」

毛棟看了一眼錢總，說：「那你有沒有給萬副處長留下來一套啊？」

錢總說：「我倒是想留，可是我怕驚了她，反倒會壞了事。」

毛棟點點頭說：「這倒是，這不是一個小數目，送她吧，她不會收；讓她買吧，她買不起。」

錢總說：「真要送她的話，倒不是沒有辦法，不過呢，這個房子坐落在海川，太顯眼了，送她也是有點不太合適的。所以我這次來，也沒往這方面去想，我只是想過幾天在低密度住宅開工的時候，能夠拖著你和她去參加開工典禮，只是不知道她這一次會不會去？誒，毛局長，你先跟她……」

錢總剛想跟毛棟說，讓毛棟事先幫他做做工作，動員萬菊去海川參加開工典禮，他的手機忽然響了起來。

他看了一下號碼，是郝休的電話，肯定是穆廣在緬甸那邊出了什麼事了，不然郝休不會打電話過來的。

這個電話必須接，卻不能在毛棟面前接，他便看了毛棟一眼，說：「毛局長，我出去接個電話。」

毛棟點了點頭，錢總就走出了雅座，看看四周，還是不放心，就快步走出了飯店，在街邊找了一個沒人的地方接通了電話。

郝休一開口就說：「有件事情要跟你說一下，算是一個不好不壞的消息吧，穆廣瘋了。」

「什麼?!」錢總驚叫了一聲，說：「人好好的怎麼會瘋了？」

郝休說：「是這樣的，你通知我們國內的人要來找他之後，白先生把他從住處帶了出來，由於氣他不夠安分，白先生的人教訓了他一頓。」

「你們把人給打瘋了？」錢總問。

郝休說：「不是這樣子的，當時他沒瘋，不過教訓完他之後，白先生把他留在倉庫，想說等風聲過了再放他出來，結果再去看他的時候，他就不認人了，整個瘋掉了。白先生怕穆廣是故意裝瘋的，還特別找了精神科的專家給穆廣作了全面的檢查，確定他是真的瘋了，專家說可能是一種精神崩潰導致的精神分裂症。」

錢總聽了說：「大夫沒說能不能治啊？」

郝休說：「大夫也沒說不能治，不過可能需要很長時間的治療，還不一定能保證治好。」

錢總知道穆廣這一瘋，白先生是絕對不會好心的幫他治療的，便有些惱怒的說：「怎麼會這樣啊?你們是不是打得太重了啊？」

郝休說：「不是，白先生說他們有分寸的，只是給他一點皮肉之苦。」

錢總叫說：「那怎麼會這樣子呢?老郝，我讓你把人給偷渡出去，可不是想讓你把人給整成這個樣子的啊？」

郝休解釋說：「老錢，你先別來怪我，穆廣瘋了可能與白先生打他並沒有直接的關係，我聽白先生說，穆廣現在老是嘴裏念叨著一個叫什麼關蓮的名字，還說什麼還他的命什麼的。你知不知道這個關蓮是什麼人啊？他與穆廣是什麼關係啊？」

錢總心裏一下子黯然了，穆廣雖然逃掉了法律上的制裁，卻逃不掉關蓮對他的懲罰，看來這件事也不能完全怪白先生他們，白先生毆打穆廣可能只是穆廣發瘋的誘因，真正讓他發瘋的，可能還是穆廣心理上對關蓮的歉疚。

看來人命真是關天啊，沾惹上了，就算是逃到天涯海角，也很難逃脫上天的懲罰的。

錢總本來就是相信宿命的人，此刻聽到穆廣這樣的下場，心裏難免有些悽惶，嘆了口氣說：「穆廣就是因爲殺了那個叫做關蓮的女人，才會亡命緬甸的。算了，這件事情可能真的不能怪白先生。」

郝休一聽也感到有些森冷，他說：「什麼，這個關蓮是被他殺掉的啊，難怪他會說要還命給人家。這還真是報應不爽啊。」

錢總有些兔死狐悲的感覺，穆廣現在這樣子的下場，他心裏也很不好受，便說：「好了，這件事情我知道了，就這樣吧，有朋友還等我回去吃飯呢。」

郝休又說：「老錢，你先別急，事情還沒完呢。」

錢總皺眉說：「又要幹嘛，還有別的事嗎？」

郝休說：「穆廣現在這個樣子，你打算怎麼處置他啊？」

錢總愣了一下，一時之間，他還真不知道該怎麼回答這個問題。

穆廣瘋掉了，顯然白先生不可能去給他做什麼治療，如果留在白先生那裏，由白先生看管他是最好的。不過白先生忙得很，估計也沒這個閒情雅致看著他。除此之外，其他的選擇都是對穆廣很不利的，錢總也不願意那樣子做。

還有一種可能，那就是把穆廣放掉，任由他生死，可是穆廣的瘋病並不是一種絕症，如果被公安帶回國內，經過一段時間的治療，他還是有可能恢復的，這種情況下，對錢總又是不利的。因此這種可能錢總也不會選擇。

錢總爲難地說：「老郝，我現在一時之間也沒什麼主意啊，你叫我怎麼說啊？」

郝休勸說：「老錢，事情其實很簡單，都到了這個地步，我覺得穆廣也是生不如死了，還不如狠下心來給他一個痛快算了。」

「不行，」錢總叫道：「殺人害命這種事情絕對是不能幹的，穆廣就是一個活生生的例子，難道你想讓我也被穆廣的鬼魂糾纏一輩子嗎？」

郝休說：「可是白先生那邊也不是做慈善機構的，你不能老是把人放在他那裏啊。」

錢總火了，說：「要不然怎麼辦？穆廣瘋掉了，他也不是一點責任都沒有的。好啦，你先讓他收留穆廣一段時間好了，給我一點時間想想辦法，你放心，我不會讓白先生白做工的，我會給他一點費用的。」

郝休說：「那你可要儘快，白先生可不是一個有耐性的人。」

錢總說：「你別來威脅我，我跟你說，老郝，你讓姓白的不能再動穆廣一根毫毛啊，我如果聽到什麼關於穆廣出事的消息，我絕對不會善罷甘休的。」

郝休沒好氣的說：「好啦，我會讓白先生照顧好穆廣的。媽的，本來只想賺點錢而已，結果卻惹了一身的麻煩。」

錢總抱怨說：「你以為我想啊，這個麻煩還不是你們搞出來的。」

郝休就掛了電話，錢總在街邊來回走了幾圈，待心情平靜了下來，這才走回飯店。

毛棟看見錢總，有些不高興的說：「老錢，你怎麼回事啊，怎麼跟人聊這麼久啊？」

錢總苦笑著說：「不好意思啊，毛局長，我本來是想托人幫朋友一個忙的，結果不但沒幫上這個忙，還害了朋友。」

事情確實是這樣子，穆廣偷渡到緬甸去，前前後後完全是錢總給他安排的，這等於是穆廣把命交給了錢總，最後穆廣卻搞到發瘋了的地步。

毛棟這才注意到錢總的臉色很難看，便問道：「事情是不是很嚴重啊？」

錢總這時已經沒有心情再應酬毛棟了，便歉疚地說：「毛局長，不好意思啊，我現在心情很差，沒法繼續陪你喝酒了，我要先行告退了。」

毛棟見錢總臉色十分差，便體諒地說：「行，大家老朋友了，不需要這麼拘禮，你心情不好就走吧。」

錢總就站了起來，說：「那我走了，抱歉，改天我再專程請你吃飯。」

錢總就結了帳，發動車子走了。

在齊州的大街上，他開了很長一段距離之後，才意識到自己是在無意識的瞎竄，他不知道自己想到哪裡去。算了，今天晚上哪裡也不要去了，就住在齊州好了。錢總就在附近選了一家賓館住了下來。

這一晚，他翻來覆去想的都是穆廣的事，想來想去，他還是拿不出一個好主意來，最後決定還是把人先留在白先生那裏，讓白先生的人把穆廣看管起來，頂多多給他們一點錢就是了。

北京。

跟劉康談完之後，孫守義並沒有急著回海川，而是刻意留在北京。

傅華前後陪著他拜訪了不少部委。部委這裏本來就是他很熟悉的地方，傅華倒是跟他認識了不少朋友。

不過這段時間當中，孫守義從來沒跟傅華談到那一晚他見劉康幹什麼，而劉康也沒打

電話來跟傅華說這件事，就好像他們根本就沒見過面一樣。

越是這樣子，傅華越覺得事有蹊蹺，他懷疑孫守義跟劉康之間是在策劃什麼見不得人的事，而不想讓他知道，這倒很符合劉康做事的風格。

傅華倒是不想去探究孫守義跟劉康究竟策劃了什麼，經歷過這麼多事，他早就見怪不怪了，他知道好奇心是會害死人的，所以還不如不知道的好。

不過有一點傅華心裏卻很猶豫，劉康這種人做事是不擇手段的，很多跟劉康牽連在一起的人，最後的結局都不是很好，傅華猶豫著這一點是否要提醒一下孫守義。

不過他最後還是選擇裝聾作啞，也許曲煒說的那些話是有道理的，駐京辦就是一個服務好領導的單位，在某種程度上，只要做好領導交代給你去做的工作，這個角色是被動的，這就決定了傅華這個駐京辦主任是不宜發揮太多的主觀性的。

孫守義很快就知道麥局長從緬甸回海川了，這一次麥局長雖然空手而回，不過找到了穆廣的照片，確定在緬甸被發現的那個人就是穆廣無疑。不過國內似乎有人在給穆廣通風報信，穆廣在麥局長找到他之前，就被人帶走了。

孫守義對穆廣沒被抓到，多少鬆了口氣，這時候他不希望穆廣再來給他本來就焦頭爛額的局面火上澆油了，如果穆廣被抓，他馬上就得面對如何解釋穆廣送給趙老那個紫砂壺的事，那樣他將更加疲於應付。另一方面，孫守義很高興看到麥局長這麼快就回到海川，他很需要麥局長現在在海川出現。

劉康在海川的手下很能幹，劉康吩咐他們打探麥局長的私生活之後，他們很快就有了進展。

他們調查到麥局長私下跟海川公安局一個女警花關係曖昧，很多公安局的人都知道這件事，他們繪聲繪色的，講什麼時間看到女警花在麥局長的辦公室內一待就是一個多小時，女警花出來的時候，面色紅潤，春意盎然，一看就是剛做過某種男女之事的樣子。

類似的傳聞幾乎海川市公安局人人皆知，很多人因爲女警花跟麥局長的關係，都對女警花敬畏三分，很多事明明這個女警花做得不對，也不敢說什麼，讓這個女警花在公安局內十分的驕橫。

孫守義剛開始聽到這些事，還有點半信半疑，問劉康這可能嗎？麥局長竟敢這麼公開的跟女警花曖昧嗎？怎麼市領導就沒人知道啊？

劉康笑笑說：「這種事情是這樣子的，老百姓私下傳的事情往往都是真的，有些市領導不是不知道，但民不舉官不究，沒人檢舉這件事情的時候，他們樂得耳根清淨，自然不會去管這種閒事。除非有人事情鬧大了，他們才會出面去處理。」

孫守義恍然大悟說：「原來是這樣子啊，這些事還真是挺有意思的。誒，知道那個女警花的狀況嗎？」

劉康笑笑說：「這個我已經打聽了，女警花已經結婚，嫁得還不錯，跟海川人大一個副主任的兒子結的婚。她丈夫在審計局當科長，有一個三歲的兒子。」

孫守義詫異地說：「這個女人家庭不是挺好的嘛，怎麼還會跟麥局長勾搭在一起呢？」

劉康說：「據說這個女人跟麥局長的關係是很早以前就開始了，好像是她剛到公安局，麥局長就把這個女警花給拿下了，這件事是在女警花結婚之前就發生的。」

孫守義不敢置信地說：「沒想到麥局長在女人方面倒是很有魅力啊，這個人看上去一板一眼，很正經的樣子，私底下卻是這麼一番嘴臉啊。」

劉康不置可否地說：「權力是最好的春藥，現在的社會，女人往往都自願往有權力的男人身上貼，即使麥局長不去勾引女警花，說不定女警花也會主動投懷送抱的。」

雖然基本上已經可以確認麥局長跟女警花的曖昧關係了，可是光有這些還是不夠的，這些只是傳聞，並不是確鑿的證據，光有這些是整不死麥局長的。

就像趙老所說的，這次他必須給麥局長做一個死局，讓麥局長得不到絲毫的緩衝，一下就要把麥局長置之死地。他已經讓麥局長逃脫過幾次了，如果還是不痛不癢的，那還不如乾脆放棄算了。

要有確鑿的證據，就必須麥局長本人出現，只有麥局長這個男主角回到海川，偷情的大戲才能上演啊。

因此在知道麥局長回到海川後，孫守義特別通知劉康，讓劉康手下的人趕緊盯緊麥局長。

所謂小別勝新婚，麥局長去了緬甸一趟，跟警花分別了有些日子，可能相思情深，一回海川就會去找警花幽會也說不定，所以這個時間點應該是一個大好的機會。

劉康答應馬上就讓人去盯著麥局長，孫守義說：「這一次我想要的可不僅僅是傳聞，最好是能讓我看到麥局長私下的形象。」

劉康打包票說：「這再簡單不過了，我會讓人給麥局長拍照留念的。」

孫守義說：「我還會在北京待上幾天，有了照片馬上就通知我。」

得到照片後，接下來要做的事情就上不了臺面了，如果被人知道事情是他做的，會讓海川人很厭惡他，所以他希望這些事情能在他在北京的這段時間做完，這樣他也就能撇清跟這件事情的關係了。

海川。

已經成重點關注對象的麥局長對這些還渾然不覺，他從緬甸回到海川後，真是渾身舒坦，心裏不禁感嘆還是在自己的地盤上好啊。

舒坦之後，心中難免就會有些什麼想法，自然而然的就想到了自己的情人呂媛，這次也算跟呂媛分別了好些時日，應該把她叫出來，好好的聚一聚。

一想到呂媛，麥局長心裏馬上就有些癢癢的，這個女人真是上天派來的天使。麥局長怎麼也忘不掉，自己當時是怎麼得到呂媛的。

說起來，還真是沒費什麼力氣。只記得當時他在值班，晚上留在公安局沒有回家。而呂媛剛到公安局不久，因爲家不在市區，所以住在公安局宿舍。

那晚，呂媛主動敲了他辦公室的門，說是有事情要跟他彙報。麥局長一看，這局裏新來的美人主動上門，哪有拒之門外的道理啊，當然是歡迎之至了。

於是兩人就在辦公室聊了好一會兒，呂媛說了很多生活上和工作上遭遇到的困難，而麥局長也就適當地給予她安慰。

談到最後，呂媛也不知道是故意的還是真的感激，她抓住了麥局長肥厚的手掌，放到了她的胸前，說：「局長，您真是太善解人意了。」

麥局長心裏顫動了一下，他的手觸碰到那柔軟的兩坨肉，就有些捨不得收回來了，他咽了一口唾沫，眼睛就去偷瞄呂媛，結果跟呂媛的目光撞到了一起，心裏就明白，這女人是主動送上門來的。

麥局長當然不是柳下惠，送到嘴邊的肥肉也沒有不吃的道理，就手上一用勁，把呂媛拉進了懷裏。

呂嫒說了句：「局長你真是壞啊！」就順從的讓麥局長把她抱進了辦公室裏間，裏面有張雙人床，是麥局長平日累時小憩的地方。麥局長就在這張床上把呂嫒給制服了。

當然，呂嫒不是第一次，這麥局長一點都不奇怪，呂嫒的表現不像是沒經過世事的小姑娘，而是一個很懂得利用機會的女人。懂得利用機會的女人，自然不可能不用女人最好的東西好好利用。

呂嫒在床上很有一套，這讓麥局長的感覺特別的好，麥局長也就樂得享受呂嫒帶給他的快樂。他們的關係就這樣子持續著。

呂嫒也知道她該要什麼，不該要什麼，從來沒跟麥局長要求過什麼，麥局長也知恩圖報，在工作上給了呂嫒很大的幫助，不但讓呂嫒很短的時間內就做到了科長，還給呂嫒做了媒人，讓呂嫒嫁了一個很好的人家。

兩人算是互惠互利，也正因爲如此，呂嫒婚後並沒有跟麥局長斷了關係，兩人時不時的還會找機會偷情。

在家裏休息了一天之後，麥局長就偷著打電話約呂嫒出來幽會，呂嫒沒有絲毫猶豫的就答應了下來，兩人約定在東郊的祿山賓館。

他們並沒有等到晚上，因爲兩人都是有家庭的人，尤其是呂嫒還有一個小孩要照顧，白天幽會反而更方便一點。

呂媛先到了祿山賓館，這裏很偏僻，平時沒有什麼太多往來的人，她看了看四周之後，很坦然的就走進了賓館，這時候鬼鬼祟祟反而會讓人懷疑。

呂媛去櫃臺先開了房間，她的名字不像麥局長那樣引人注目，因此兩人如果約會時，通常是由呂媛來開房間。

進房之後，呂媛就打電話給麥局長，告訴他房號是多少，然後去洗了澡，靜待麥局長的到來。

麥局長沒讓呂媛等太久，很快就來了。

一進門，呂媛就迎了上去，麥局長一把把她擁進懷裏，說：「寶貝，可想死我了。」

兩人就糾纏在一塊，很快進入到忘我之境，絲毫沒有注意外面有一雙眼睛在盯著他們。

北京。

劉康接到了部下的電話，部下跟劉康說：「劉董，你讓我跟的那兩個人進了一個房間。」

劉康問：「你拍到什麼有用的照片了嗎？」

部下說：「這個不好說，只有他們進房的照片，至於他們在房間內幹什麼，就沒辦法拍了。」

劉康想了一下，這個雖然也能說明問題，可是離孫守義要求的效果可能就有一段距離了，這樣子可不夠啊，看來需要冒一點險了。

劉康問：「他們進去多長時間了？」

部下笑笑說：「有十幾分鐘了，可能正熱火朝天的時候呢。」

劉康便說：「你敢不敢踹開門衝進去？」

部下愣了一下，說：「您是讓我衝進去？」

劉康說：「對，只要你能拍到有用的照片，我就獎勵你五萬塊。注意啊，不要露了自己的相。」

重賞之下必有勇夫，部下笑了起來，說：「放心吧，劉董，我會把活給你幹好的。」

部下就跑到呂媛開的房間門前，先把相機準備好，然後猛地一腳把門踹開，踹開門之後，他立馬衝進去對著床上呆愣住的兩人連續不停的狂按快門，估計應該拍得差不多了，這個傢伙一刻也沒停，轉身就跑出了房間，瞬間消失在樓道裏。

在門被踹開時，麥局長正在呂媛身上運動的起勁呢，門被踹開的聲音讓他呆了一下，他趕忙回頭去看，就看到一個人進來用相機狂拍個不停，緊接著，那人還沒等麥局長和呂媛有什麼反應，立馬就跑掉了。

麥局長整個傻眼了，這一刻，這個老謀深算的政客也沒有什麼主意了。

還是在麥局長身下的呂媛先反應了過來，她推了一把麥局長，說：「你快起來啊，門還開著呢，被人看到就糟了。」

麥局長恢復了一點神智，趕忙從呂媛身上起來，抓起衣服穿了起來。

呂媛知道他們有了很大的麻煩，也趕緊起身穿上了衣服，然後跑到門口探頭往外看，樓道裏空空蕩蕩的，那個闖入者早就沒有影了。外面也沒有人往這邊走過來，整件事情發生的太快，沒有任何人注意到這裏發生過什麼事。

呂媛掩上了門，回頭去看麥局長，就看到麥局長坐在床邊正在發著抖。

偷情這種事，有時候反而是女方會鎮靜一些，呂媛推了麥局長一把，說：「好啦，別抖了，人早就沒影了。」

麥局長恐懼的看著呂媛，說：「這下子可怎麼辦啊?這幫人是想幹嘛啊?」

呂媛說：「還能幹嘛?捉姦啊。」

麥局長叫了起來，慌張地說：「啊，捉姦，這下子可壞了，我們的事情要暴露了。這要怎麼辦啊?這要怎麼辦啊?」

呂媛瞅了手足無措的麥局長一眼，說：「好啦，事情已經這樣子了，還能怎麼辦啊?

兵來將擋，水來土掩吧。」

麥局長看了呂媛一眼，說：「你這是什麼意思啊？你怎麼一點都不著急啊？這個局是不是你安排的啊？你想敲詐我？」

呂媛皺著眉說：「我說你先別自亂陣腳好不好？我敲詐你幹什麼？這件事情鬧開了，我比你還不好過，知道嗎？我還不知道該怎麼去面對我的孩子呢。」

麥局長說：「那你怎麼一點都不著急呢？」

呂媛罵說：「你大小也是個局長，怎麼就這麼沒用呢？這個時候著急有用嗎？我勸你還是把你著急的勁用在如何善後吧。這個房間是用我的名字開的，現在門被踢壞了，我要怎麼跟賓館交代啊？」

麥局長說：「那些倒還好說，反正多賠他們些錢就是了，隨便編個理由就可以糊弄過去。倒是我們的照片被人拍了去，也不知道他們想拿這些照片幹什麼，這才是最麻煩的地方。」

呂媛想了想說：「這個也不是不好解決，這件事情脫不開是我們兩家中的人做的，我估計不是你老婆就是我老公，對我們的關係有了懷疑，這才找人盯我們的哨。這也沒什麼大不了的，大不了離婚好了。」

麥局長驚叫說：「離婚？」

呂媛說：「怎麼，捨不得你老婆啊？」

麥局長說：「倒也不是，可是鬧起來總不是什麼好事。」

呂媛說：「那就別讓他們鬧，他們要什麼條件，都答應他們，殺人不過頭點地，我就不信他們還能把事情鬧上天去。」

麥局長看了呂媛一眼，心裏不禁佩服這個女人如此鎮定，聽她這麼一說，麥局長心裏踏實了不少，是啊，老婆跟他鬧，要麼是離婚，要麼是要錢，只要自己能做到，就豁出去答應他們，滿足了他們的要求，估計他們就不會再鬧了。

麥局長說：「你說得對，大不了也就這麼回事吧。」

呂媛說：「那你就趕緊離開這裏吧，回家去看看是不是你家裏的那位搞出來的。我也回去看看，是不是我家裏的鬧的把戲。弄清楚之後，我們再商量下一步要怎麼辦。」

麥局長點點頭說：「就聽你的，我先回去了，這裏你能搞定吧？」

呂媛說：「行了，我能搞定的。記住啊，你回去之後，你老婆說什麼都老老實實的聽著，千萬不要惹惱了她，我們先把事情安撫下來再說。」

麥局長說：「我知道，這時候我哪還敢惹她啊？」

麥局長就匆忙離去了。

呂媛收拾了一下，就把服務員找了來，說是自己不小心摔了一跤，把門給撞壞了，她願意賠償賓館的損失。

服務員看呂媛毫髮未傷，覺得這件事情有些蹊蹺，不過既然呂媛願意賠償損失，他們也就沒有必要深究爲什麼會發生這種事，就小宰了呂媛一筆，放呂媛離開了賓館。

驚魂未定的兩人各自回到了家，小心翼翼的觀察他們的另一半是不是有什麼異常的表現，可是令他們失望的是，他們的另一半沒有任何異常。既沒有抓住把柄的欣喜，也沒有知道被他們背叛之後的氣惱。兩人都很平靜，似乎根本就不知道發生了什麼事情一樣。

麥局長和呂媛都很瞭解他們的另一半，知道如果他們的配偶發現他們偷情的話，是絕對不會什麼反應都沒有的。

這就奇怪了，難道是拍照片的人還沒有把照片的事情通知他們的另一半？還是拍照片的人根本就不是他們的另一半派出來的？

兩人就有點懵了，如果不是他們的另一半安排拍照的事，那會是誰做的呢？做這件事情的人又是想幹什麼呢？

兩人在電話上嘀咕了半天，也沒搞明白究竟是什麼人做的這件事情。

事情雖然還沒爆發出來，可是顯然超出了麥局長和呂媛的可控制範圍，這時候他們反而希望這件事是他們的另一半做的了，因爲那樣他們至少還能控制事態的發展。

現在事情會往什麼地方發展，他們根本就不知道，也沒有什麼跡象可以供他們猜測事情的發展方向。一切都是未知數，這種狀態才是最可怕的。

兩人還不敢到處打聽或者去試探什麼人，他們感覺自己完全被困住了，他們什麼也不敢做，雖然不知道敵人是誰，可是他們知道在暗處有一雙眼睛在緊盯著他們，準備伺機打倒他們。

不過令他們更加意外的是，接連幾天下來，什麼事情也沒發生，風平浪靜，但這卻令兩人更感覺煎熬，他們就像亡命天涯的逃犯一樣，心始終懸著，恐懼著被人給抓到。

麥局長更是夜夜失眠，這種感覺大概只有像穆廣那樣的人才能體會吧。

北京。

孫守義看著劉康帶來的麥局長和呂媛在一起的偷情照，臉上的笑意慢慢漾開，他說：「劉董，想不到我們的麥局長還真是勇猛啊，都這個歲數了，還能這麼玩啊。」

劉康笑笑說：「中年男人對這種女人是沒有免疫力的。誒，你準備拿這些照片做什麼啊？寄給紀委？」

孫守義說：「光寄給紀委哪行啊？人家這麼費力的表演，不讓多點人知道這件事情也對不起人家啊。這樣吧，紀委當然少不了，再加上公安局、市委、市政府，挑幾個重要的領導都給他們寄一份去。對了，你說那個女人的公公是人大副主任是吧，那就給人大也寄一份去好了。」

劉康笑說：「這下子麥局長可熱鬧了。」

孫守義說：「他既然敢做，就應該知道後果。行了，你去辦吧。」

劉康就帶著照片離開了。

孫守義知道，劉康這一行動，麥局長的生活馬上就會被全盤打亂了，這傢伙將要面臨各方的壓力，就算是他還想賴在公安局長的位置上，恐怕也是不太可能的了。

想到不僅僅麥局長的位置保不住，麥局長跟那個女警的家庭可能也保不住，孫守義忽然覺得自己這麼做有點卑鄙，這還是他第一次做這種很齷齪的事，心理上多少有些彆扭。

不過隨即他就釋然了，早就有人說官場如戰場了，對待對手的時候，自然是不能心慈手軟的。並且自己也給過麥局長機會，他不但不識相，還反過來跟自己作對，這也是他應得的報應。

照片既然已經拿到，那自己可以準備回海川了，相信這一兩天劉康就會把照片散佈的到處都是，這時候自己再在北京待著不回去，會讓人有此地無銀三百兩的感覺。

再說，他辛辛苦苦布下了這個局，如果不回去看看事件發酵起來的狀況，也實在是對不起自己。孫守義不想放過這個看笑話的機會。

這次他在北京的時間已經夠長的了，沈佳那邊也安撫的差不多了，現在回海川算是恰到好處。孫守義就想去看一下趙老，把事情跟趙老彙報一下，然後就回海川去。

趙老聽完彙報後，點了點頭說：「這件事情你做的還不錯，看來這個麥局長是要倒楣了。」

孫守義笑笑說：「這都是老爺子您教得好啊。」

趙老提醒說：「你先別得意，搞掉麥局長不過是一個起點，下面的事情才更加麻煩，你自己要好好應對。千萬不要因爲一點小小的勝利就得意忘形，不知道自己姓什麼了。」

孫守義說：「我已經受過教訓了，放心吧，老爺子。」

趙老又說：「等麥局長坐不住公安局長這個位置之後，你給我一個電話。再是省裏的一些關係，你也可以去聯絡一下，我都幫你招呼過了。」

趙老就給了孫守義幾個名字，告訴孫守義這些人當初都是跟他什麼關係，讓孫守義可以根據關係的遠近，自己去安排找這些人辦些什麼事情。

這些都交代完之後，趙老叮囑說：「小孫啊，我能給你的都已經給你了，你好自爲之吧，往後的日子就要靠你自己了。」

孫守義說：「放心吧，老爺子，我不會讓您失望的。」

趙老說：「那你就趕緊回海川吧，你回北京已經有些日子了，再不回去，你們的市委書記會認爲你對他有意見了。」

從趙老那裏出來，孫守義就打電話給傅華，讓傅華給他安排第二天的機票，說他要回海川了。

傅華答應了。他剛想掛電話，孫守義又說：「誒，先等等，傅華，你安排一下，我想跟你們兩口子吃頓飯。」

傅華說：「有事嗎？」

孫守義說：「我想謝謝你們，沈佳病的那一晚，多虧了你們。」

傅華笑笑說：「這就沒必要了，那種情況下，沒有人會不管的。」

孫守義說：「其實也沒什麼，就是想跟你們夫妻聚一下，這點面子總要給我吧？」

孫守義這麼說了，傅華就不好拒絕了，雖然鄭莉已經說不想再跟沈佳在一起湊熱鬧啦，可是孫守義開口就不同了。

傅華便笑笑說：「那就恭敬不如從命了。」

孫守義說：「那就今晚，我們在『悅園』吃粵菜好了。」

悅園是一家很不錯的粵菜餐館，據說成龍也曾經在這裏吃過飯。

鄭莉一聽又要跟沈佳吃飯，本來不想去的，可是抵不住傅華一再強調是孫守義出面邀請的，只好勉爲其難的答應了。

傅華和鄭莉到達餐廳時，沈佳和孫守義已經等在那裏了。

鄭莉注意到沈佳一副神采奕奕的樣子，看得出來爲了參加這次宴會，她是精心打扮過的。沈佳這份神情，讓鄭莉多少鬆了口氣，起碼不用再看沈佳那副強作歡顏的樣子了。

鄭莉便對沈佳說：「沈姐，我看你恢復得不錯啊。」

沈佳笑笑說：「我最近恢復上班了，不再一個人悶在家裏，所以氣色就好很多了。」

鄭莉又對孫守義說：「孫副市長啊，你跟沈姐真是客氣，上一次沈姐已經特別請過我們了。您又請一次，這讓我和傅華多不好意思啊。」

孫守義笑笑說：「我請你們是因爲還有事情要拜託你們二位，我馬上就要回海川了，就不能留在北京照顧沈佳，所以想拜託你們兩位，我不在北京的時候，你們要幫我多照顧一下沈佳，有時間可以找沈佳出來吃吃飯，聊聊天什麼的。」

鄭莉心說還被你們夫妻倆纏上了，就笑笑說：「沈姐，你跟孫副市長可真是伉儷情深啊，看孫副市長爲你想得多麼周到啊。」

鄭莉用了「伉儷情深」這個詞，是有些諷刺的意味，她開始有點厭煩這對夫妻的惺惺作態，明明前段時間因爲孫守義跟林珊珊的事，這對夫妻鬧得很僵，轉眼沒幾天卻來裝恩愛，誰都清楚是假的。

沈佳感覺到鄭莉似乎是在諷刺她，略帶尷尬的笑了笑說：「守義是個很細心的人，他喜歡把事情考慮的周詳一點。」

孫守義也有點尷尬，因此趕緊說：「我們點菜吧，鄭莉啊，你看你喜歡吃什麼，這裏的叉燒很不錯，可以點一份嘗嘗。」

點了幾個招牌菜，四人又點了店家自己泡的梅子酒，作爲佐餐的飲料。

吃了一會兒之後，孫守義問傅華說：「傅華，這次市裏面突然中斷跟中天集團的合作談判，丁益的天和集團有沒有什麼反應啊？」

傅華搖了搖頭，說：「這件事我沒跟丁益談過，我也不知道他們現在是一個什麼態度。不過既然中天集團想要繼續爭取這個項目，我估計天和房產也不會想要放棄吧。」

孫守義笑笑說：「這倒也是，他們應該是共進退的。不過，我看中天集團賭氣的成分比較高，這對中天集團倒沒什麼，可是對天和房產來說，可就是一個問題啦。他們現在的狀況可跟中天集團不同。」

傅華心知孫守義說的是實情，天和房產因爲穆廣的事，受了不少的打擊，此次跟中天集團合作，實在是想藉中天集團來達到翻身的目的。

偏偏天意弄人，本來合作談判談的好好地，偏偏市裏面緊急喊卡，這樣天和房產的如意算盤就有點打不響了。

現在雖然中天集團還打算繼續爭取項目，可是招標跟協議轉讓是有很大的不同的，現在又跑出來一家虎視眈眈的競爭者，即使中天集團最終能夠勝出，恐怕也會付出慘重的代價，他們的預期利潤也將會被削薄。對天和房產來說，這件事可能就會變成雞肋，即使參與其中，恐怕也不能達到翻身的目的。

傅華說：「看來孫副市長對天和房產很瞭解。確實，他們目前的狀況不是很好，這一次市裏面中斷談判，對他們應該也是一個不小的打擊。」

孫守義說：「我知道你跟丁氏父子關係一直很不錯，我想你看他們現在這個樣子，心裏也不好過，這樣吧，你回頭跟丁董說一聲，如果他願意的話，可以安排個時間跟我聊聊，看看我能不能幫他們點什麼。」

雖然孫守義這個常務副市長在海川還立足未穩，不過他說要幫忙，可是對天和公司一個很大的利多。

傅華跟丁氏父子已經是多年的朋友，他當然希望能看到丁氏父子能及早的走出困局，便高興地說：「那真是太好了，您的話我會帶給丁董的，相信他一定很高興，我替他謝謝你了。」

孫守義笑笑說：「朋友的朋友也是朋友，我幫他就是幫自己的朋友了，不用客氣。」

傅華不禁看了眼孫守義，他感覺這次回北京的孫守義跟以前有點不同了。他主動提出要幫忙丁江父子，這擺明了是要籠絡丁江父子。

以前的孫守義可不是這個樣子的，傅華早就引薦過丁江父子給他了，可是那個時候，孫守義還端著一個架子，好像他是副市長，丁江父子是商人，兩者不是一個檔次的，不太願意跟丁氏父子接觸，現在卻變爲主動邀約聊天。

聯想到原本他對劉康也是不冷不熱，現在卻主動跟劉康套近乎。這些都說明了一個事實，孫守義開始嘗試著利用手中的權力建立自己的人脈了。

看來孫守義變得成熟了起來，這大概也與他前段時間受的挫折有關吧。

第十五章

同情分

賈昊笑說：「她這麼跟你說，是想在你這裏拿同情分的，你相信她的話，就會因為害利得集團虧本而心存愧疚，對她再提出的要求，就不好意思拒絕了。」

傅華想想也是，利得集團控股海川重機後，肯定在其中賺到不少錢的。

晚宴之後，兩對夫婦各自回家，在車上，鄭莉說：「原本我還以為孫守義真的是想要謝謝我們呢，原來是他想透過你拉攏丁氏父子啊。」

傅華笑說：「謝謝我們只不過是個題目罷了，你還當真了。」

鄭莉嘆了口氣說：「我越來越不喜歡這對夫妻了，他們實在太假了，明眼人誰都知道他們之間出了問題，可是偏偏要在別人面前裝恩愛，真是受不了。現在看看，他們還真是天造地設的一對啊，都是很能裝的人嘛。沈佳明明就有事，可還在人前裝幸福；孫守義明明就是想拉攏丁氏父子，卻放不下架子主動聯繫，只好找你作仲介。他們這種人是不能當朋友的。」

鄭莉這方面很像鄭堅，不喜歡惺惺作態的人。

傅華笑了起來，說：「好啦，你別那麼多牢騷了，都像你父親那樣子說話不給人留情面就好啦？我覺得他們夫妻還算不錯的，你要知道他們長期生活的環境是什麼，從那種環境出來的人，每天面對的都是很能裝的人，說的都是官話廢話，你再讓他們不去裝，能行嗎？好了，我也沒讓你拿他們當朋友的，就是一個應酬而已嘛。」

第二天，傅華送走孫守義，就打電話給丁益。

孫守義既然發話了，他就必須趕緊幫孫守義跟丁江之間搭好線。

丁益聽完傅華說的話，見孫守義想要跟丁江聊聊，高興地說：「真是太好了，傅哥，又是你幫我們跟孫副市長說的吧？」

傅華笑笑說：「這回你可猜錯了，是昨天孫副市長主動提出要跟丁董見面的。回頭你趕緊跟丁董說一下，看等孫副市長到海川之後，儘快安排一下兩人的見面。這種事情是要看火候的，如果拖太長時間，可能孫副市長就不會有再想見丁董的意思了。」

丁益說：「我知道這件事拖不得，行，我會儘快安排的。」

傅華說：「那我掛了啊。」

丁益叫住了傅華，說：「傅哥，你先別急，有沒有人跟你說過今天海川發生了一件很有趣的事情啊？」

傅華說：「我消息還沒那麼靈通，什麼事情讓你丁大公子都覺得有趣啊？」

丁益笑笑說：「看來你還真的不知道，我告訴你啊，公安局的麥局長出事了。」

傅華驚叫說：「麥局長出事了？出什麼事了？」

丁益說：「好玩的事啊，麥局長跟他們公安局的警花正在做床上運動，不知道被什麼人給拍照留念了。這一次麥局長不知道惹到了什麼狠角色，他的私密照被人寄到了市領導那裡去了，還有人把這些發到了網上。」

傅華詫異地說：「真的嗎？」

丁益說：「是真的，我給你個網址，你自己打開看看，要快啊，估計過一會兒這些照片就會被刪掉了。」

傅華趕緊打開電腦上網，就看到丁益說的照片。照片上的麥局長一臉驚恐的看著鏡頭，這讓傅華感到幾分的滑稽。

雖然劉康和孫守義都沒有說這件事情跟他們有關，可是傅華第一直覺這件事情一定是他們幹的，那天晚上孫守義單獨約見劉康，八成就是爲了這件事。

這種作風也很符合劉康的手法，照片上麥局長一臉驚恐的表情，說明拍照時，攝影師是突然闖進去的。

北京，頂峰證券。業務經理談紅的辦公室。

傅華是被談紅打電話叫來的。

談紅看了看傅華，說：「多日不見，傅主任可是神采依舊啊。」

傅華也笑說：「談經理倒是比原來更漂亮了。」

談紅說：「沒想到你倒是嘴甜了很多，看來被鄭莉調教的不錯啊。」

傅華笑笑說：「好啦，我們不說這些沒用的了，你找我來，有什麼事啊？」

談紅說：「我就不能沒事找你來聊聊嗎？」

傅華笑說：「別扯了，談經理，你不會沒事找我閒聊的，究竟什麼事啊？」

談紅別有意味的看了傅華一眼，說：「沒想到你還挺瞭解我的啊。」

傅華搖搖頭說：「行了，別開玩笑了，趕緊說什麼事情吧。」

談紅說：「好啦，不逗你玩了。我叫你來，是要跟你說一件不好的事，利得集團想要退出海川重機的重組了。」

傅華愣了一下，說：「什麼，他們怎麼會要退出呢？」

談紅聳了聳肩，說：「這件事拖了這麼久，海川重機的重組案始終沒有獲得批准，對利得集團來說，這已經是難以承受的了，他們想出手手中購買的海川重機的股份，就想要問問你們海川市政府，有沒有把股份買回去的意向？」

當初利得集團想要重組海川重機的時候，是從市政府手裏購買了百分之六十七的法人股，從而取得了對海川重機的控股權；現在他們想要退出，自然會想把手頭的股份出清。

談紅接著說道：「你也知道，海川重機雖然是利得集團控股的，但是很多方面還是在海川市政府的控制之中，如果你們海川市政府不點頭，任何一家公司都是不敢購買海川重機的股份的，所以利得集團認爲先要徵詢你們市政府的意見。」

傅華說：「這我可不敢立即答覆你，我需要請示市領導。」

談紅點點頭說：「我知道，你該請示，有答案了告訴我一聲。」

傅華問說：「這利得集團真的是要退出啊？現在這個狀態退出，他們豈不是要虧本了？」

談紅苦笑說：「這也是沒辦法的事，他們集團的董事會對這件事拖這麼久頗有微詞，現在看案子通過的可能性越來越渺茫，與其等著海川重機被退市，還不如現在就出手，本錢能拿回來一點算一點。怎麼，你跟市裏面不好交代？」

傅華點點頭說：「是啊，事情辦了這麼長時間，卻是這樣一個結果，我跟市長怎麼彙報啊？」

談紅說：「這有什麼不好彙報的？重組案通不過，這是政策因素，遇到這種因素，就是你們市長出馬也是沒招的。」

傅華考慮說：「要不我再找找我師兄爭取一下，如果能讓他幫忙溝通，讓重組案通過審批，是不是可以商量一下利得集團就不要退出了？」

談紅笑了起來，說：「如果你能溝通讓這個重組案通過，對海川重機的控股者來說，是一個很大的利多，那個時候利得集團才沒有那麼傻會退出呢。不過，傅華，這件事情不是那麼容易的。我向來有一種感覺，就辦一件事情來說，如果其中有諸多的不順，往往就意味著這件事情會完蛋了，你再怎麼去爭取也是不能成功的。所以你不要對賈行長那邊有什麼過高的期望。再說現在也不同於以往，他已經不是證監會圈內的人了，要想讓他左右這件事情的發展方向，怕是很難。」

傅華也知道希望不大，這個重組案期間發生了太多的事情，先是賈昊被舉報，然後是潘濤猝死，之後賈昊被調離證監會，景處長故意難爲談紅……這一樁樁的事情，都嚴重改變了重組案面對的局勢，將重組案延宕至今。

說起這個重組案還真是命運多舛。但是傅華也不想就這麼放棄，便說：「那總要爭取一下吧？」

談紅笑笑說：「那就隨便你了。不過你要儘快，利得集團可沒太大的耐性了。」

傅華說：「行，我儘量快一點。誒，談經理，問一下啊，海川市政府要回購股份，那很多事情就無所謂了。可是如果我們市政府不準備回購股份呢？利得集團打算怎麼辦？」

談紅說：「那還不簡單，他們就會聯繫別的買家的。」

傅華說：「這麼說，他們已經準備委託你們對外放盤了？」

談紅點點頭說：「對啊，這件事情從頭到尾我們頂峰證券都是參與其中的，當初介紹海川重機給利得集團的，就是我們頂峰證券。現在利得集團眼見就要虧一大筆錢了，我們頂峰證券不能坐視不管吧？不管的話，從道義上也說不過去啊？」

傅華笑笑說：「要是這麼說，我也是有責任的，海川證券可是我帶到你們公司來的。」

談紅說：「我們就不要爭論這個了，你如果要跟賈行長溝通，趕緊聯繫他吧，利得集團那邊還在等我的消息呢。」

傅華說：「那行，我就先回去了，改日再請你吃飯吧。」

談紅笑笑說：「你還敢請我吃飯嗎？不怕鄭莉不高興啊！」

傅華笑說：「不會的，鄭莉不會不高興的，到時候我們倆一起請你。」

談紅笑了，說：「我就知道你沒膽子單獨跟我吃飯。」

傅華看了一眼談紅，看到談紅也正在看他，不由得臉上一紅，乾笑了一下說：「好啦，我還是趕緊去找我師兄吧。」

離開談紅的辦公室，傅華就打電話給賈昊，問賈昊在幹什麼。

賈昊笑笑說：「我在辦公室呢，有事嗎？」

傅華說：「那我過去方便嗎？」

賈昊說：「我也沒什麼事，正在跟一個朋友聊天呢，你過來吧。」

傅華就直接去了賈昊的辦公室，進門就見到一個穿著土氣的中年男人坐在沙發上。

賈昊看到傅華進來，趕忙站了起來，說：

「來，小師弟，我給你介紹，這位是山西來的大老闆，于立，于董事長。于董啊，這位是我的小師弟，現在在海川市駐京辦，職務是主任。」

傅華伸手跟于立握手，笑著說：「很高興認識您，于董。」

于立握了握傅華的手，很憨厚的笑了笑說：「傅主任啊，你別聽賈行長把我喊得那麼大，我沒什麼的，就是一個挖煤的。」

于立雖然說話很謙虛，穿著也很土氣，可是氣勢上卻絲毫不弱，即使是在賈昊寬大的副行長辦公室裏，他也是談笑自若。

傅華就明白賈昊絲毫沒有誇大，這個于立真的是個大老闆。因爲真正的大老闆是不需要外在的衣服來幫襯的，更何況傅華看得出來，于立穿著雖然土氣，卻都剪裁得體，一看就是名牌，只是于立似乎不會搭配，這才讓他的穿著顯得土氣。

傅華說：「于董真是客氣了，現在到處都有山西煤老闆的傳說。前幾天我還聽說一個山西的大老闆在北京的車展上，將一輛一千多萬的邁巴赫當場就開走了。」

于立笑笑說：「那件事情我知道，開走車的是我們圈內的一個朋友。一千多萬並不是個太大的數字，只是邁巴赫這種車只是一個顯擺的東西，不適用，上山的話，還是悍馬比較好一點。」

賈昊在一旁笑說：「于董真是會開玩笑，邁巴赫豈是讓你開上山去挖煤的？」

于立說：「對啊，所以我這個挖煤的也看不上邁巴赫。誒，傅主任啊，你是駐京辦的主任是吧？」

傅華笑笑說：「是啊，怎麼了？」

于立稱讚說：「你這個工作很好啊。」

傅華謙虛地說：「有什麼好的啊？就是一個打雜的而已，哪像于董你，花個幾千萬都不在乎。」

于立聽了笑說：「傅主任你這話說的可有點矯情了，全中國都知道你們這些當官的人花的可不是自己的錢，花公家的錢那還不卯起勁來花？我跟你說，在挖煤之前，我可是很想找機會吃碗公家飯的，可惜人家不要我啊。」

這個于立雖然說話很直接，不過也很坦率，傅華倒是挺喜歡他這種風格，便笑笑說：「幸虧沒有，不然的話，這世界上就多了一個沒什麼出息的公務員，而少了一個身家億萬的大老闆了。」

于立感慨地說：「這倒也是啊。不過呢，這做老闆的有做老闆的苦，尤其是像我們這些挖煤的，那真是把腦袋別在腰帶上賺錢啊，真要出個礦災什麼的，我們傾家蕩產都不夠賠啊。哪趕得上你這個駐京辦主任這麼逍遙自在啊？」

傅華笑了起來，說：「看來于董是認定我這個駐京辦主任是個美差了？」

于立笑笑說：「那當然啦，我可聽別人說過，做這個駐京班主任的，都是在陪著領導吃喝玩樂拉關係的，這還不是美差？傅主任，老哥我求你個事行嗎？」

傅華詫異地說：「什麼事情你這個大老闆辦不到，非要求到我這個小小的駐京辦主任的啊？」

于立說：「這件事呢，實際上我也能辦到，不過呢，要轉很多的彎，我這人向來爽快，事情囉嗦了就會很煩，所以就不想費那麼大的勁。今天正好碰到你了，從我瞭解的狀況來看，傅主任做這種事情可是事半功倍的。你跟賈行長是師兄弟，我跟賈行長是好朋友，我們算是一家人，所以就求你幫我一下忙了。放心，事情辦成了，報酬可是很豐厚的啊。」

賈昊似乎猜出于立想要做什麼了，他不希望于立把心中想求傅華的事情說出來，便笑笑說：「于董啊，我這個小師弟可不像你想的那樣，所以你還是不要說了吧。」

于立說：「你這個賈行長啊，就是不實在，他如果辦不到這件事情，能夠在駐京辦主任的位置上待得住嗎？好了，你放心吧，我不會讓他難做的，他就幫我做個中間人就行了。」

傅華聽了，不禁對賈昊說：「說了半天我還是一頭霧水，師兄啊，究竟什麼事情啊。」

賈昊剛要張嘴說，于立就把話給搶過去了，說道：

「是這樣子的，傅主任，你這個駐京辦主任肯定在北京幫領導安排很多事情，包括給一些領導安排明星們之類的。老哥我呢，這次進北京，很想找一個名氣大點的明星陪我一下，最好是新冒出頭的那種，不要老的，那些老的都被人玩過不知道多少次了，說不定還惹上病了。新冒出頭來的還乾淨些，可以花點錢玩一下。」

傅華心裏暗道：這傢伙竟把駐京辦主任當成拉皮條的了，真是有趣。

他倒沒有因爲于立的這些話感到惱火，這些煤老闆很多都是因爲一夜暴富，沒讀過什麼書，你想要他們表現出多高的素質來，顯然也是不太可能的。

傅華看了賈昊一眼，賈昊跟這個于立走得這麼近，于立這種話在賈昊面前可以隨便就說出來，可見兩人的交情不淺，是不是這兩人經常這麼玩啊？這個師兄還真是越來越墮落了。

傅華促狹的說：「于董啊，你要求的條件還挺細的嘛，這可不好安排啊。」

于立眼睛亮了一下，他不知道傅華這麼說是跟他開玩笑，以爲事情有望，便笑笑說：「我知道傅主任的意思，要錢是吧，這無所謂的，只要貨色好，錢我出得起。」

傅華開玩笑說：「不知道于董能出多少錢啊？」

于立說：「這就要看傅主任能拿出什麼樣的貨色了，我跟你講，這方面我可是很大方的。前段時間，我才跟那個演過電影的某某睡過一次。」

于立提到的某某，傅華聽說過，這個女演員剛剛在二線竄起來，有點小名氣。

于立接著說道：「當時我花了三十萬的仲介費讓人安排見面，見面後，我問她睡一晚要多少錢，她一開始還說不行，我就說那五十萬怎麼樣，她還是搖了搖頭，我就加到了一百萬，當時那個女人猶豫了一下，但還是搖了頭，我說那就兩百萬。你知道怎麼樣，那個女人聽我出到兩百萬，一下子就笑了，對我說，既然你能出到這個價，幹嘛不早說啊，耽誤這麼長時間。你明白了吧，這世界上什麼都是能賣的，只是賣的價錢高低罷了。所以傅老弟，只要你提供的貨色好，錢我是出得起的。」

傅華被于立說的有點無語，他轉頭看了一眼賈昊，賈昊苦笑了一下，他自然知道傅華絕不可能幫人拉皮條的，便對于立說：

「于董啊，我這個小師弟是跟你開玩笑的，他是不做這種事情的，好了，我們今天也聊得時間很長了，你先回去吧。」

于立愣了一下，說：「不是，價錢好商量的。」

傅華呵呵笑了起來，他覺得這個傢伙還真是好玩，便說：「于董，我剛才真是逗你玩的。」

于立就有些惱火，剛想要發作，卻被賈昊用眼神嚴厲的瞪了回去。

賈昊剛才已經覺得很尷尬了，如果再讓于立發作的話，他真是不知道該怎麼收場了。

于立看賈昊神情嚴厲了起來，便站了起來，笑笑說：「那你們聊吧，我先走一步了。」

賈昊也沒送于立，只是說：「行，我們改日再聊。」

于立就離開了賈昊的辦公室。

看到門關上了，傅華忍不住哈哈大笑了起來，一旁的賈昊越發尷尬了起來，說：「好了，這些人就是這個德行，你有什麼好笑的啊？」

傅華不禁說：「你怎麼認識了這麼一個傢伙啊？」

賈昊說：「是一個領導身邊的人介紹過來的，你別看我，我也知道這種人找我沒什麼好事，不過那位領導很重要，我可不敢得罪他。」

能夠讓賈昊不得不應酬的領導，層級一定是很高的，看來這個于立的能力還真是很大，這大概也是金錢的力量吧，這些老闆們有了錢之後，拿著大把的錢開路，自然是無往不利。

傅華對賈昊的處境很能理解，越是級別高的官員，所受的制約越多，賈昊這種半上不下的官階，能管到他的領導很多，有些事也是身不由己的，便笑笑說：

「師兄啊，對這種人應酬是應酬，不過可要保持距離啊。」

賈昊說：「不用你提醒我，我知道分寸的，誒，你找我有什麼事情啊？」

傅華就把海川重機重組的事情講了出來。賈昊聽完，沉吟了一會兒，然後說：「小師弟，這件事情，師兄可能真的幫不上什麼忙了。你師兄我現在不在證監會，就算可以找一些關係，也是間接的，沒什麼力道了。」

傅華眉頭皺了起來，說：「真的不行？」

賈昊搖搖頭說：「真的不行，這件事我前前後後也幫你跑過幾次了，能行的話早就行了。」

傅華心中其實早就感覺到會是這樣一個結果，不過真聽到賈昊這麼說，還是有點失望，他嘆了口氣，說：「真的不行那也沒辦法了，只是這一次害了頂峰證券。」

賈昊說：「你害頂峰證券什麼了啊？」

傅華說：「海川重機是頂峰證券介紹給利得集團的，現在利得集團虧本了，頂峰證券自然是不好交代了。」

賈昊忍不住說：「你別這麼幼稚了好不好？利得集團怎麼會虧本，他們買這個殼本來就沒花多少錢，在二級市場上炒作個幾把就賺回來了。誰跟你說虧本了，談紅吧？」

傅華點了點頭。

賈昊笑說：「她這麼跟你說，是想在你這裏拿同情分的，你相信她的話，就會因爲害利得集團虧本而心存愧疚，對她再提出來的什麼要求，就不好意思拒絕了。」

傅華想想也是，利得集團控股海川重機之後，海川重機的股價前後漲跌起伏過幾次，如果精通證券業務上的人來操作，肯定會在這其中賺到不少錢的。

傅華便說：「可能真像師兄你說的這樣子吧。」

賈昊說：「不是真像，而是就是。我告訴你啊，傅華，頂峰證券對這個海川重機的炒作並不會因爲利得集團的退出就終止，據我猜測，最少還需要兩撥的操作，他們才可能從海川重機當中退出去。第一波，他們會先低價吸籌，然後散播利得集團將股份轉讓的利多消息拉高股價，掩護利得集團退出。等利得集團退出去之後，他們會讓接手的公司再發佈什麼重組的利好消息，進一步拉抬股價，然後頂峰證券在股價拉升過程中，逐步拋出籌碼，從中順利脫身。你說這其中誰會虧本啊？只有那些不知道內幕消息的散戶。」

傅華眉頭皺了起來，說：「這麼玩是否太缺德了點啊？」

賈昊笑笑說：「殺不得窮人做不得財主，不缺德就能賺到錢了嗎？我的小師弟啊，這還是最基本的玩法，證券這塊水深得很呢，你還沒見過那些真正大鱷們玩的遊戲呢，那才真是吃人不吐骨頭的。誒，有沒有想要賺點錢的意思啊？如果有的話，你現在就應該買一點海川重機的股票了。不過你也不能一下子買太多，我估計現在頂峰證券和利得集團手裏肯定已經抓了不少海川重機的股票了，市場上可能沒多少海川重機股票了，你如果一下子買太多的話，會一下子就把股價拉起來，那樣就會引起頂峰證券和利得集團的注意，到時候說不定他們會給你來個逆向操作，那你就虧慘了。」

傅華笑說：「師兄的意思是，讓我先買點海川重機的股票，然後等利得集團將海川重機股票出手的時候，再跟著他們賺上一筆？」

賈昊教授他說：「可不能等到出手的時候，你要趕在利好兌現之前就出售手中的股票。」

傅華咋舌說：「想不到這裏面還有這麼多學問啊？」

賈昊笑笑說：「怎麼樣，弄筆錢玩一把吧？」

傅華搖搖頭說：「算了吧，我對這個沒興趣。」

賈昊聳聳肩說：「那就可惜啦，其實你在這件事情中所處的地位算是很有利的，很多方面的消息你肯定比別人知道的更早一點。」

傅華說：「我錢夠花了，就不去玩這些了。」

賈昊笑了笑說：「好啦，我們也算認識這麼多年了，我當然知道你這種超脫的性格了。在別人來說是大好的機會，對你來說卻是視之如糞土。」

傅華說：「正所謂人之甘飴，我之砒霜啊。好了，不跟師兄你閒扯了，我要回去把這件事情趕緊給市裏面彙報一下啦。」

請續看《官商鬥法》II 3政治大角力

官商鬥法II 二 神奇第六感

作者：姜遠方
發行人：陳曉林
出版所：風雲時代出版股份有限公司
地址：105台北市民生東路五段178號7樓之3
風雲書網：http://www.eastbooks.com.tw
官方部落格：http://eastbooks.pixnet.net/blog
Facebook：http://www.facebook.com/h7560949
信箱：h7560949@ms15.hinet.net
郵撥帳號：12043291
服務專線：(02)27560949
傳真專線：(02)27653799
執行主編：朱墨菲
美術編輯：風雲時代編輯小組

法律顧問：永然法律事務所 李永然律師
北辰著作權事務所 蕭雄淋律師

版權授權：蔡雷平
初版日期：2016年3月
初版二刷：2016年3月20日
ISBN ：978-986-352-291-1

總 經 銷：成信文化事業股份有限公司
地　　址：新北市新店區中正路四維巷二弄2號4樓
電　　話：(02)2219-2080

行政院新聞局局版台業字第3595號 營利事業統一編號22759935

定價 ：280元　　特惠價 ：199 元

國家圖書館出版品預行編目資料

官商鬥法II / 姜遠方 著. -- 初版. -- 臺北市：
風雲時代，2016.01 -- 冊；公分

ISBN 978-986-352-291-1（第2冊；平裝）

857.7　　　　104027995